汤礼春 著

记忆中的浪花

中国财富出版社

图书在版编目（CIP）数据

记忆中的浪花/汤礼春著．—北京：中国财富出版社，2014.9
（传奇中国图书系列．美文卷）
ISBN 978－7－5047－5291－8

Ⅰ.①记… Ⅱ.①汤… Ⅲ.①散文集—中国—当代 Ⅳ.①I267

中国版本图书馆 CIP 数据核字（2014）第 155433 号

策划编辑 宋 宇　　**责任印制** 方朋远
责任编辑 康书民 宋 宇　　**责任校对** 饶莉莉

出版发行 中国财富出版社
社　　址 北京市丰台区南四环西路 188 号 5 区 20 楼　　**邮政编码** 100070
电　　话 010－52227568（发行部）　　010－52227588 转 307（总编室）
010－68589540（读者服务部）　　010－52227588 转 305（质检部）
网　　址 http：//www.cfpress.com.cn
经　　销 新华书店
印　　刷 北京兴星伟业印刷有限公司
书　　号 ISBN 978－7－5047－5291－8/I·0155
开　　本 710mm×1000mm 1/16　　**版　　次** 2014 年 9 月第 1 版
印　　张 14.25　　**印　　次** 2014 年 9 月第 1 次印刷
字　　数 219 千字　　**定　　价** 28.00 元

目录

第一辑　生命如歌

第二辑　生活浪花

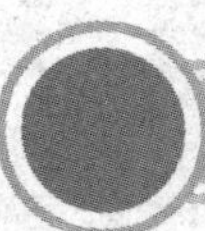

第三辑　浅草吟风

第四辑 岁月沧桑

第一辑
生命如歌

母亲的泡菜

儿子是大都市的时尚青年，很会跟潮流，时下韩剧正在中国走红，他自然也跟风，回到家里常带着摆酷的口气说：“我爱食韩国泡菜”，“我今天去吃了韩国料理，韩国泡菜真好吃！”

我的耳朵听熟了，以为韩国泡菜是什么别具风味的美味佳肴，有一次和儿子上饭店，特地点了几碟韩国泡菜，我尝了一口，笑出声来：“什么韩国泡菜，比你奶奶做的泡萝卜酸菜差远了！”

“奶奶也会做韩国泡菜？”儿子大为惊愕。

我更正他道：“奶奶做的不是韩国泡菜，而是地地道道的中国泡菜！”

“奶奶做泡菜是为了赚钱？”儿子追问。

“不是为了赚钱，而是为了节省钱！”我又纠正儿子道。

于是我向儿子讲叙起来——

那还是未实行计划生育的 20 世纪 60 年代，我的母亲生下了我们兄妹 6 人，我的父母都是国营工厂的普通工人，两个人每月的工资加起来只有 80 多元，仅够维持全家人的基本生活。

母亲很会持家，在节省钱上很有些头脑和办法。那时的白萝卜很便宜，大上市时在菜市场上不是论斤卖，而是一角钱一堆，一堆有五六斤。母亲下班时，就一篮一篮地买回家，直到在墙角堆成小山似的一堆，然后命令我们兄弟几个将白萝卜一个个刷洗干净晾干后，用泡菜水将萝卜泡将起来，每次都要泡上一大缸，足有几十斤甚至上百斤之多，有时也丢点圆白菜之类的菜叶进去一起泡，然后加上几块大青石将泡菜压起来，并叮嘱我们千万不要动那大青石。大约半个月后，母亲会小心翼翼地搬开那大青石，取出一个小的萝卜来尝，咬一口，脆响，说一声“泡好了”，就将那尝过的泡萝卜让我们也来尝，我们接过来也轮番咬一口，脆脆的，酸酸的，但却没有哪个兄弟道一声“好吃”，因为从我们开始有记忆起，酸萝卜就是我们家餐桌上天天见面的一道菜，我们都已经吃够了，我们没有一个觉得泡酸萝卜好吃。但母亲的泡酸萝卜却是在街坊中出名的，每次泡好一大缸后，母亲总要给左邻右舍送去一大海碗，邻居们吃的时候都要“啧啧”地赞叹一番。母亲泡的酸萝卜十分好看，那皮金黄黄的十分诱人，至于味道我想在旁人眼里也是顶呱呱的，因为邻居中有一家是卖水果的，他家的孩子常常偷出一个苹果来悄悄找我，跟我换一个泡酸萝卜吃。我们各得所需，真是童年的一件乐事。

再好的美味佳肴吃多了也会厌烦。虽然那时我们家中每天餐桌上照例少不了酸萝卜这道菜，我们却对它不屑一顾。只是在母亲的监督之下，才会去夹上一点，有时母亲会嫌我们夹得太少，会替我们夹上一筷子。至于母亲，对泡酸萝卜好像吃不够似的，每天在家里吃了还不够，还要带上一钵到厂里去佐午饭。其实我们心里都明白，母亲不是对泡酸萝卜情有独钟，而是一心想节省几个钱，一心为了这个家呀！

但我们的母亲也会注意到我们生长所需要的营养问题，每隔七八天就会用二张肉票去买回一个大猪头（那时一张肉票只能割半斤肉，而猪头算不上正宗的肉，故又便宜又少要肉票），有的部位烧，有的部位炖，有的部位卤，让我们全家人大快朵颐一番。

自从我们都长大成人后，母亲就再也未泡过酸萝卜，在这几十年的世事沧桑中，酸萝卜的记忆也逐渐在我们心中淡化或隐藏起来，想不到时下和我们母亲所泡的酸菜味道相差无几，甚至还不如我母亲的韩国泡菜居然能如此受到时下中国大都市人的青睐，想起来不由得令我感慨万千，甚至有点啼笑皆非。我的母亲现已接近耄耋之年，且已中风有些痴呆，倘若她还清醒，得知她的孙子一辈爱吃泡菜酸萝卜，肯定会乐滋滋地再泡上一缸。然而尽管她的泡菜不会比韩国的泡菜味道差，但孙子一辈的年轻人听说是中国的自己泡的酸菜，还会摆酷地说爱吃吗？

我不由得沮丧地这样想。

感动的狗事

那天，我带着小狗“嘟嘟”到小区的花园里散心。

一出楼门，“嘟嘟”便撇下我，飞快地向草坪跑去。我抬头望去，在前面一大片草坪上，聚集着五六只狗在相互嬉戏，它们的主人们也在一旁闲聊着。“嘟嘟”就是冲她们而去的，看来我也不得不向她们靠拢。

看见我家的小狗，几个狗主人便立刻亲热地唤着“嘟嘟！嘟嘟！”，有的还亲热地把“嘟嘟”搂在怀里抚摸。看在“嘟嘟”的分上，我只好和几个狗的主人点了点头，算打了声招呼。狗的主人们也是冲着“嘟嘟”的分上立刻跟我熟套起来。一个操着京腔的中年妇女冲着我道：“嘟嘟的妈妈今天没下来?”

“嘟嘟的妈妈?”我一时没回味过来，她见我发愣，明白过来，解释道：“哎！就是你太太！我们这里都是这么称呼的！”

“那我不成了狗爸爸啦！”我暗自苦笑。她大概从我的嘴角看出来了，指着一条纯白的狮毛狗自嘲道：“她们还不是称我为乐乐的妈妈！我跟她们说，我应该是乐乐的奶奶，我都五十好几了！”

我不由得笑了。她见我笑了，又补充道：“养宠物狗的人都有爱心，都是把宠物狗当作自己的儿女来养的。而狗又是通人性的，你爱它们，它们也会爱你！我从北京搬到这里来时，怕飞机上不准带狗，提前把乐乐送给了楼下的一位邻居，可第二天，乐乐就从他家跑了出来，从3楼一直爬到我住的15楼，蹲在我家门口呜呜地哭着，我把门打开，见乐乐真流眼泪，我的眼泪也就刷刷地流了下来，再也舍不得让乐乐离开我了。上飞机那天，我只好给乐乐吃了片安眠药，装在旅行袋里，当成随身的衣物带过来的”。

说起狗通人性的故事，各个狗主人都很是感慨，都争着说了一通自家的狗这方面的故事，我这个大男子汉听了，也不由得感动。这时我注意到其他的狗都在相互嬉戏，只有一只小花狗温驯地趴在一个少妇的脚下，我说："它怎么不去和其他的狗一起玩呢?"说着蹲下去想抚摸它一下，少妇赶紧说："不要去摸，它会咬人的。"

我的手赶紧缩了回来，问："它看样子很温顺的，怎么会咬人呢?"

少妇道："它原来是一条流浪狗，是我捡来的，已经养了一年了，可它仍然对外人怀有戒心，可能是心灵受过创伤吧!"

"捡来的狗你也敢养?"我有些惊诧。

少妇道："我见它可怜哩！那天下雨，天很冷，我见它可怜兮兮地蜷缩在那里，就把它捡回来了。"

"你怎么知道它是流浪狗呢?"我问。

"我注意到它在这小区有一个月了，没有主人找它，很可怜，我就从家里拿点吃的给它，先给它送吃的时，它还不敢靠近我，我只有把食物放下，一走开，它就冲上来大口大口地吃，肯定是饿坏了！我一连给它送了十来天的食物，它也就对我信任了，后来我送食物来时，人还没走开，它就冲过来了，还朝我直摇尾巴。"

"你收养它时，这野惯了的狗愿意跟你走哇?"我知道动物的天性都是爱自由，不喜欢被关、被管的，便好奇地问。

"可能是这狗挨饿呀，受人欺负呀，受的苦多了，也想有个主人管它照顾它吧！那天，我跟它说，天好冷，到我家去吧！它也就听懂了，也不用我抱，就跟在我后面，一步一步上楼到了我家。"

"看来，生存比自由更重要啊!"我感慨道。

"是啊!"少妇也颇有同感："这狗十分珍惜现在的生活啊！在我家很乖，很听话，从来也不愿离开我。我每次出门时，都要跟它说，仔呀！我有事要出去了，你就在家好好待着，等我回来！它也就乖乖在家待着。可有一天，我因有急事外出忘了跟它交代一番，结果回来后，见它在流眼泪，也不吃饭，我就想它曾经被人遗弃过，所以很敏感，以为我也开始冷淡它了哩！伤心了！后来我哄了它半天它才好。"

听到这里，我的心也湿润起来，爱心是最让人感动，最能征服人心的啊！

上海人和广州人

我曾在上海和广州各生活过几年。入乡随俗，在上海我老婆称我为“先生”，我则称她为“太太”，而到了广州，老婆则叫我为“老公”，我也就唤她为“老婆”了。

一声“老公”“老婆”，一声“先生”“太太”，反映出广州人和上海人在文化上的特征和性格上的差异。

上海人会认为喊丈夫妻子为“老公、老婆”太粗俗，是下里巴人的表现，而广州人则认为喊“先生、太太”太文雅酸气。

上海人外表上总是一副衣冠楚楚、温文尔雅的样子，即使家里经济条件再差，也要准备一副好行头，出门时西装革履，皮鞋擦得锃亮。

而广州人在穿着上是那样的随便，广州人最流行的就是休闲装和牛仔裤，即使是开着宝马车的老板也是一副普通的休闲打扮。广州人甚至在街头，大有不穿袜子而趿拉着拖鞋的人在。

上海人讲究的是面子，广州人讲究的是实用。

上海和广州同样是国际大都市，同样是中国经济最具活力最发达的城市，同样是沿海城市，同样是在鸦片战争后开埠的口岸，同时开始接受西方文化，但在文明小资程度上，上海人明显比广州人更胜一筹。

上海人办事循规蹈矩，井井有条，言谈举止更有绅士风度。看待外地人都视为乡下人，总有一种高人一等的优越感和自得感。

而广州人举止行事却是不拘一格，随意自然，不摆花架子，不管来人是谁，只要为我所用就行。

上海人的聚会充满了洋味，称为Party，他们把聚会弄得很正经，很高雅，女士施妆涂粉，男士衬衫领带，“OK”“NO”等洋语满室飞，营造出一种浓浓的小资氛围。

而广东人聚会则往往在大街小巷的茶楼酒肆里，一边吃喝，一边闲聊，把气氛融入嘈杂的市井之中。

在上海的公共汽车上，广播用语是普通话和英语。

而在广州的公共汽车上，广播用语则是粤语和普通话。

上海人休闲时喜欢去打室内台球或正儿八经地去拜访亲友。

广州人休闲时则喜欢三三两两去野游去野炊。

上海的男士大都有君子之风，推崇女士优先，在家里与太太齐眉举案，相敬如宾。婚前跪而求婚，婚后甘下厨房。

广州男人则还明显有大男子主义，家务事全甩给老婆。而广州女人也心甘情愿服侍老公，任劳任怨，做一个贤妻良母。

造成上海人和广州人文化、性格、习惯差异的除了是地理风土上的因素外，我想，还有一个历史文化的基因。

上海在开埠前只是一个小渔村，他是在一片处女地上建立的城市，从一开始建成就接受的是西方的文化和文明。而广州则有两千多年的建城历史，一直保留着古越国独特的风俗和文化。

诚然，即使在今天已成为现代化大都市的广州依旧是香火缭绕，家家户户烧香供神。在各座高楼大厦中，你找不到标有“4”字的楼层，广州人忌讳4字，而以其他符号代之。这些做法上海人见了，肯定会嗤之以鼻，会认为是迷信，而最前沿的广州人也不会认为这是迷信，而是地地道道的本土文化和风俗。

小鸟的命运

一天，刚上小学一年级的儿子兴奋地从外边跑回来，手里拿着一只小鸟说："妈妈，你看我逮了一只小鸟。"

我见儿子欢喜，自然心里也溢满了欢喜，问："在哪儿逮的?"

"在图书馆门前的那棵大树底下。"

我捧起这只小鸟，见它长得小巧玲珑，顿时生出些怜爱。它大概刚出生不久吧，还不会飞，我猜它是在鸟窝里不守安分，乱扑腾，才掉下来的。

我忙用线帮儿子把小鸟拴住，把她放在院子中一棵石榴树下，并给它端来一碟米和一小盅水，可这只小鸟却不吃不喝，只是凄凄切切地叫着。忽然空中又响起了两只鸟断断续续的叫声，我抬头望去，两只美丽的鸟歇在附近的楼台上，正对着我们院子里的小鸟叫唤，我顿时明白过来，这是小鸟的父母。我奇怪儿子逮鸟的地方离我们这里有百把米远，又拐了几道弯，小鸟的父母怎会寻觅到的呢?

我蓦然起了一个念头，把儿子喊到屋里，把门关上，从窗户里去偷看那小鸟的父母会怎样。果然，那小鸟的父母一见院子里没有了人，便急急地飞了下来，跳到小鸟身边，小鸟顿时叫得更急切了，它的父母一边爱抚着它，一边用嘴给它喂食。

看到这幕场景，我的眼睛都湿润了，我小声地劝儿子道："把这小鸟放了吧!"

儿子却噘着嘴不愿意，我无奈，只有听之任之。儿子打开门，蹑手蹑脚地还想去逮那小鸟的父母，可它们却忽地一下飞腾起来，仍然歇在高处对着小鸟，也像是对着我们悲悲哀哀地叫着，好像是求我们把小鸟放掉，那小鸟的叫声则更是惨惨怜怜。我再一次动了心，劝儿子道："你看这小鸟好可怜啊！把它放了算了！”

儿子手抚着小鸟不语，我见他也有些动心，便趁机说道：“你想想，要是你丢失了，我和你爸爸会多着急呀！你那一次在公园里一时找不着我们，不是也急得大哭吗？小鸟也有自己的家，也需要自己的爸爸、妈妈呀！”

儿子忽闪了一下眼睛说：“我同意把小鸟放了，可它不会飞，那大鸟也驮不走它呀！”

我一想，也是呀，再说图书馆门前那棵大树太高了，也难爬上去把小鸟放在窝里。我只好说：“那就将这只小鸟养在石榴树下，每天让大鸟飞下来给它喂食，等小鸟长翅膀会飞了，再让她的爸爸妈妈把她接回去吧！”

儿子却皱着眉头说：“那今天晚上小鸟没有和爸爸妈妈睡在一起，不害怕吗？”

“嗯！这也是的，那咋办呢？”我还在思索着，儿子却拍了我一下，说：“妈妈，我有个主意，昨天你带我到公园去玩，不是有个耍把戏的会爬好高的铁杆嘛，我们就请他爬上大树，把小鸟放在窝里吧！”

我一听儿子的话有道理，便赶紧带儿子来到了公园。幸好那位艺人还在，我找到他，和儿子一起向他说明了来意，他笑了笑，摇了摇头说：“你们也太……你看，我在这里还要挣钱糊口哩！哪有你们那份闲心！”

我正要开口，儿子却先我央求道：“伯伯，你去吧！那小鸟多可怜啊！我求求你了，我有一百元的压岁钱，都给你，行吗？”

那艺人盯着我儿子看了一眼，默默不语地站了起来，收了耍把戏的招牌，抚着儿子的头，说：“走吧，好孩子！”

来到那棵大树下，那艺人小心翼翼地接过儿子捧过来的小鸟，轻轻地放在怀里，然后看了看那高大的树冠，吐了口唾沫在手上擦了擦，便“刷刷刷”地像一只猴似的利索地爬了上去，把那小鸟放在了窝里，又一哧溜地滑了下来。那小鸟的父母一直在我们头上盘旋，这会儿又忽地飞到窝里，那唧唧渣渣的叫声像是惊喜，又像是在百般抚慰着小鸟。忽地又从窝里飞了出来，在葱茏的树冠上对着我们叫着。儿子拍着手掌道："嘿！那小鸟的父母在向我们唱歌哩！"

那艺人也抬起头眯缝着眼笑了。我掏出一百元钱来递给他道："师傅，你辛苦了！"

那艺人却收了笑道："我几时说过要你们的钱！"说着，招呼也不打一声，便大踏步地走了。我和儿子怔怔地看着艺人远去的背影，儿子突然说："伯伯真好！"

我抚着儿子的头说："你也是个好孩子！走吧！小鸟回了家，我们也该回家了！"

土狗的命运

我不愿意想起"芭莉"，因为一想到它，我的心里就很难受。可是妻子几次都催我：写写芭莉吧！我明白妻子的心情，终于提起了笔。

"芭莉"是一条狗，而且是一只土狗。

4 年前的清明，我们回乡里扫墓，在亲戚家，我们见到了芭莉，那时的芭莉还是一只毛茸茸、肥嘟嘟的小狗，见它很可爱，我忍不住抚摸了它一下，亲戚见了便说："你喜欢狗就带它回去吧，在我们乡里，狗是活不长的，它一长大，一到冬天，就会被人偷去，或杀了吃肉，或卖到餐馆。"

我听了，为乡里土狗的命运唏嘘不已，狗是人类最好的朋友、帮手，狗对人类无比忠诚，为什么有些人还这么残忍，居然要吃人类的"朋友"呢?!

我决定把这只小狗带回城里养，我要改变这只土狗的命运，一直把它养下去。

小狗带回来后，为了表示尊重和喜爱土狗的生命，我还特地在网站上为这只小狗征求名字，结果网友们居然为小狗取了一个洋名"芭莉"。

没想到小芭莉在我们家生活了还不到一个月，就经历了一次生死风险。

一天，我到市场去买菜，它也非要跟我去，我只有依着它，任它欢喜地跟着我，因为它小，连小朋友们都不怕它，所以一路上安然无事。可等我买好菜，往回走的时候，路边一个小店里突然钻出一条大洋狗，恶煞煞地直扑我们的小芭莉，我一时情急，四处找棍子来撵大洋狗，等吓退了大洋狗，再转头一看，小芭莉不知吓得钻到什么地方去了，我到处找到处喊均没下落。我怏怏地回到家里，儿子和妻子听说后也四处去找，然也无果。我沮丧地想：想不到芭莉到我们家还不到一个月就这么消失了，看来我并不能改变它的命运啊！谁知过了几小时后，蓦地依稀听见楼下有狗轻弱地叫声，我忙趴到窗台上一看，芭莉正一边急急地扒门，一边嘶嘶地叫哩！我惊喜望外，大叫一声："芭莉回来了！"随即向楼下冲去。

芭莉回来了，叫我们全家既兴奋又不可思议，在大洋狗扑向芭莉的地方，离我们家起码有一里路，芭莉又是第一次出远门，一路上街巷纵横交错，曲里拐弯，它又是仅 2 个多月大的小狗，它是怎么知道回家的路的呢？通过这件事，我们知道：我们芭莉的智商不比洋狗们低！

芭莉的生活习惯依然保持着土狗的优良传统，不挑食，我们吃剩下的米饭、馒头、红薯倒给它，它都欢喜地吃，而且还要把撒在碗周围的米粒捡起来吃掉，又把碗舔得干干净净，我们连碗都不用替它洗。

芭莉极其温驯听话，即使在野外，它正玩得兴致极高，但只要唤它一声，它就会赶紧飞奔而来。你想抚摸它，手一伸它立即就躺倒在地，任你怎样摸、揉、揪，它都不烦，而且四脚朝天地滚来滚去，眼睛里流露出一股柔情和欢喜。

芭莉的胆子特别小，每逢打雷或是听到鞭炮声，它就吓得躲在角落里，怎么唤都不敢出来。我们家里还有一条小洋狗名叫"嘟嘟"，论身躯芭莉比嘟嘟要大好几倍，可芭莉总是让着它，有时遇到有肉食时，嘟嘟一边吃着自己碗里的那一份，一边瞪着眼睛不让芭莉去吃它的那一份，芭莉就只有老老实实地待在旁边，尽管馋得不停地舔舌头，尽管我们一边呵责着嘟嘟，一边催芭莉去吃饭，它就是不敢去吃，总是要等到嘟嘟将自己碗中的肉食挑吃完了，又去芭莉碗里挑吃一遍后，芭莉这才去吃。

芭莉的胆小老实还表现在，在外边它见了人和其他狗，都要低着头夹着尾巴避开走，唯恐惹事。

想不到的是一贯老实不惹事的芭莉居然有一天也凶猛了一回。那是我们家的嘟嘟迷恋上了一条小母狗，每天守候在它家的后院，彻夜不归。每天晚上，我们都带着芭莉去找嘟嘟，有一天夜里，那只小母狗和嘟嘟一起出现了，还没等我们反应过来，芭莉忽地一下就冲了上去，将小母狗按压在身下撕咬着，我们赶紧拼命将芭莉拉开，才得以让小母狗逃生。这以后，每当我们牵着芭莉在小区溜达时，只要芭莉见到那条小母狗，就勃然大怒，拼命想挣脱绳索向那条小母狗扑去。我们分析：芭莉并不是因为吃醋而发怒的，因为它跟嘟嘟根本都不相配，即使它发情了，也不让嘟嘟扒它。芭莉的发怒纯粹是为了主人，因为它感觉到了我们找嘟嘟时的那种焦急的心情。

当芭莉长成一条大狗后，左邻右舍的人们都看清了芭莉是一条土狗，就常有人问："你们怎么养一条土狗呢?"我也会正儿八经地回答："土狗一样通人性，一样聪明可爱，养长了一样也有感情!"

有时，也有民工模样的人嬉笑地冲着我和芭莉说："好肥的一条狗哇！杀了能炖一大锅哩!"我就忍不住教训他们说："我们是不会吃狗肉的！吃狗肉是不人道的，是会受到老天谴责的!"

是啊，芭莉在我们全家人的心中根本就没有"土狗"的概念，它跟全世界所有的狗一样，都是可爱的生灵！我们把芭莉当作了家庭的一员。前年，当市公安局要求为狗上户口办身份证时，我们毫不犹豫地就带芭莉去办户口。代办户口的宠物店老板见了很诧异，说："你这条狗就值一百元，你们居然肯花460元为它办证！看来你们真是有善心啊！据我所知，为土狗办证的只有你们一家。"

一转眼，芭莉在我们家已经生活三年多了，小区的邻居们也都熟知了芭莉，再也没有人问我们为什么要养土狗，而是说："这土狗的命真好！

在你们家真幸福！要是在乡里，早就没命啰！”

我听了，很是欣慰，决心将芭莉养到老，永久保持它的好运。然而世事难料，有些事的发生是我们始料不及和难以把持的。

去年的五月，儿子结婚了，接着媳妇就怀上了孕。一大群闻信的亲朋好友轮番找上门来，都好心地劝我们将狗处理掉，说狗身上有虫和细菌，以免影响胎儿的健康成长，而且有的还举例说，某某家就是因为养狗，结果生下来的婴儿是脑瘫，是白痴。

在这么严重的问题面前，尽管我们难以割舍与狗的感情，但权衡之下，也不得不考虑暂时将狗送走，待孙子出生后再将狗接回来。

我们为芭莉选择了一个可靠的人家，那就是媳妇的娘家，她家就在近郊，也方便我们经常去看它，再加上亲家的屋后有一个封闭的院子，芭莉住在里面也很安全。

把芭莉送走的那天，我的心里极其难受，我躲在书房里不敢下楼亲自去送它，我怕看它那泪汪汪的眼睛。

芭莉走了，我的心里总有些放心不下，每天都要催儿子打电话过去问问芭莉的情况，头两天，听说芭莉因为离开了我们而拒食，我也难受得吃不下饭，后来听说它渐渐服从了眼前的生活，我的心里才释怀了一些。刚刚送去的头半个月，芭莉每天都趴在门前遥望着来时的路，哪里也不去，时刻都盼望着我们能突然出现。

每次儿子开车去看芭莉的时候，还有老远的时候，就看见芭莉飞快地奔跑过来迎接我们，下了车就拼命地和我们亲热。每次要离开的时候，芭莉就守在车子旁不走，期待儿子把它接回来，儿子每次走时都要施计，把它哄骗到小院里关起来才能脱身。

在我们的牵挂中，芭莉送走已三个月了，亲家来电话说，芭莉现在已经喜欢上他们家，他们跟芭莉也有了感情，常常舍得花钱买些牛肝、鸡架给它吃，我们一家听了都很欣慰。

可就在我们为芭莉的生活和安全完全放下心来时，突然的一天，亲家焦急地打来电话，说芭莉已经失踪了，他们找了半天也未找到，而且他们听说，自芭莉到乡里后，就有狗贩子盯上了，一直在寻找下手的机会。亲家在电话中还强调地说："看来芭莉肯定被狗贩子害了或偷走了，找回来的希望不大了。"

但我们全家都不相信这个事实，都还在每天期盼着亲家那边打来电话，说芭莉回来了，可是一天、两天，三天、五天都过去了，再也没有了芭莉的音信。

现在几个月都过去了，我们终于不得不承认这个事实，芭莉再也回不来了！

想起芭莉，我的心里就不由得要大声呐喊：贪吃的人啊，发发善心吧，不要吃人类的朋友——狗吧！社会啊，快制定一个不准吃狗肉的法律吧！不能让这种残忍之事再发生了！

二胡吟

你如诉如泣，如呜如咽，就像黄土地上那萧瑟的秋风，给人一种惆怅、一种苍凉的感觉。是不是因为中国的大地曾经有太多的苦难，才赋予你这特殊的音色？即使在湖光山色、杨柳依依的二泉映月中，你仍然露出几丝淡淡的哀愁！我不明白最悲惨的瞎子都爱拥有你，他们为什么要把那孱弱的命运和你脆弱的琴弦相连？是你最能倾诉他们的苦难，还是你给了他们生活的希望？

你没有西洋乐器那样光鲜亮丽、喧声夺人、亢奋嘹亮，你是那样的朴质和简单，就像我们黄土地上的农民，是那般敦厚，那般平常。一根木棍，一个小小的雕筒，一块普通的蛇皮，两根细弦，一串马尾，都是黄土地上所生长的平凡之物，却也组成一方音乐的天地。

没有哪一件乐器像你这样属于底层，越是在稻场边，在枣树下，在僻静的街头，在简陋的工棚，越是能听到你的诉说；而在富丽堂皇的歌厅，在五彩斑斓的舞池，却难寻到你的踪影……

我深深地懂得你单调的音色，只能如孤灯首叹、病中呻吟、空山鸟语，只有许多把二胡聚集在一起，才能奏出飞马的奔腾和黄河的雄浑！

啊！二胡，你是否浓缩了中华民族五千年的音韵，你是否浸润着中国老百姓的心魂?！

保留清纯的记忆

新春的一天，我回到了我少时住过的地方，现在这里是我弟弟的住处。弟弟见到我后，用一种很神秘的表情说："有个人到这里来打听过你。你猜猜看，她是谁?"我的心蓦然一动，立时猜出是她来。当我一口说出她的名字后，弟弟大为惊诧，必定我离开这故乡的老屋已三十多个春秋了！但人的一生纵然漫长，能刻在心中的记忆又能有多少呢?

其实，我和那个叫"英"的女孩并没有过恋情，只能说有一种朦朦胧胧的相互吸引的感觉，因为那时我们还小，我16岁，她比我还要小一岁，是尚不懂谈恋爱的年龄。

使我们联系在一起并相互认识的是书。那是1970年的春天，在那个年月，几乎所有的文学书籍都被视为"毒草"不是被焚毁就是被封存。而那时的我对文学书籍正如饥似渴，千方百计地找书看，为了得到书，我这个一贯怯弱的少年居然大着胆子翻墙越壁，到我的母校偷了一包被"封存"的书来。有了这批书，我像拥有了财富资本一样到处去找人换书看，也交结了不少的书友。那个叫"英"的少女就是在这个时候成了我唯一的异性书友的。她是新搬到我们院子来不久的，几时搬来的，我一点也不知晓，因为她不活泼，不爱跟邻居讲话，脚步轻盈而匆匆，从眼前经过就像一阵风。在和她成为书友之前，我从来没有和她说过一句话，甚至不知道她的名字。幸好她有一个弟弟，有一次她弟弟带我到她家里玩，我见她正捧着一本书在看，对书的热爱使我自然而然问她看的是什么书。一问，是我也想要看的，于是我提出和她交换书看，她点头同意了。

这以后，每隔几天我们就交换一次书。但因为我天生的胆怯，特别是在异性面前很是拘束，我每次去和她都是短短几句的交谈后，就逃之夭夭了。她同样如此，每次见了我就流露出少女的羞涩。

有一天晚上，她却突然叫人把我喊了出去。在我家门前不远的路灯下，我发现她的眉头浓集着哀戚，她把我借给她的书还给我，并低低地说：“对不起，把你的书撕坏了!”

原来，她因为看书而少做了家务事，被父亲一怒之下将书撕扯了。

她的父亲走后，她又含着泪将撕坏的书一页一页地粘好。她告诉我不要再借书给她看了，以免又被她父亲撕坏了。我却说：“撕坏了算了！你要看，我还可以借给你!”

回到家里，翻着那一页页被精心粘好的书，我感受着她那受委屈的心灵，我孱弱的心也湿润了。

这以后，我依然借给她书。也许是因为她让我知道了她家的真实一面，我们的心似乎也贴近了许多。渐渐我发现，她很想叫我到她家多待一会儿，甚至想叫我尝尝她做的食物，我现在才理解她当时的心情，她的母亲离他们而去了，她小小的年龄就成了家中的女主人，一贯的孤僻使她一遇到知心的同伴就特别需要安慰和亲近。可惜我还只是个胆怯羞涩的少年，尽管心里想在她家多待一会儿，但站在她的面前却语无伦次、坐立不安，每次匆匆几句就慌忙离去。有一次，她家的猫不见了，她叫弟弟来要我帮忙去找，我却像做贼心虚地害怕院子里的人指指点点，而不敢出面。

有时我一走出家门，就好像有一双眼睛在看着我，我抬起头，她正站在她家的二楼窗子里，朝我这边望来，我慌忙羞涩地低下头去。我可以感受得到有一种相互吸引的潮水正在向我们涌来，但那还不是一种早恋，而是芳华少年异性之间自然的一种流露。

也许，发展下去我们之间会发生青梅竹马的恋爱，也许随着年龄的增长，青春的躁动不再幼稚，而会冷静地思考要爱的对象。但没有任何也许，也就在我们之间正朦胧地感受着相互吸引的美好感觉时，不满十七岁的我却被冠以“知识青年”的名义而被迫下了农村，之后我又被抽调到远离故乡八百里的三线工厂。残酷的现实不仅使我们从此天各一方，而心灵之间的融通也从此阻断了。这也许是一种人生的遗憾，但这种遗憾却使得保存在心中的那种美好回忆和美好的感觉成了永恒。正是带着那美好的回忆和感觉，使我在农村那贫瘠的土地和三线工厂那简陋的工棚里，而对生活和人生充满了热爱和信心，并一直伴随着我走向文学创作的道路和寻找到真正的爱的伴侣！

……

当我从一种深深的美好的回忆中回到现实来时，弟弟说她来打听我时，并给我留下电话。弟弟问我跟不跟她联系。我却在心中一口回绝了。经过几十年的沧桑风雨，人生坎坷，我们不仅在外表上都老气横秋了，在人情世故上也都会变得老练和现实了，当我们此时再见面时，那种长存在彼此心中美好的感觉会顿然消失！我不愿意它的消失！

让我心中永远保留着她那少女的清纯吧！也让她心中永远保留着我那个“羞涩少年”的形象！

卖报众生相

为了生计，每天需乘公共汽车穿过城市，不论寒冬酷暑，每到一站，均见有卖报者的身影，久而久之，便目睹了许多卖报者的艰辛，生出些许感慨。

卖报者的男性没有一个气宇轩昂、西装革履的。即使是年轻的小伙子，也是最平常的打扮和挂着忧戚的神情，因为他们的吆喝声近乎乞求，永远也高傲不起来。

而卖报的女性，多是相貌平平和一身家庭妇女的打扮，她们绝无涂脂抹粉者。俏丽的年轻女性似乎都不屑于干这一行。

卖报者的吆喝也有几个层次，一般的就以平常的口气呼着“看报”；有的则拖着长长的韵调；还有的则将报中耸人听闻的标题和内容挑出来，重点吆喝，此类做法多为年轻的男性卖报者，有一定的文化素质和新闻视觉，自然卖报的效果要好得多。

街头卖报者绝少守株待兔，大都主动出击，见有乘客等车就上前吆喝一声，见有公共汽车到站就赶紧趋前，向车内的乘客兜售。也有大胆跳上公共汽车去吆喝的，这大都为年轻男性，因为这不仅需要胆大机敏，而且还得有厚脸皮。遇到心肠好的司机是卖报者的福气，遇到不近人情的司机会板着面孔哄你下去，有的甚至待卖报者下车时司机会猛一关门，似乎想夹住卖报者的尾巴，给卖报者一点惩罚和尴尬，也有卖报者来不及下车的，这就要看售票员的脸色了。当然也有因祸得福的，一次，一位卖报者上车卖报时，一份报纸都没卖出去，他正要飞身下车，车门却关上了，公共汽车已经起步，售票员的训斥却引来许多乘客的同情，他反倒卖出了七八份。

能在车上卖报，效果自然好些，于是有卖报者便贿赂司机，不过其贿赂的礼品仅是一张报纸而已。但这在卖报者亦属不易了，因为他们辛苦叫卖一天，其收入也抵不过在办公室看半天报纸的公务员。

卖报者虽然是一个新兴的行当，但马上也就形成了一个有着壁垒的势力范围，每个站每天似乎都是那些面孔。据说有一个初加入到卖报行业者，想第二天到车流最多的站去卖，结果人被打，报纸被抢。

卖报者在街头的叫卖是近十几年才出现的，它是伴着中国的经济转向市场，一大批下岗工人寻找新的生路和报业的改革转型，涌现出一批适应街头叫卖的小报而出现的。诚然，有人说它是改革时代的产物，但也有人说在20世纪30年代流行的歌曲“卖报歌”和反映20世纪40年代生活的影片“报童”中就有“卖报者”的身影，这样看来，卖报者的身影是翻过了半个多世纪与历史的昨天重现相结的，在这断层的半个多世纪是历史走了一段弯路还是历史的嘲弄。今天的卖报者们是不会去想这个问题的，它们一心想的是多卖几份报，多挣几个钱。不管怎么说卖报者的出现必定是城市文化的一种象征，一道新的风景线，有着鲜明的时代特点，它给大众的生活带来了全新的视觉。让我们尊重、体味、同情卖报者吧！请你多买几份报！

知足常乐的父亲

父亲已经八十有五了，但身板硬朗，笑声爽朗，那精气神比我这个不到花甲之年的小文人还要足。

总结父亲身体健康的原因，我认为那是“自足者常乐”给他带来的身心之益。

父亲常挂在嘴边上的一句话就是：“我现在还有什么话说，快活得很！吃饭有退休工资，看病有医保，儿女也都有孝心，我是百事不愁，百事不操心！”

父亲原是一家食品厂的工人，工资一直低于社会上的其他行业，几年前，他的退休工资也就四五百元，只是近几年，国家年年给退休职工增加退休费，他的退休工资才上了千元。这样的退休工资要是放在一般人身上，与稍好一点的行业来比，只怕会心理不平衡，数着退休工资要开口骂娘哩！而父亲从来就很满足，他认为只要能吃得饱饭，看得起病就行了。父亲是从旧社会过来的，那个时代，他虽开着一家米铺，却常为能不能吃饱饭而担忧。解放后，他进了国营工厂，虽然工资不高，全家人的生活却有了保障，他亦就很知足，在工作上使出全身的力气，年年都争当先进工作者。1954 年，在防大汛期间，他作为一个义务突击队员，一下班就奋力扑在防汛大堤上，常常忙得 24 小时合不上一眼。有一次，他从堤上回家，跟母亲说了声去上厕所，结果一去半天不回，母亲只有叫人进厕所找他，才发现他蹲在厕所里睡着了。

在父亲的退休证上，至今上面还写着“享受劳动功臣待遇，每月增加百分之十的退休工资”的字样。我曾问过父亲，这是不是因为1954年防大汛时立过的功劳而挣来的特殊待遇。父亲却说不记得了，只记得1955年得过一张“头等劳动功臣”的奖状，也没把它当回事，放在家里没几天，就不晓得是哪个小儿当了茅厕所纸。

自从父亲的退休工资从厂里转到“社保”后，父亲就没有再拿到那个“享受劳动功臣待遇”的钱了。我曾对父亲说：“你可以拿这个退休证到社保机关去问问，看能不能补上这个待遇?”父亲却淡淡地笑道：“算了吧，我才不去找这个麻烦。给我就拿，不给就拉倒，反正这退休工资够我用了。”

其实父亲的知足和够用是建立在他一贯俭朴生活之上的，父亲不抽烟，不喝酒，一日三餐都是粗茶淡饭，不说一辈子都没有上过什么娱乐场所，就连街坊邻居们带点小彩的麻将，他都没有摸过，至于当今老年人喜欢的旅游活动，他是一次都没有去过。试想如果他每年出去旅游一两次，他的那点要顾日常生活的退休工资还会够吗?

当然，父亲也有他的健身休闲办法，但那都是不花钱的，父亲每天早上起来，坚持步行三千米，然后再回来用早餐，早餐后就开始趴在桌子上写毛笔字，写上一个小时后，再开始阅读报纸。午睡起来后，又到外面步行三千米，再回来写一个小时的毛笔字。吃过晚饭，父亲在看电视时也不闲着，使劲地搓揉着全身（主要搓腿）。他的生活总是这样有规律地重复着，倘若遇到下雨不能出外走路，他就在家里走来走去，一边走一边计算着要达到他每天定下来的走路指标。

几年前，母亲去世后，我们想接父亲到自己家中住，父亲却不愿意，坚持要自己单独过，他说：“我在这里生活惯了，到了你们那里只怕还不舒服。”

父亲单独生活，我们这些儿女常常因自身的琐事缠身而长时间都难去看他一次，他从不责怪，总是说：“你们也都是一大家子人了，各有各的难处，我一个人也生活得蛮好，你们不要挂记我!”

逢年过节，我们也常想给父亲一点钱，以弥补不能常去看他的遗憾，父亲却总是不收，说：“我的钱够用了，你们把自己的生活搞好就行了!”

然大凡未成年的孙子和重孙子过生日和春节时，父亲却总不忘给他们准备好红包，我的一个近 50 岁的弟弟生病住院时，父亲不仅送去了一千元，还特地嘱咐，“钱要不够，就跟我说一声，我还可以支援你一点!”

我常想：父亲如此的通情达理同样是建立在“知足者常乐”的基础之上的，如此这般，他才生活得是那般快乐无忧。

幸福的道歉

一个春风和煦的日子，我正在家中看书，进来一位须发皆白的老人，我礼貌地问：“老先生，你找谁?”

老先生问：“你是汤礼春吗?”

我点了点头。

“我就找你。”

“找我？有啥事?”对这位老人我印象依稀，因此很感意外。

“向你赔礼道歉!”老先生脱口而出。

“道歉，道什么歉?”我越来越糊涂了，忙问：“你是谁?”

他含笑地说：“我叫金晶欣，是你小学的老师。”

“哦!”我蓦地想起来了，上前亲热地握着他的手：“金老师，原来是您！看这几十年了，我都认不出你来了！你是怎么找到我家的?”

“我是通过报社询问到你家地址的，这几十年来，你在报刊上发表的作品我差不多都看过。”

“这还不是靠教师的培育之恩吗?”

“不能这么说！我差点害了你!”金老师变得严肃起来。“自从我第一次在报上看到你的作品后，我就明白你那次到学校来偷书确实是爱读书，而不是为了卖钱。因此我心里一直很内疚，总想向你道歉！但一个老师向学生道歉又始终拉不下面子，结果就这样折磨了我几十年。今天，我终于鼓起勇气找到你，向你道歉，我的心也就从此能得以安宁了!”

“老师，那不是你的错，你的出发点还不是为我的人生负责!”金老师的诉说使我回想起那次偷书被他抓住的事，我安慰他道。

金老师却摇摇头道：“你用你的作品证明了你自己，也证明了当时我确实是对你误解了。”说着，也不容我再劝，就向我深深地鞠了一躬。

我的眼睛顿时湿润了。

“文化大革命”开始时，我仅读初中一年级。因尚不满14岁，正好不用参加学校蜂拥而起的“战斗队”。为了填补不能上学而带来的空虚和寂寞，我就到处寻找文学书籍来读，可那时的文学书籍几乎都作为“毒草”不是被焚毁，就是被封存起来。

一天，我打听到我读小学的母校将一批从老师家中搜出来的书封存在一个教室里。对书籍的渴望促使我这个一贯腼腆的孩子做出了个大胆的决定：去偷出一批书来。我首先到母校侦察了一番，见那批书存放的教室两头的门都已经钉死了，所幸窗户上的玻璃是破的，可以翻进去。第二天，我就拿了个书包来到了学校门口，学校大门是关闭的。我想了想，今天是“五一”，大概老师都放假了，于是我从一处偏僻的院墙翻了进去。教室的一角里不仅杂乱无章地堆了一大堆书和杂志，而且还夹杂着一些相册、邮册、唱片、古画。可当时我只钟情于文学书籍，挑了《红楼梦》《红岩》等书，把书包塞得鼓鼓的还嫌不够，又用绳子捆了一捆儿，然后将捆好的书从窗子里丢出去，自己再翻出去。可等我刚刚站稳，却傻了眼，面前站着我小学的班主任金老师。他一把抓住我的胳膊，指着地上的书说：“汤礼春，你偷这些书干什么?”

我嗫嚅着说：“我爱看。”

“不是吧!”他摇了摇头道：“这些书现在连大人都不准看，我知道你家的条件差得很，肯定是为了卖钱。”

金老师最后一句话刺伤了我，我用力掰开他的手道：“我不是为了卖钱，我就是想看。”

金老师更严肃了，说：“你这样不好，小小年纪就撒谎，你肯定是为了卖钱，这样的品德发展下去会害了你一生。”

“不，我就是想看书不是为了卖钱。”但不管我怎样申辩，金老师就是不信。最后他为了对我的品德和一生负责，把我的书包扣下，叫我回去写份检讨，并要求我父亲签字后再送来。我怕父亲打我，不敢对父亲说，只有真撒谎了。我写了份检讨，叫一个大孩子帮我签上父亲的名字。但这位金老师也实在是太认真了，有一次，他正巧碰见了我父亲，结果我企图瞒天过海的行为被戳穿了，我仍免不了父亲的一顿痛打。在受着皮肉之苦的时候，15 岁的我便暗下决心：将来，我要让金老师明白，我偷书绝不是为了卖钱，而是确实爱好文学。

这一天终于在几十年后的今天来了，可我今天的思想已经成熟了许多。我不再认为发表作品是为了证明自己，相反，我有滋有味地咀嚼着金老师当时的行为。在当时那种背景下，一个“危险重重”的老师居然还如此认真地对他过去的学生负责，而事隔几十年后，又非要认真地向我道歉，这不由得使人感慨万千。

老师的道歉使我感到幸福，也使我更敬重、更热爱我的教师……

我忆念的人

岁月如梭，倏忽，离开我下乡插队的岁月已经40 个春秋了。尽管我们的生活已经发生了巨大的变化，尽管今天金钱的诱惑可以牵动每一个人的神经和生活，但我仍时常回忆起下农村时的生活，特别是一个农村大妈对我的照顾。

下乡后的第三天，我独自开伙了。社员们闻讯后，纷纷给我端来菜。在众多的青绿的菜中，有一碗腌酸菜，我挑了一筷子，奇迹发生了，酸菜里面竟然有一片片腊肉。这是谁送的呢？我开始注意每个来端回空碗的社员，终于我发现了她——一个满头银发的老妈妈，满脸皱纹里夹杂着慈祥的微笑，她悄然地走了进来，把手里一碗酸菜放下，端起那只空碗又默然地离去了。

为了表示对她的谢意，一天晚上，我去她家看望她，才知道她是孤零零地一个人住着，丈夫在几十里外的林场工作，两个孩子都在三年大灾害中得病死去，她对我特地去看她这个孤老的人而感动得流下了眼泪……

从这天以后，她就特别关心我，照顾我，就像我的亲生母亲。

一天夜里，寒风呼啸，严霜骤降，老妈妈冒着严寒给我送来一床新的棉絮……

农忙时节的一天，我收工回来，看见老妈妈在热辣辣的太阳下采摘南瓜花，一朵花就是一个大南瓜啊！我问老妈妈为啥要采花，她却含笑不语，吃饭时，老妈妈端来一碗鸡蛋汤，里面飘浮着几朵南瓜花，她轻声对我说："喝吧，孩子，这样最补身子，老辈人传下来的方子！"

酷热的夏日，每当我大汗淋淋地从田头回来，准备跳进池塘里凉快一番时，老妈妈便出现在池塘边，她扯住我道："孩子啊，热透了的身子不能下水呀，小心得大病啊！"

老妈妈对我无微不至的关怀，使得全队的人都在猜测：她只怕是想把我收为干儿子，以弥补她家的空缺孤清吧！其实我也感受得出来，老妈妈是在把我当她的儿子看待。然而不久招工的消息传来了，这是知识青年的第一次机会，我不愿错过，也报了名，填了表，我不敢告诉老妈妈，我怕伤了她的心。

一个黑漆漆的夜，我在一盏昏黄的油灯下陪着老妈妈，我想告诉她我要走的消息，可话到嘴边却始终吐不出来。老妈妈又拿起那杆长长的烟枪，颤抖着手撕那烟叶……突然，老妈妈嘴里的烟枪掉在了地上，我弯下腰帮她捡了起来，就在我把烟枪轻轻交给她时，我发现她眼里已噙满了泪水，不用问我也明白她已经知道了我要走的消息。我哽咽着说："算了，我不走了，等以后再说吧！"

老妈妈却抬起头来用手擦擦眼泪说："孩子，你是国家的人，你有你的前途，你走吧！"

想不到没有文化的老妈妈倒说出这么大度的话来，我感动得一时说不出话来。

我走时，老妈妈独自一人送了我好远，好远……

八年后，我到荆州参加一次创作学习班，我抽空回到我插队的公安县北闸区荆洪大队。从沙市过了江，走在那长长的大堤上，我的心激动不已，想不到我又要见到那慈祥的老妈妈了。

进了村，我直奔老妈妈的家。到了那熟悉的茅草屋，我举起手敲门，我听见了越来越近的脚步声，隔着门，我听见老妈妈在问："是不是当年的知青小汤回来了？"

我惊呆了，我尚未开口发音，事先又没有给她来信，她怎么知道是我回来了呢！只有一种解释，是心与心的沟通与呼唤！还有，那就是证明了这八年来老妈妈仍时刻在惦念着我……

如今，她虽然早已仙逝了，但至今我仍时常想起她，仍记得她普通的名字——刘中秀。

我忆念的北闸

1998年长江流域的大洪水牵动着全中国人民的心，当我每天在荧屏上看到公安县的江堤时，看到汹涌的江水和与洪水搏斗的农民兄弟时，我的心立刻便扑到了那一方热土。

1969年，我作为武汉市老三届的知识青年曾下放到公安县的北闸区荆洪大队。我下放的队紧靠长江大堤，离荆江分洪的北闸只有二华里，闲暇时，我曾跑到北闸去玩，当看到那长长的一排气势恢宏的闸时，我浮想联翩激动不已。这个闸还牵连着我的父辈哩！1954年长江流域发大水时，我的父亲曾经在武汉的江堤上日日夜夜与洪水搏斗，听母亲说，有一次累得在上厕所时都睡着了。后来由于荆江分洪了，洪水通过北闸分流到了公安，武汉三镇才得以保住，我的父亲因而才和武汉三镇的人民取得了抗洪的胜利，父亲还因此获得了一枚抗洪特等劳模的奖章，由一名临时工转成了一名国营的正式职工。

在公安下放的日子，我常常听到本队的社员谈到1954年那次分洪，在北闸和为社员安置的安全区域刚修好不久，国家就宣布分洪了，我们队的社员全部转移到沙市对岸的公安埠河镇的安全区，每人每天由国家发给九两粮食。在我们下放第一年的农忙时节后，公社为了照顾我们知识青年休息几天，曾在埠河镇的安全区召开知识青年大会，我也得以在安全区住过几天。安全区四周是比长江大堤更高的大堤，安全区内建有一排排青砖红瓦的平房，比当时当地农民的住房还要好些。这一排排的平房平时都空闲着，只有分洪时或是类似我们知识青年这样集体活动时才启用。

我下放的荆洪大队比较富裕，土地平展肥沃，小麦、棉花、花生都长得十分好，人们的生活水平都普遍较高，家家的豆油、棉油用缸装，家家客厅里都吊有一排排自制的香肠，青年和小媳妇们穿的衣服比我们这些从武汉来的知识青年还要好些。只是家家的住房都是土坯垒起的房屋，我曾问他们为什么不修红砖房，他们说：我们这里是分洪区，不知何时会分洪，房屋修得再好还不是会被洪水冲垮。说这些话时，他们的口气极平常，听不出一丝报怨味道。

1998年当长江洪峰一个浪头接一个浪头扑来时，我每天注视着荆江分洪的消息，我为我的乡亲们担忧，我知道一旦分洪，他们就要背井离乡，承担许多的困难，失去很多的财产。最终荆江大堤保住了，武汉保住了，荆江没有分洪，这真是一个奇迹！

然而最近我才从电视上得知，国务院曾准备荆江分洪，公安的几十万群众曾转移到安全区内，我的乡亲们经受了巨大的考验，我为我曾经生活过的这块土地而感动！

新婚那夜引起的故事

在我结婚的那天晚上，我的父亲很庄重地对我的妻子说："我的儿子没有大学文凭，也没什么大的本领，但他的心好，你跟他不会吃亏的！"

过后，妻子问我："为什么你的父亲要特地说出这一番话？"我想了想说："可能是因为这样一件事吧！"

小时候，我的父母经常吵架，每次吵架都是为了钱。我们全家八口人，父母两人的工资尚不足八十元。母亲为了维持一家人的正常生活，不得不精打细算，每一分钱都要抠。当萝卜便宜时，一角钱一堆，她就一篮一篮地买回来，然后腌泡酸萝卜以作平时的菜用。但为了我们兄妹六个的健康成长，她又不得不考虑我们的营养，十天半月，她便会买回一个大猪头，让我们享用。

每月发工资时，母亲都要父亲把钱交出来，一分一厘也要算清楚。这就难为父亲，父亲的母亲和一个妹妹在乡下，虽说由父亲每月固定给乡下带去五元钱，但他总想偷偷多带去些。这样就产生了矛盾，母亲和父亲同在一家工厂，对父亲每月工资、加班费、补贴了如指掌，当父亲瞒下几块钱时，就总是被精细的母亲计算出来，于是一场争吵就不可避免地爆发了。有一次，父母甚至打了起来，母亲坐在地上号啕大哭，一直数落到半夜，父亲也气得脸色铁青，一言不发。弟妹们都吓得蜷缩在角落里，我大着胆子试着劝了父亲劝母亲，但他们都不理睬我。我害怕他们再打起来，躲在被子里一夜都不敢睡着。我在心里想：让我快快长大吧！等我参加了工作，挣了钱，一定帮家里缓解这个矛盾，不让他们再争吵。

那年月学生毕业后不能直接参加工作，要先到农村锻炼。1969 年，我 16 岁，就打起背包，告别父母，来到了广阔天地，为了争取早日从农村抽调到工厂，我十分卖力地干活，尚未发育成熟的身躯硬是和赤膊大汉们一起到水渠工地挑烂泥。

到农村不到一年，我就遇上了工厂来招工的机会，那是一家离我的家乡千里之外的三线工厂，许多知青都不愿去，我却没有丝毫犹豫地报了名。当我到那家工厂去报到路过武汉时，我悄悄跟父亲讲："我参加工作了，每月给乡里的奶奶寄五元钱去，你就不要再留钱，每月发了工资都交给妈，以免你们再吵架。"

父亲睁大了眼睛看着我，一言不发。

到工厂的第一个月，我拿了十九元钱（学徒工资第一年是十八元，因我在矿山，加了一块），就给乡下的奶奶寄去了五元钱，并写信叮嘱奶奶和姑姑，不要把这事告诉我妈妈。这以后，我每月都坚持给奶奶寄钱。

一晃两年过去了。春节，我回武汉探望父母，有一天晚上，父亲说要跟我谈谈，我很是惊奇，不知为什么父母的样子那么深沉。母亲先开口了："春伢，你每月给奶奶寄钱的事你爸爸告诉我了，你以后不要再寄了，把自己的生活搞好。我和你爸爸保证不再为钱吵架了，我每月都会给你奶奶带去十元钱，你放心！"

我惊异地看了看身边的爸爸，爸爸欣慰地朝我点了点头。顿时，我的眼睛湿润了……

父母的和解抹去了我心中的负担，从此我轻松愉快地生活在人生的旅途上……

波斯猫之谜

朋友送给我一只小白猫。小猫很可爱，虽刚满月才几天，却知道在放炉灰的盆子里拉屎撒尿，妻、儿子都和我一样很喜欢。可是没有几天，我们一家人就发现了毛病，小白猫两只眼睛不一样，一只眼睛是蓝色的，一只眼睛却是黄色的。我们担心其中一只眼睛是瞎的，便问那位送猫的朋友，他也答不上来，于是我们一家就有了一个谜。

不久，我在读一篇小说时，意外地解开了这个谜。原来，这种全身发白，两只眼睛颜色不同的猫是波斯猫。波斯就是现在的伊朗国，那就是说这猫的祖先是来自古波斯国的。

常人道：波斯猫好。好在哪里呢？我想猫好该主要体现在会捉老鼠上。然而，我家的这只波斯猫却很懒，第一嗜好就是睡觉。起先我们以为它是白天睡，养精蓄锐，晚上好捉老鼠，可后来才发现，这只猫晚上也在睡觉。我那个在读小学三年级的儿子有一次在作文中写道："我家的猫是一只懒猫，一天要睡二十个小时……"这绝不是儿童的想象和夸张。

我家的猫还有一个特点，嘴巴很刁居然连生鱼都不吃，且不用油煎过的鱼也不吃，偶尔捉到一只小老鼠也不吃，只是玩玩而已。人家说是我们惯的，到底是我们惯的还是生来就有的习惯？我不得而知。

猫长得很快，转眼间大半年过去了，有一次，弟弟一家上我们这里来玩，弟媳一进门就问："你们怎么还养了一只小羊？"

去年的秋天，我们全家因故外出。猫怎么办？我们没有想，也顾不上想，就没有管它，随它去。在外地待了两个月，待我们回来时，心想猫肯定是不见了的！常言道猫恋食，狗恋窝，我们走时一粒食也未给猫撇下，它肯定要愤然远走他乡。

不料，当我们刚踏进屋子，就听见"喵喵"的叫声，一只似曾相识的大白猫窜了进来。我们又惊又喜，它并未因主人的不在而饿得骨瘦如柴，相反还胖乎乎了许多。也许正是因为我们的不在，相反锻炼了它生活的能力吧！果不其然，左邻右舍的人们见我们回来了，便纷纷饶有兴趣地向我们诉说："你们那只猫真是能！饿了就趴在我们门口叫，倘给它吃的，它就毫不客气地吃，可倘要抓它，它就跑！"

出远门而未丢猫，就如同失而复得。我们一家人便格外珍惜这只波斯猫，并颇有些得意：我家的这只猫丢失不了！

可就在我们高枕无忧之时，猫却突然失踪了。起初我们很自信地想：过一两天它就会回来的。可盼了一天又一天，一直盼了几个月，它却始终没有露面，我们的盼望也逐渐在记忆中隐匿起来。终于有一天，我们总算想到了一个事实，我们家的波斯猫再也回不来了。

我家的波斯猫到底去向何处呢？我们的心里从此有了一个永久的谜！

盼妻归

我和妻子感情很深，结婚近二十年来相濡以沫，互敬互爱。我偶尔出差，夫妻小别，彼此心里便像有了一种重重的失落，感觉空空的。我和妻子都有一种深深的感受：我们这一辈子都不能分离。

然而生活是那么的残酷无情。前年，妻所在的厂垮了，而我所工作的单位也不景气，每月仅能拿到几百余元的薪水。我们的孩子又即将上大学，需要一笔不菲的学费和生活费。面对突如其来的生存问题，妻子想打工，可我们所生活的小城工厂几乎全部倒闭。开店干个体吧，又缺少资金。

在生活的窘困面前，生存感终于压倒了情感。已过不惑之年的妻子被迫远走他乡去打工，我们这一对恩爱的夫妻被迫天各一方了。

妻子在外出打工的日子，因为想家常常在夜里让无声的眼泪打湿被头。有时在上班的时候为一句话为一件事勾起了心头的酸疼，就赶紧跑到空旷无人的平台上，大哭一场。

而我也被思念之情缠绕得失魂落魄一般，常常仰天长叹，惆怅万分。

时间在相思之苦的煎熬下终于移到了春节的即将到来。妻子盼回家心切，在跟我打电话中都忍不住号啕大哭起来。她的相思之情终于打动了老板，原不准备放妻子回家的她终于网开一面了。得到这一消息，我欣喜万分，在电话中再三叮嘱妻子，春节期间车票会相当紧张，一定要提前落实。妻子因帮老板长年在一家订票处订票，相互较熟悉，认为所订的票不会有什么问题。

我听说妻子所订的火车票到站的时间是清晨五点半后，怕误了接妻

子，特地去买了个闹钟。父亲为了我们夫妻好好团聚，也特地和中了风坐在轮椅上的母亲一起搬到了妹妹家。

我开始一天三遍地看日历，屈指数着妻子回家的日子，终于熬到了妻子要回的前一天了，我浑身开始躁动起来，可妻子到了晚上却打来电话，说订票处未送来车票，她打过无数次电话过去，平素一贯热情的对方却避而不见。

我顿时犹如全身上下被泼了一盆冰水，妻子也和我一样又气、又急、又恨。妻子在电话中跟我说："她准备明天买张站台票进站，无论如何也要挤上火车，就是站也要站到武汉。"

这夜，我几乎都没睡着一刻，每隔一个小时，就抬起头看看闹钟，终于等不得闹钟的提醒，4 点钟我就披衣起床，踏着积雪，披着冷霜，浑身充满热流地向车站奔去……

妻子啊！我终于能亲亲你那布满泪痕的脸蛋了！

稿费单啼笑录

生平爱舞文弄墨，隔三差五便会有稿费单寄来，收到稿费单时虽不亦乐乎，但有时定睛一看，却不免又露出些苦笑，原来是那上面将我的大名写错了，远的就不说了，就拿实行电子汇款以后，我第一张盼来的稿费单就将我的名字打成了"尚礼春"。我略通电脑打字，知道用五笔字型打字时，稍不留神，就容易将"汤"打成"尚"。我也犯过此错误，但汇款单的错却不比寻常，它能不能取得到款却要打个大大的问号。

在去邮局取稿费的路上，我在心中暗暗祈求：但愿这办理取款的邮局工作人员和汇款的邮局工作人员一样也能粗心大意，好让我蒙混过关，但我的希望瞬间落空了，那邮局的小姐火眼金睛，只扫了一眼我递上的汇款单和身份证，马上就递还给我道："你汇款单上的名字和身份证上的不符，不能兑取!"

我心不甘，振振有词道："这岂能怪我?这是你们对方邮局的同事马虎造成的。"

大概我的书生意气惹火了她，她没好气地说："这我不管，谁写错的你找谁去。"

邮局是一统天下，别无分店，叫你怎样，你就只有怎样。无奈，我只有听从指挥，将汇款单退了回去，并打电话给寄稿费的报社，叫他们收到退回去的稿费单后再重给我寄来。

来回折腾了大约一个来月。那家报社终于重把稿费单寄来了，我喜滋滋地接过一看，不免又苦笑起来，原来这次我的大名又成了"汤礼青"。这次我不好意思退回报社叫他们重寄了，我想如今天下不会有那么耐烦的人了!只有自作自受!不，是他作我受了!

无奈之中，我心生一计，先不用去邮局碰壁，等其他几张稿费单寄来时，把这张写错了名字的稿费单夹在当中一起递给邮局办理取款的工作人员手中，说不定能蒙混过关。果然这种小伎俩混过了邮局的那位小姐，虽然她在一一核查稿费单时我的心提到了嗓子眼，但必定最终她没有发现破绽，将钱如数递给了我。走出邮局时，我颇有些黄毛丫头必定斗不过老狐狸的得意。

谁知，没过几天，我又收到了一张错名字的汇款单，这次我的名字又变成了"汤春礼"。我又想玩上次的花招，等到又有几张汇款单寄来时再一起去取。可这次却运气不佳，被邮局那个小姐明察秋毫出来，她不仅眼神大有长进，记性也非凡，居然对我说："你上次有张汇款单名字写错了，我那天忙，顾不上细看，让你混过去了!现在我对你的汇款单可是格外注意!你别想混过去，还是老老实实退回去吧!"

我这个平素一贯文质彬彬的文人此时也不由得上火了，我提高嗓音的分贝道："你们明明知道这是对方邮局工作人员的错，而为什么就不能通融通融呢?为什么就非要让我们这些客户受折腾呢?"

可惜她没有听进去，一言不发地坐在那里。我又犯了文人爱联想的毛病，心想可能是由于她的眼睛和记性太好的原因，以致耳朵听力不行。

红酒——都市的象征

我现在生活在灯红酒绿的大都市了！这个酒绿其实是泛指有颜色的酒，红酒自是首当其列。我理解用灯红酒绿形容大城市是因为只有大城市的人们才喝红酒，而乡村和小城市的人们一般对红酒是不屑一顾的，他们要喝就喝烈性的白酒。

我就是从烈性白酒泛滥的地方逃出来的。我原在鄂西北的一个小城市工作，那个地方是白酒的天下，不管是亲朋好友相聚，还是工作上的应酬社会上的交际，都离不开烈性的白酒。而且一上来，大家就要同饮三杯，然后再一个个地轮流和大家喝，谓之为“打圈”，一圈打下来，大家也就大脑发热晕乎乎了，就开始粗声大气地猜拳喝令，就开始尽情宣泄，或发牢骚，或讲荤笑话，或大吐隐私。如此这般，大家方才觉得喝好了，喝得痛快！倘若有一人被醉倒，大家更觉得是一种乐事，一连三天，都会将此事挂在嘴边，津津乐道。

每逢遇到这种场所，我却不能入流，因为我是个从文的，便有了些文人的苍白，往往怯怯弱弱地向众人告饶，说我不会喝白酒，只能喝点红酒。众人便笑话开来，说红酒是女人喝的。有的则说：“你别要哄我们，文人都胜酒力！李白不是斗酒诗百篇么？”我忙不迭地解释：“李白喝的是那种米酒，酒精含量低，相当于今天的红酒。”众人且不听我的辩解，照样想尽一切办法逼我喝白酒，有时甚至达到了强制的程度。我是喝又喝不下，逃也逃不脱，往往搞得狼狈不堪。

为了摆脱这白酒的压力，更主要的是摆脱那频繁酒宴带来的时间和生命无谓的消磨，我逃到了南方的大都市。因为我听说大都市的人们是喝红酒，而且喝多喝少随意，没有人死缠硬磨地劝酒。

在大都市生活不久，我就出席了公司招待法国客人的一次宴会。宴会的酒清一色是有着琥珀色的红酒。公司的同人和法国客人举着盛着浅浅红酒的高脚杯，一边细细地随意品味，一边和风细雨般地交谈着。在那种浓浓的柔和的气氛中，我的举止和谈吐也不知不觉变得文雅起来。那一刻，我蓦然顿悟：喝红酒不仅是都市的文明，也是都市的象征。

我忆念的老师

我长大了，蹦蹦跳跳地进了中学。什么都是新鲜的，就连班主任也不再由语文老师担任。

我们的班主任是个生物老师，她姓胡，叫莉妮，她的模样跟她的名字一样美丽而贤淑。她上课时，全班同学都听话极了，课堂上安静得连彼此的呼吸都感受得到。有时别的老师上课，大家乱哄哄的，胡老师这时就悄悄出现在教室门口，大家顿时都安静规矩起来。我们的胡老师是靠她的温柔、谦和、庄重而感染大家。

那时，我的年龄是全班最小的，个子也是最小的。有一次上课，胡老师拿来了一架显微镜，要同学们一个个去观察细菌。轮到我时，我踮起脚尖也够不着，同学们发出一阵哄笑声。我的脸红了，慌忙回到位子上。胡老师平静地扫视了大家一眼，然后搬了个板凳放在显微镜的桌旁，亲切地对我说：“你再去观察吧!”我的心中顿时涌起一股暖流……

幸福的中学生活太短暂了。仅读了一年，“文化大革命”就开始了，学校乱成一片，各种战斗队纷纷竖旗成立。我班上的一个同学也占山为王，来拉我去当他的助手。我的心被煽热了，第二天去时，半路上遇到了胡老师。她知道了我的意图后，拉着我的手说：“你还小，没有一点社会经验，你去能干什么？回去吧，你不是喜欢看小说吗？我那里还有几本。”

我乖乖地跟着胡老师走了。

就这样，在最初终止学业的那两年，我看了一些文学书籍，从此爱上

了文学。

两年过去了，虽只读了一年初中的我们，却被冠上“知识青年”的美名，要到农村接受再教育了。那天，我被通知到学校去，胡老师看到我后，失声叫了起来：“你连16岁都没有，怎么能去农村呢?”她拉着我跑去找学校下乡办公室负责人。在她委婉劝说下，学校给我办了暂缓下乡的证明。然而暂缓必定挡不住当时下乡的洪流，我终于还是要下乡去了。当我办好了户口手续，胡老师正坐在我家中，她小声问：“都办好了?”我点了点头，胡老师的眼睛顿时湿润了，她不再说什么，默默地坐了一会儿就走了……

从此我开始踏入了社会，走进了生活的激流。在那些严寒的日子，我会自然而然想起我所爱戴的胡老师，心里油然而生一股暖流，涌起对生活的勇气和信心。当我在报上发表第一篇作品时，我真想写封信告诉胡老师，可我却因身处异乡不知她的下落和音信。惆怅之后，我又拿起了笔。我想不管胡老师在哪里，只要看到我发表的作品，就会想起我，就会露出欣慰的笑容……

职称啼笑录

对于职称，我过去是求之不易，现在却是弃之不易了。

1987年夏，我因在全国报刊上发表了几十万字的文艺作品，被省作家协会吸收为会员，而随之开始的评职称，我却被拒之门外。不是我从事的工作与创作相去甚远，虽然我当时在文化馆从事创作辅导工作，但将我拒之门外的是文凭。我初中仅读一年就遭遇到了“文化大革命”，从此失学，16岁就作为“知识青年”而下放农村。我是靠自学而走上的文艺创作，又因为创作上的成绩被作为文艺人才从工厂选调到市文化馆的，然而我却无资格参加评职称，因为文件上明文规定初级职称也要高中以上的文凭。

当时人人都为开始评职称而兴奋、而奔走。我虽然明知道文件已把我打入另册，但仍不甘心，找到局政工科科长，把发表的作品给他看，并阐述我的观点，现在是改革时代，应该是重文凭也要看实际才能。那位科长对我的作品不屑一顾，冷冷地说："这我管不着，我只管按文件办事。"

我虽然气恼、沮丧，但也只有无奈，必定个人的意愿是抗拒不了整个社会的习惯和风气的。

到了20世纪90年代中期，听说工资已和职称挂钩，且这个时候，我发表的作品已达百万字，出了二本书，还获得了"全国自学成材优秀人物"证书。我想评职称的心又蠢蠢欲动起来，我又找到那位政工科长，提出了我的要求，他还是那副尊容："你没有文凭，就不能评职称。"

这次我不服气了，辩解道："国家有关部门都承认我是自学成材，我还获得过省文化厅颁发的文艺一等奖，为什么就不够评职称!"

这位妒贤嫉能偏偏又管职称的科长根本不听我的辩解，一副幸灾乐祸的样子说："谁承认你是自学成材，你找谁评职称去!"

我一气之下，干脆自费乘车到了八百里外的省城，找到了省文化厅分管评职称的副厅长，把我的作品和获奖证书摆在他面前，这位大官却没有一点官架子，耐心地翻开了我的作品和获奖证书后，一口就说："凭你取得的成绩，你不仅能评职称，而且有资格直接申报中级职称。"

随后，这位副厅长就给我们地区文化局打了电话，地区文化局又给我们市文化局打了电话，也巧，此时的政工科长换了一个人，我的职称问题也就解决了，而且一步就到了中级职称。

评上了中级职称，我的气虽顺了，但工资却没加一分，因为我所在的城市经济不发达，财政给事业单位的拨款并非全额而是包干，我所在的文艺创作室4个人连工资带办公费用每月只有1400元，我每月仅只能拿到300余元，我老婆厂里也一直不景气，每月只能拿到200余元的工资，随后，她们厂又破产了，每月只发30元的生活费。而我的儿子又到省城读书去了需要钱，我便萌发了外出闯荡的心，但一想到我从16岁就开始下农村，已经都熬到三十年的工龄了，便不忍心离开职位，只盼着上面来个

“三十年工龄就可以提前退养”的政策，我就好远走高飞。好容易盼到了今年市政府来了个机构改革，果真文件上有一条“事业单位年满三十年工龄或是五十岁的干部职工可以退养。”

我便欢天喜地去局政工科办手续，谁料政工科长却说：“你看，这文件后有个补充规定：凡有中级以上职称的干部职工不能提前办退养，要年满60岁才能退休。”

我顿时啼笑皆非起来，我真是木匠搬家——自作自受。我当初何苦要争这个职称，一点实惠都没有得到不说，现在反倒把自己捆绑住了！

嗨！令人啼笑皆非的职称！

苦瓜——人生

苦瓜的名字听起来令人生畏，但只要你一见它的外表，就会立即被它吸引。

苦瓜生得玲珑剔透，全身像通透的翡翠，是天然的艺术品。其他的瓜菜长老了，便不中用了，可苦瓜却越发变得金黄可爱，也越发可口，就连里面的子也像一颗颗红宝石一样使人不忍丢弃。

因为苦瓜模样的可爱，就常惹得小朋友想吃，扯着父母的衣角嚷着要买。可当他们夹进第一口时，往往又慌不迭地吐了出来，连声道：“好苦，好苦！”自此，你再劝，再哄他也是不吃了。

待小孩长成了大人，再尝苦瓜，慢慢咽下，居然从清苦中品出了一种特殊的鲜味，于是再到市场买菜，忍不住也会买了苦瓜回来。渐渐地，苦瓜就成了餐桌上的家常菜。

我想，好的东西一开始往往是不容易被人理解接受的，需要人们大胆地去品尝，去体味，从中得出自己的见解，吃苦瓜的过程便也如此。

其实，当你再深一步了解苦瓜后，就更知道其好处了。苦瓜有清火明目之功效，在烈日炎炎的夏季，当人们最厌食的时候，它却让人能吃下饭，叫人多增添点活力，抵挡炎热的残酷。而且，普通的饭菜经不住热浪的侵袭，一过夜就馊了、坏了，而苦瓜却不会变味。这样看来，苦瓜简直是万物之主怜悯人们炎夏之苦而特地派下来的了。

我常常琢磨这样一个问题，为什么当小孩时不愿吃苦瓜，而成大人后却爱吃了呢？也许，一般人的童年是快乐、无忧无虑的，当然一点的苦就能使之感受的鲜明。而成大人后，人生的艰难经过多了，诚然，一点点苦在他们心里已算不得什么，而且居然能从清苦中品出特殊的美味来。

武汉人的大嗓门

到了北京嫌官小，到了上海嫌城市小，到了深圳嫌钱少，到了武汉嫌嗓门小。

这是时下在市面上流传的民谣，看来，武汉人的嗓门之大是世人皆知了，或许这只是武汉人的自嘲。

我是武汉人，自小在武汉长大，自然对武汉人的嗓门颇有领教。

武汉人说话平素一贯就是心直口快大大咧咧，毫不遮掩，动不动就爱上火，骂娘，而且吵起架来嗓门特大，那音量起码达到上百分贝，上吓飞麻雀，下吓跑老鼠。这也许是由武汉的特殊环境“火炉”所炼成的吧！

说起武汉人的大嗓门，外省人都带有点贬义，而我却有几分赞许与钟爱，这并非由于我的家乡情结，而是我觉得武汉人的大嗓门中透着一股豪爽正义之气。

我记得小时候，门前的路上如果丢了垃圾，就一定会有大嗓门吼道：“是哪个这么缺德！把渣子乱丢！丢到你自己屋里去吵！”

如果是公共场合有人扯皮打架，也一定有大嗓门劝架：“吵莫事吵，还嫌丑丢得不够！要吵回去吵！关起门来吵！”

如果是要下雨，谁家的东西还晒在外面，就一定有人会扯着大嗓门嚷道：“要下雨喂！哪个屋里的东西还不收！是不是不想要了吵！”

武汉人的大嗓门中，即使叫的是正经事，透出的是一副热心肠，但话音里却也含着一种调侃，叫人哭笑不得。

这几年我四方漂泊到过许多大城市，所到之处，当地人们的嗓门确实不如武汉人那么大，看起来确实彬彬有礼修养有加，但有时常所遇之事，却叫我十分怀念武汉人的大嗓门。

有一次在上海，公交车半途堵车了，堵了近半个小时，乘客们堵得实在不耐烦了，便纷纷要求下车去，司机却拿架子拒不开门，乘客们虽千烦万烦，却都只小声嘀咕，我心想要是在武汉，早就有人会扯开大嗓门，把司机骂个狗血淋头，看司机敢不开门！

还有一次，在广州的一个居民小区，某日清晨五点余，人睡得正酣时，却蓦地被楼下一串小车的喇叭声叫醒。那小车的喇叭不停地叫，足足叫了十余分钟，几幢8层楼高的居民楼中，居然没有一人探出头来叫骂制止。这要是在武汉，早就会有人探出头来扯着嗓门骂道：“这么早就叫，吵老子们的瞌睡！”也一定会有其他人探出头来帮腔。可是在这里却无一人敢伸出头来，都宁可被搅得睡不成觉也要当缩头乌龟。

看到这里，也许有人会指责笔者，你不也是武汉人吗？你为什么不亮出你的大嗓门呢？笔者在异乡初遇此类之事时，也曾亮过大嗓门，无奈不仅无人帮腔，而且当地的人都像看怪兽似的斜视着我。如此这般，我也只好入乡随俗了。

由此，身在异乡的我也就只好常在心里怀念武汉人的大嗓门了！

青春咏叹调

阳光灿烂的夏日，清碧碧的汉水边，一群少男少女的歌声、笑声像江水一样清纯，像浪花般动人，也许他（她）们都总算暂时摆脱了长期学习的重负，才如此轻松、洒脱、惬意；也许他们在紧闭的教室束缚得太久，在这蓝天下才这么自由、随意地呼吸伸展。

几个男孩子跃入水中，施展着各自（也许是偷偷学来）的本领，他们时而像鱼儿一样遨游在水中，时而像渔鹰般把头埋在水下，时而像野鸭般拍击着浪花，时而又围在一起嬉闹，相互撩着水花，打着水仗，女孩们则有的在沙滩上挑拣着五彩斑斓的石子，有的拿着石块打水漂，有的则把小石子投向水中的男孩们。一时间水中岸边笑声连成一片，鱼儿都惊诧地躲在远处悄悄地窥视。

忽然，一个女孩发现有一个男孩没有下水，正坐在一块青石上含笑地望着水中的同伴。女孩子悄悄走了过去，把他推了一把："你怎么当个旱鸭子？下水呀！"

男孩子摇摇头，笑笑却不语。也许是他不会水，但在女孩子面前却说不出口。女孩子就招呼同伴们一起过来，要把男孩推下水去，女孩们都过来了，你推我拽，还你一言我一语地用"懦夫""胆小鬼"这些轻视贬低的语言，刺激着男孩子，水中的男孩们见了，也跟着起哄加油。岸边的男孩子在女孩子们的怂恿激将下，终于勇敢地脱下了衣服，跳入了水中，瞬间，水中也响在他欢乐的笑声和拍击水花的响声。忽然，一个游艇飞驰而来，激起层层浪花，水中的男孩们更是欢呼雀跃，随着碧浪起伏摇摆，岸边的女孩们也被飞艇箭一般的剪影吸引住了，眼光一直追逐着飞艇而去，渐渐飞艇消逝在了天边，水波也渐渐平缓下来，一个男孩子蓦地警醒过来，刚才最后一个下水的男孩子不知何时消逝在水波里了，男孩们开始扯

着嗓门叫着、嚷着，女孩子们则害怕地捂住了美丽的脸庞，有的则悄然啜泣起来。太阳不忍看这场面，悄悄地下山去了，一阵风儿起了，浪花一排排地涌了过来，那是一阵阵叹息：青春是美丽的，也是脆弱的；青春是动人的，也是稚气的；青春是浮华的，禁不住诱惑；青春是躁动的，禁不住挑逗。唉！青春纵然最明媚，也是最充满危险的！

超市——美丽的诱惑

在喧嚣的大都市打拼了几年，有时我常常想回到原来的小城市去过原来那种优哉游哉的生活。可刚一冒出这念头，妻子就当头棒喝："小城市没有超市，你过得惯吗?"

是啊！我不能想象没有超市的日子怎么过？报纸、电视给我们展示了太多的胆战心惊的画面，柴米油盐酱醋茶，我们生活中的必需品，哪一样没有假冒伪劣产品？哪一样都能使人中毒甚至命丧黄泉。

我们早已不敢随便在集贸市场买那些"进口"之物了，我们只能信赖超市，即使买一包盐，也要到超市去买。可以说超市已经掌握了我们的生活，我们会常常不知不觉地走进超市美丽的诱惑之中。

超市大都有着富丽堂皇的门面和展厅，使你走进去自然平添了几分生活的高雅和气质。里面的物品琳琅满目，五光十色，你就像这里的主人一样意气风发，豪气十足地随便摸随便看，没有人给你难看的脸色，你享受到了一种极随意的快乐感。在这种极惬意的氛围中，你总会挑上几样看得上眼的东西。特别是夏天，外面是酷热的世界，而超市里面是一片清凉，你一边满足感官的同时，也享受着春天般的舒适，不过万千的商品也总有你动心的东西，你会不由自主地去掏腰包。

超市最高明的一招算是每天总有几样特价的食品，它吸引得每天都有不少人蜂拥而至。当然你购买了特价牛奶，自然会挑上一些蛋糕、面包，你购买了廉价的蔬菜，自然会挑上一些搭配的鱼肉虾类，超市特价的目的就微笑着完成了。

大型超市还会专门配备几辆大巴士，专门接送顾客们。当你看到超市的大巴士就停在你门前不远的地方时，你会想反正总是要购食品和杂物，在什么地方买不都是一样，既然有车接送，图个方便吧！于是你会乖乖地被超市的车接进超市，在超市购物时，考虑到有车送到门口，你会把只要用得着的东西尽量买回家。

超市最有诱惑力的是平价，许许多多商品都比外面便宜一些，表面上看，超市的利润会减少一些，但超市自有超市的算盘，它往往会把东西一打打、一捆捆地卖，例如牙膏，虽然会比外面便宜，但你却一次得买6盒，你会想牙膏嘛天天要用的，多买几盒也无妨。

超市还会经常举办抽奖活动，那些奖品也颇有诱惑力，会使你怦然心动，若买了50元的东西就可抽奖，当你买了45元的商品时，看到离抽奖还差5元，不用人吆喝，你一定会催促自己再买价值5元以上的东西。

超市就像一个充满魅力的女郎，她微笑着不停地向你招手，你每一次都是心甘情愿高高兴兴步入进去的。只是到了月底，当你清理着你的钱包时，发现比月初计划时瘪了许多，你才会意识到是因为这个月多进了几次超市的原因。尽管如此，第二天，你又会耐不住超市美丽的诱惑，又会心甘情愿地走了进去。

老板，我懂得了你的语言

那天，老板召开了全体员工大会。老板开始讲话了，一开口我就感觉不对味，因为老板讲的是粤语我听不懂，但我心里听懂了老板已经不再重视我了，我也该自知之明，抽身隐退了。

几年前，老板特地从广州打电话到武汉，说他在很多报刊上看到过我

的幽默作品，他的文化公司新接手了一本杂志，也想改成幽默风格的，特邀请我到他的公司去编这本杂志。

我尚在犹豫之中，老板又热情地说：“你可以先到广州来玩玩看看，路费由我出。”

见老板这样热情大方，我便答应到广州去看看。到了广州，虽见公司的条件简陋，但感觉到老板待人和蔼、诚心，便答应留下来当编辑。

杂志初创，面临着激烈的市场竞争，我又是一个人编一本杂志，只有使出浑身解数和拼命三郎的精神，白天改稿编稿，晚上又自己撰写策划的重头专题稿，所以编的第一期杂志就一炮打响，发行了几万份。老板见我能编能写，能吃苦打拼熬夜战，又结识全国许多作者，约来许多精彩的好稿，又有市场眼光，对我频频赞誉偏爱有加，不论是开会和吃饭，非要我坐在他的旁边，因公司除我之外都是广东本省人，老板特地在全体员工大会上规定，因为有我这个外省人才，公司一律要说普通话。

为了报答老板对我的知遇之恩，我的工作也倍加努力了，我除了每期继续亲自撰写重头专题稿外，对老作者我关怀备至，对新作者培养提携，建立了全国一流的幽默作者队伍。对市场经常调查研究，让所编的杂志栏目经常出新。对同类刊物我通常一一浏览，凡抄袭者和重发稿都难逃我的眼睛，甚至对每一位读者的来信都要亲自回复。

在我呕心沥血的工作下，我所编辑的杂志在市场上越打越响。三年来，邮局订户从最初的 2000 份上升到 5 万份，总发行也接近 10 万份，每年为老板创造经济效益近百万元。

也就在杂志最红火的今天，老板为什么却忘了普通话而讲起了我听不懂的粤语呢？联系到近几个月来，老板对我不再热情而趋于平淡，我感觉得到老板不是忘了讲普通话，而是别有意味的。

从公司平常员工的言谈和迹象中，我分析由于老板对我的器重，加上我的工资在全公司是最高的，便引起其他员工的嫉妒（包括老板的亲戚），因而常在老板面前打我的小报告，无端生有地说我发人情稿，跟其他报刊编辑交换发稿等。记得有一次，公司会计就指着我给一个在报刊当编辑的作者的退稿信说："你不要拿公司的信封自己投稿了！"我见他误会了，当即就将信封拆开，把我写的退稿信当面给他看了，会计的脸色顿时很难看，悻悻然地走了。这以后，我就感觉到会计常常在老板面前说我的坏话。说我坏话的多了，久而久之老板对我的印象自然就差了。再则我不否认自身也会有缺点，老板在对我的长处成绩司空见惯后，也就自然会发现我的缺点，比如我爱直言提意见，不像其他员工那样时时处处吹捧恭维老板，久而久之老板会认为我清高骄傲自大。最主要的是，老板会认为我所编的杂志在这三年中风格已经形成，在市场上已经创下了品牌，有了固定的订户和读者，现在即使换一个编辑，照样不会影响发行。而新招的编辑薪水可以给得很低，比之我的薪水老板一年又可多得几万元的进账，个体老板总是将自己的利益考虑第一的。

老板在上面讲粤语，我却在下面读懂了老板内心的语言。一散会，我就向老板辞职。老板故装惊讶，问："你这是为何呀！"

我说："你今天在会上讲的是粤语。"

老板"哦"了一声，道："我以为你来了几年了，听得懂粤语了哩！"

"我是听懂了！所以我才辞职！"

我辞职后的第二天早上，我买了一份报，正在看有关招聘的信息，蓦地电话铃响了，我拿起电话，是一个陌生人的声音，说是一家文化公司的，有意聘用我，想请我去谈谈。

"你怎么知道我家的电话？"我很意外。

对方却说："你来谈谈吧！我派车来接你，来了我会告诉你的！"到了那家公司，我才知道给我打电话的是这家公司的马总经理。马总经理告诉我，他的公司最近新接手了一本经营不下去的杂志。调查了市场后，也准备改成幽默风格的，打听到我正好从原来那家公司辞职了，所以特意聘请我到他的公司主持编辑这本杂志。马总经理许诺给我的待遇不比原来公司低，并说我还可以提条件，我见他对我十分器重，言辞切切，便答应下来，但也提了一个条件，说我是外省人听不懂粤语，刚才听女秘书向他汇报工作时也是讲的粤语，想必马总经理和公司大部分员工也是广东人，为了方便工作，我来后公司应该提倡讲普通话，马总经理欣然同意了，并且在第二天欢迎我的会上，就别着一口普通话向全体员工要求，以后公司员工跟我讲话时一定要用普通话。

我又重新走马上任了，虽说这也是一本重新改刊的杂志，但正合我的胃口，轻车熟路，熟悉市场和发行渠道，又有一帮久经合作的作者队伍，很快我接手的这本杂志又打开了局面，半年之后杂志发行就达到5万份，当年就为公司创造了几十万元的经济效益。

马总经理由此对我十分赏识，特地在新年元旦那天，在一家五星级酒家设宴款待我，作陪的只有他的那个秘书。

由于高兴，那天我们都放开痛饮，渐渐我不胜酒力，头晕乎乎地斜靠在沙发上小歇。马总经理和他的秘书显然也喝多了，在那里毫无顾忌地用粤语亲热地交谈着。蓦地，我觉得他们说的粤语有些听得懂了，而且好像在谈论我。我仔细听去像秘书在恭维马总经理，说他策划我到公司很高明，很成功。听着听着，我渐渐明白了事情的原委，原来马总经理接手了这本杂志后，也瞄准了我这个编刊的人才，为了能不露痕迹地挖我过来，便收买了我原来公司的一个员工，让他有意在公司散布我的种种劣迹，加上本来公司嫉妒我的人就很多，继而到公司老板那里说我坏话的人也多，使老板逐渐对我转变了态度和看法，最终导致了我的辞职。

我终于听懂了老板们的语言，我过去总以为自己颇有大将之才，现在才明白，我终究只是老板们棋盘中的一粒棋子，由他们摆布了。

我为妻子拔白发

妻子已步入中年，虽风韵犹存，但青丝乌发中却不时隐隐约约钻出几根白发。于是我便有了新的使命，每个月总要抽出半天时间来帮妻子在满头青丝中细细寻觅那或藏至深或偶露峥嵘的白发，并轻轻地把它拔出。每次，我们都是选择阳光灿烂的日子，妻子半躺半坐在靠椅上，我却半伏在她的身上，一边寻觅着她头上的白发，一边和她扯着家常，那感觉真好，有一股柔情蜜意的天伦之乐和幸福感浸泡着我们，每当这个时候，我的思绪不由得飞得很远很远，回味着我们生活中的一些片段……

和妻子谈恋爱时，妻子是小城一朵出名的鲜花，清丽如出水芙蓉，而我其貌不扬，且在离城十几华里的水泥厂当一名普通的工人。很多的姐妹都为她惋惜，问她为何要放弃那么多家庭条件好的追求者而不顾，偏偏要找我这个家庭条件、自身条件都很一般的人。妻子却振振有词道："他爱文学，又爱音乐，有追求、有事业心，是一个有生活情趣的人，我喜欢的正是这样的人。"

妻子的母亲为妻子今后的生活着想，也反对我们的婚事，说："他在城里又没有住房，你们结婚后怎么办?"妻子却毫不含糊地说："他厂里有房子，我每天骑自行车去。"

丢下这句硬邦邦的话，妻子就开始学骑自行车，她那娇小玲珑的身材在征服那冷冰冰的自行车时，不知摔疼了多少次，最终以她顽强的意志使得自行车驯服在她的身下。

我们去拿结婚证的那天，我提议去餐馆庆贺一番，妻子却指着路边一个烤红薯摊说："就买两个烤红薯吧，我希望我们今后的生活就像这烤红薯又热乎又香甜。"

结婚以后，妻子十分支持我的文学创作，不仅将家务事全部包揽，而且还四处帮我搜罗素材。有一天，我跟妻子谈到正构思的一篇小说，但觉得缺乏一些细节，妻子想到她表兄的一些事可以加进去，第二天下班后，她就挺着大肚子跑回了娘家，专门把岳母请了来，叫岳母给我讲表兄的一些事，果然给我提供了好几个鲜活的细节。几个月后，伴随着儿子的呱呱落地，我的这篇小说也一炮打响，在一家刊物上发表了。

因为我的爱好，从结婚开始，妻子便担负起了给我抄稿的任务，尽管她的字在女性中亦算不错，但她仍不满足，买来钢笔字帖每天练上一阵。由于每一篇稿并不一定首次就能发表，加之一般编辑部又不退稿，常常一篇稿要抄二次、三次，甚至七八次，妻子不厌其烦，每天晚上都要趴在桌子上一笔一画地帮我抄稿。在拥有电脑前，我已在报刊上发表了上百万字的作品，而妻子帮我所抄过的稿则难以计数了。

五年前，当我们有了电脑后，已是年过不惑的妻子为了帮我打文稿，又每天练习打字，一边打毛衣，一边背字根，不出一个月，她又开始熟练地用电脑帮我邮发稿件了。

现在妻子每每都喊脖子疼、背疼，她虽然怨年龄不饶人和天气的多变，但我却心知，这里面有常年帮我抄稿的辛劳所致。由此，我现在每天晚上也就不厌其烦地边看电视边帮她在脖子和背上按摩。

8 年前，应一家报社之邀，我开始写一部长篇连载，由于是边写边载，所以每天都要马不停蹄地伏案挥毫，长篇写完，我也就患上了高血压。妻子说我锻炼少了，特地帮我制订了一个锻炼的计划，她知道我这个文人的虚荣心，不好意思在大庭广众面前邯郸学步，便自己先去学太极拳和气功，想学好后在家教我。由于她要跟我做教练心切，便全身心地投入练太极拳和气功，结果练气功练出避谷来，一连十天什么粮食都吃不进，只能喝点水和吃点水果，好在精神尚可，否则我的血压又要急得升高了。

就在我患了高血压一年后，生活的压力接踵而来，妻子所在的工厂不声不响地倒闭了，连一分钱生活费都发不出。我所在单位也不景气，每月仅只能拿得到 300 多元的工资，而此时儿子正在省城上中专，每年学费加生活费需近万元。我本想重新拿起笔来挣点稿费以贴补家用，但妻子却劝阻我道：“你有高血压，白天要上班，晚上不能再熬夜，还是让我外出打工吧!”

我实在不忍让年已四十三岁的妻子外出打工，但身体单薄，又从没踏出过家门一步的妻子为了这个家，毫不犹豫地走出了家门，到千里之外的异乡打工。

在妻子外出打工的日子里，每隔几天她都要打电话回来，叮嘱我不要熬夜，注意身体，搞好生活，每一次最后都是用哽咽来结束电话的。由于思家心切，妻子有时实在忍不住，便跑到屋顶的平台上偷偷痛哭一场。每一次她外出办事，路过一个地下通道时，见一个拉二胡的乞讨者在那里凄凄楚楚奏着悲凉的乐曲，便不由自主地停下脚步，痴痴地听上一阵（因为在家时经常听我拉二胡），听着听着泪水便情不自禁模糊了眼睛。

有几次，妻子都实在忍不住这和我的离别之苦，跟老板辞别了，可临到车站，又想到了患高血压的我会重新面对生活的压力，便又折转了回去……

而我同样也饱受了这相思和牵挂的煎熬，为了能让妻子早日回到我的身边，我也四处联系外出打工，通过一年的努力，终于广州一家杂志社同意聘请我去当编辑。我一到广州，工作一安定，立即租好了房子，马上就把妻子接到了身边。

现在妻子就依偎在我的怀里，现在我刚刚为妻子拔过白发，我和妻子都为这样的生活感到幸福和满足。

第二辑

生活浪花

打工者的鱼

到广东打工的第一天，中午统一在公司就餐，每人一盘菜，在厚厚的一碟青菜上有几块油乎乎的鱼。我看不出是什么鱼，小心翼翼地放到嘴里尝了一口，这一尝大为惊奇，其味鲜美可口，我迫不及待地大口吃起来，边吃边问做饭的阿姨："这叫什么鱼，这么好吃!"阿姨笑道 ："这叫塘虱鱼。"来自鱼米之乡的我还是第一次听说这种鱼，看来这是广东的特产了。我以为这味道可口的鱼一定很珍贵，是公司特地为欢迎我这个新来的员工做的，便心存了对公司的感激之情。

到了星期天，公司放假，就餐要自己解决。我仍贪恋塘虱鱼的美味，想自己做来解解馋，便跑到附近的菜场去买，到了水产摊，我挨摊地问："有塘虱鱼吗?"

终于有一家摊主不屑一顾地指了指水盆里的鱼道："那不有吗?你自己不会看呀!"

我一看那塘虱鱼像家乡里的鲶鱼，硬壳的头，无鳞，黑黝黝的。鲶鱼在我们家乡是比青鱼、鲤鱼还要贵的，但鲶鱼绝没有这塘虱鱼味美。我想这塘虱鱼一定是比较贵的，便小心地问摊主："多少钱一斤?"，摊主道："两块三"。

"太贵了!"我还以为是二十三元，脱口而出。

"两块三你还嫌贵?那就两块钱卖给你算了!"摊主随口说道。

"两块钱?"我简直有点不相信自己的耳朵，又认认真真地问了一遍，确实听他说是两元才半信半疑地称了一条。"一斤半，三元钱。"摊主把鱼丢给我道。掏钱时我仍有些戒备之心，生怕摊主像我们老家的不良商贩有意哄骗外地人，故意把三元说成三毛，把三十元说成三块，等你付钱时，他才露出真面目。谁知我掏了张五元的给他，他居然找了我两元钱。看来这美味的塘虱鱼真是便宜了。

在广东生活了一段时间后，我才了解道：这塘虱鱼之所以便宜，是因为它是从外国引进来的一种鱼，适合广东的水温气候，生长繁殖快，而广东人对这种鱼是不屑一顾的，在大大小小的餐馆里是难以见到这塘虱鱼的。可见在广东人眼里，塘虱鱼不仅不能登大雅之堂，连普通人家也很少食用。

我常常想，塘虱鱼这般美味，比广东人爱吃的那些蛇呀、穿山甲呀、果子狸呀口感不知好多少倍（我也曾应广东人之邀，在餐馆里吃过蛇，那粗糙的肉质感觉比黄鳝还差远了），但广东本地人为何对塘虱鱼却不屑一顾呢？无非塘虱鱼多的原因吧！自古就是稀为贵，多而贱，就像红薯、萝卜，就像那些从农村来广东打工的外来工，因为多所以很多老板都要让他们每天一连干十几个小时，一个月却只给他们区区几百元钱。

塘虱鱼却是打工者最喜爱吃的一种鱼，因为它价格便宜而味美，因为它肥腻，这对平常油水不厚的打工者来说是进食和补养最好的选择了。我曾问过不少从农村到广东打工的农民兄弟，他们都说爱吃塘虱鱼。

也因为塘虱鱼便宜而味美，每逢家乡来了亲友，我也每次都烧塘虱鱼给他们吃，他们吃了都说这鱼好吃，可问价格时，我却含笑不语。

也因为塘虱鱼便宜，所以我在广东打工的几年中，跳了几个公司，虽换了老板和同事，但午餐公司里的份菜中，塘虱鱼却是熟客故知了。

所以，我每每看到塘虱鱼，心中就有一番感慨：塘虱鱼——我们打工者的鱼！

情系丹江口

巍巍的大坝，碧澄澄的汉江，葱茏起伏的山峦，丹江口水库——我终于又看到你了！

2006年的元旦，我特地选择新年的第一天回到了我曾熟悉的丹江口水库。仰望丹江口水库大坝，这里已经失去了昔日的庄严肃穆，大坝上彩旗飘飘，人头涌动，机器声、口哨声、吆喝声组成了一支交响曲，一项中华民族史上的伟大工程：南水北调中线工程在这里揭开了序幕。清澈的汉江之水就要从这里日夜歌唱着向北方奔去，给干渴的北方大地和首都北京送去南方的滋润和一片深情……

我是在汉江边长大的，对于汉江我有一种深深的爱，我爱汉江，那碧澄澄的江水让我总也看不够，亲不够。我曾多次坐在汉江边上，俯视着脚下静静地涌动着的汉江，遥望着两岸苍茫的大地，心想多么美丽的汉江啊！多么好的一江春水呀！可惜她太沉寂了，何时她的激情才能沸腾在全中华儿女的血管，撞击整个中华民族的魂魄？今天，我终于看到了……

1970年，我才17岁，从农村招工到丹江口水库大坝附近的一个三线工厂。每逢星期天，我就和一帮伙伴到丹江口水库大坝下的滨江公园里玩，坐在临江的草地上，欣赏着那雪浪飞花从那坝下的闸孔里喷涌而出，又幻化成碧幽幽的江水缓缓向东流去。敬仰着那巍峨的大坝，那巨大的身影每一次都震撼着我们年轻的心灵，感慨着人类的伟大。有时，我们这一帮年轻人还会比赛着从坝里爬上一百多米高的坝顶，看谁爬得快。那时，大坝里的工人对我们很友好，没有人阻挡我们，任我们快乐地穿过发电机组旁，顺着坝内的水泥阶梯爬上坝顶。我们自豪地站在坝顶举目四望，一边是一落千丈的江水，腾着细浪穿过崇山峻岭，奔向远方；一边是碧澄澄静如处子的库水，一眼望不到边，四周则是葱茏起伏的山岭，就是在那时，我的胸中萌动了诗情……

临近1970年春节的一天，有个伙伴提议这个星期天不去丹江口水库大坝玩，去山那边一个叫陶岔的小集镇买鸡带回去过年，说那里的鸡很便宜，只要3角多钱一斤。我们成群结队地出发了，翻地一座叫二劈山的山头，就从湖北来到河南的地界了，快到陶岔集时，只见平原处红旗招展、人喊马叫，是一个热气腾腾的工地。我们走近了，看见工地上有一个巨大的标牌，上面书写着：南水北调——陶岔首渠胜利开工。我们看了都很迷惑，当时不单我们，就连全国都很少有人知道“南水北调”这句话的实质内容。幸好我们的队伍中有一个叫黄石头的小伙子，他的家就是丹江口水库边上的，他告诉我们，南水北调就是把汉江的水调到北京去，但这只是一个规划，何时具体实施还不知道，这陶岔首渠也可能只是前期阶段的一个准备工程吧！

从这一天起，南水北调工程就在我们心中留下了一个印记。

第二年的春天，黄石头邀请我们几个同事到他家里去玩。那一天，他带着我们来到丹江口水库上的一个临时码头，从这里登上了一艘机动船，船载着我们沿着水库朝上游开去。船开出没多远，水面就越来越阔，黄石头指着脚下的碧水说：“老均州就在这水下面，20 世纪 60 年代因为修丹江水库，整个老均州城都搬迁到了如今大坝的下面，就是今天的丹江口市。老均州城很繁华热闹啊！庙宇寺观都不少哩！听说搬迁时，有几个据说是全国最大的石龟搬不动，现在还都在这水底里哩！”

船载着我们又开了约半小时，水面已经宽阔得四周无边了，我们就像到了茫茫的大海一般。这时黄石头又告诉我们，这下面原来是长宽几十千米的小平原，平原上有一个十分热闹的三官殿镇，他们家原来就住在镇边上，修丹江口水库时，他们全家搬迁到湖北的荆门，但父母在荆门生活了一段时间后，思念故土，又搬回到了前面水库周围的山丘里。

轮船又开了半个小时，两岸的青山才逐渐显现，并逐渐向我们聚拢过来，轮船逐渐停在了左边山丘上一个临时的码头，说是码头，其实是荒郊野外，空无一物，轮船上的工作人员临时搭了个跳板，让我们下去了。黄石头一边带着我们沿着小道向山丘走去，一边跟我们介绍，这一带原来都是没有人烟的荒山，后来许多迁移到外地的三官殿镇的人怀念故土，就搬回到这里，我的父母也是跟着这股回流风一起回来的。

走了约半个小时，我们来到了黄石头的家。石头的家是一栋土墙茅草房，家里也十分简陋，我问石头为什么不把房子修好一点，石头说：“我们刚搬回来时，当地的政府虽没有阻止，但也向我们说明了，国家还有‘南水北调工程’的规划，说不定哪一天这工程就要上马，丹江口水库大坝要加高几十米，那时水就会把这一片山丘淹没，我们就还得搬迁。所以搬回到这里的人家都不敢造好房子，都有一个再搬迁的思想准备。”

听到这里，我心里十分感慨，这些父老乡亲啊！为了国家的建设，默默承受着多少生活的重担啊！

黄石头的这一番话在我心里记忆了三十余年。今天当我再一次回到丹江口水库时，我想再去黄石头家，看看石头家又将搬到何处。

当我再次沿着丹江水库溯水而上，找到黄石头家时，一个五十多岁的半老头子出现在我的面前，尽管岁月的沧桑在他的脸上刻下了不少皱痕，但我还是一眼就认出了站在我面前的就是黄石头，黄石头也终于认出我来了，彼此一番问候后，我环视了一下他的家，还是那么简陋，只是堂屋里摆有一台彩电，算是有一点当代生活的气息。我问：“南水北调工程开始动工了，你们不是又要搬迁了？”

黄石头默默无语地点了点头。我见他有些神伤，便开导他道：“现在跟过去不同了，现在生活的路宽得很，再说这里也太偏僻穷困了。”

黄石头的眼睛湿润了，长叹道：“金窝银窝，舍不得自己老窝！谁都是故土难离啊！”但他随即揉了揉眼睛又跟我解释道：“当然，我们这一辈比之我们的父母想得更开更远了，天下是一家嘛！谁家有了困难，大家都会帮一把，去年我们湖北遭了水灾，全国好多省市都送来了救援的物资哩。还有前几天我从电视上看到的，伊朗发生大地震，好多国家都派出了医疗队，送去了救援的物资哩，何况南水北调工程是为了我们自己国家的利益呢？我们这里的乡亲都知道，首都北京缺水，天津、河北、河南也都缺水，我们守着这么多的水，不送给干渴的人们，不是缺德吗？再说我们这一代不也希望汉江能在全国闹响一把嘛！”

黄石头最后一句话使我又回想到三十年前，当我们几个风华正茂、踌躇满志的年轻人坐在大坝下的草坪时，看着汉江在脚下奔涌而去，连绵无尽的汉江上显得是那么苍凉寂寥，偶尔才有几艘小渔船点缀在其中，就像一幅遥远的古画，我们都为汉江惋惜，我们都感慨这汉江的水美啊，比得上多瑙河、莱茵河，可是却在脚下这静静地白白地流淌！黄石头和我以及当时千千万万想改变汉江面貌的年轻人不就期盼着三十年后的今天吗！今天，汉江终于走向全国了，她终于要欢歌着唱响在中华的热土上了……

告别了黄石头，我回到了丹江口市。临走前，我特地又来到了丹江大坝下的滨江公园，我再一次仰视着那巍巍的大坝，我仿佛觉得那巍峨的大坝凝结成我们汉江儿女宽大坚实的胸膛，托起那几百亿立方米的水就是我们汉江儿女的一片深情，献给我们伟大的祖国！

我为丹江口水库大坝骄傲！我为我的父老乡亲自豪！

在广州过春节

我爱在广州过春节，因为我觉得那才算得上是真正的春天的节日。广州的春节正是不冷不热的季节，打扮得精精神神、潇洒随意地去逛花市，那各色各样怒放的鲜花，那青枝绿叶中垂挂着玛瑙般的果实，那袭人的花草香气，那热情洋溢的人流，使你觉得生活的美好。

春节假期长，又少了应酬，我正好利用这大好时光在广州四处走、八方看，其乐陶陶。

我去了白云山，从山脚爬到山顶，披着灿烂的阳光，呼吸着清新的气息，穿行在花红绿叶间，到了山顶，俯瞰着脚下那高楼林立的市区和蜿蜒的珠江，不由得心旷神怡、神清气爽……

我去了天河，站在宽阔的体育场里，举目四望，那一幢幢气吞环宇高耸入云的全新建筑给人一种豪气感。再站在中信广场前遥望着一直铺到东站的长八百丈的锦绣花坛，让人不禁发出国际大都市大手笔的感慨，令我热血沸腾。

我去了云台花园，那精心设计的园林和大自然融合在一起，使人觉得又雅致又耳目一新，那仿罗马建筑的擎天石柱背靠着青山，面临着碧幽幽的湖水会始终矗立在我的记忆里，那从几十米高的石阶上滚落的流水又会长畅滚在我的心中……

我去了陈家祠，那处处充满艺术的建筑让我了解了岭南的民间文化和工艺，那些巧夺天工的石雕、木雕、玉雕让我惊叹不已，并且感受到南粤人民的聪明才智。

我去了中山纪念堂，不仅感受到伟人的风范，还有那金碧辉煌的建筑（可以说是少有的民国时期建筑的典范）使我震撼，令我心中长久敬仰！

我去了南越王墓博物馆，在这里一一浏览着那一千多件就在脚下出古的文物，南粤地区两千多年前的生活画卷在我的眼前一一展开，那悠久的历史和璀璨的文化令我大开眼界。

我去了二沙岛，坐在那如足球场大的草坪上，凝听着星海音乐厅里传来的美妙之乐，遥望着那掩映在绿荫中的一幢幢精致的别墅，体会到一种高雅，一种闲情……

我去了越秀公园，这里不仅有青山、有湖水、有花草、有白鸽、有竹林、有小溪，还有让人缅怀和追忆的近代史遗迹和那令人发幽古之思情的古城墙、镇海楼。当我登上山顶，仰望着那恢宏巨大的五羊石雕，神话和现实交融的美好令我对脚下的大地如此神往和迷醉……

每年大年初一，我必去的是那令人魂牵梦萦的珠江，我先来到沙面，徜徉在那上百座百年历史的欧陆风情的建筑前，倾视着那株株见证百年沧桑的老树，追溯着鸦片战争后广州的幕幕历史，让珠江的浪花化成民族的呐喊击打在我的胸膛。当夕阳西斜，我站在这里的江边，遥视着那流金溢彩的江水，期待着另一种辉煌的降临。终于夜幕拉开了，对面白鹅潭上升起五彩斑斓的烟花，我和千千万万个广州市民一起欢腾，让这美丽的节日之夜在我心中浓抹重彩一番……

广州的春节，让我看不完的美，享受不完的乐，装不下的情……

妻子是我的保健医生

刚步入中年，我就患上了高血压，一天到晚头昏目眩，我是个小文人，胆小又爱胡思乱想，总想着说不定哪一天来了个脑出血，就呜呼哀哉了。妻子从我的长吁短叹中听出了我的心思，就到周围亲友熟人中访得已有多年高血压史的老人来给我做实例，安慰我道："你看胡大头的爸，还有我们厂李会计他爷，不都是四十好几得的高血压吗？现在都是七十好几的人了，不都活得健健壮壮的吗？关键是平实除了坚持吃药，还要不能把这病太放在心上，心情要愉快。"

榜样的力量是无穷的，于是我的心情顿然开朗了许多，我打趣道："老婆，你成了我的心理医生！"

老婆受到表扬，顿时又来了劲，眉飞色舞地说："我还要成为你的保健医生呢！从今以后，我要管住你的嘴巴，不准你吃肥肉，不准你喝酒，也不准你吃得太咸。"

妻子说到做到，不仅严格对我执行这三不准，还为了当好这个称职的家庭保健医生，又是翻书，又是看报，又是到处打听良方，凡是有利于高血压病患者的，就在我身上大力执行。报上说吃玉米能降血压，我的早餐就总有一碗玉米粥，又从书上看到芹菜降血压，芹菜也就成了我家餐桌上常有的菜。忽一日，又听说用嫩叶的细萝卜根子煎水服能治高血压，便瞪大眼睛在菜场上细细寻觅起来，可惜连寻觅了三天也未找到，便干脆驱车十余里跑到城郊，找农民兄弟购了一大堆回来，让我足足喝了一个月的"神仙汤"。我声称：肚里的油水已被此汤洗刮净了，要好好吃一餐红烧肉补补，如果不答应我的条件，我就罢喝此神仙汤，免了她的家庭保健医生一职。但不任我的软硬兼施，妻子硬是要据守原则。经过我一连三天艰苦卓绝的磨嘴皮，妻子最后总算退让了一步，答应让我吃一餐红烧五花肉。直到现在回想起来，我的嘴角还有那次红烧五花肉的余香。不过，后来妻子总算从书上看到高血压可以吃鸡肉、牛肉、鸭肉，我的嘴巴才从此又开始幸福起来。

又一日，妻子又开始做起了我的工作，说高血压病人也可以锻炼，锻炼的最好方式是打太极拳和练气功，动员我每天早上到公园里去学太极拳，我支支吾吾，欲言又止。妻子一眼就看出了我内心的活动，一针见血地指出："我知道你们这些文人最爱面子，虚荣心强，不好意思在大庭广众之下跟在人家后面学太极拳，怕人家笑话你是什么邯郸学步、东施效颦。其实锻炼身体嘛！没什么丑可言，我注意到公园里好多大妈大爷还不是不会，也跟在人家后面比画。"

"我在这方面笨，怕学不会。"我好容易才想出这个理由。

妻子知道我这是江山易改，臭架子难移，干脆说："这样吧！从明天开始，我先到公园里去学太极拳，等我学会了，在家里教你，等你学会了，再一起到公园里去打。"

从第二天开始，每天天刚蒙蒙亮，妻子就爬了起来，到公园去学太极拳。妻子学太极拳越练越上劲，常常回来兴致勃勃地跟我说："老师们都说我比别人学得快，打得姿势也好看。"她还买来24式太极拳的影碟，天天晚上还要对着电视练上一阵。不出一个月，妻子的24式太极拳已经打得很娴熟了，她开始在家里关起门来教我。我被赶鸭子上架，只有跟她比画起来，可惜我这方面太笨，常常一个动作要教好多遍才学会，妻子常常累得香汗淋淋，嗔怪着说："你这是脑子都用在写文章上面去了，所以在这方面就比别人笨一些。这得亏我是你的老婆，要是换了别人，才不会教你这个笨学生哩！"

不过笨归笨，在妻子这个乐此不疲的老师手把手地教练下，我还总算学会了24式太极拳，又在妻子的强有力的督促下，我也就像小羊般被她牵到了公园，跟在大家后面开始了晨练。

在妻子这个家庭保健医生的尽责尽职下，我这个高血压病患者已经轻松愉快地度过了十个春秋，而且我感觉高血压的症状在我身上越来越隐退，精神也越来越好，所以我才能在这个春夜里一气呵成写就这篇文章。

那年春节，我在图书馆度过

2001 年，离春节还有 1 个月的时候，我却被老板炒了鱿鱼。我奔波了十来天，仍未找到工作，眼看离春节还只有七八天了，我决定先回老家去，待过完年再回到广州找工作。我来到火车售票点开始排队购票，排了整整一天，可等排到我跟前时，才得知到我家乡的票已经全部售完了。当我走在广州的街头，见到人们的脸上都是一副喜气洋洋的样子，我却沮丧极了。

到了大年三十的那天，虽说火车站已经能买得到回去的火车票了，但我却犹豫了，我想，等我赶回家，已是大年初一了，在家待不了几天，又要慌着赶过来找工作，何必要疲于奔命呢？干脆，我就在广州过个年，等一开年，我就出去找工作，还可以来个抢先占领阵地哩！

大年初一的那天，我这个异乡人没有什么亲友可去拜访，广州该玩的景点前几天也逛过了，到什么地方去呢？思来想去，我决定到图书馆去阅览报刊，因为我平时爱搞点业余创作，偶尔也在报刊上发表一些作品，我想去翻阅一下各个报刊在新年中的新栏目、新风格，以便以后有针对性地写稿投稿。

我来到广州图书馆报刊阅览室，我原以为大年初一这里一定很冷清，谁知来这里看报刊的人比平时还多，看来许多人都在利用过年的假期到这里来享受精神的愉悦和充电。

我开始翻阅着一些报刊，对报刊上的一些栏目中的文章细细阅读，由此琢磨着这些栏目的风格和特色，并在本子上记下我的体会，有时在读一篇文章时，使我联想到自己生活中的一些人和事，也可作为写作的素材。我越看越觉得有味，生活中的一些不快也早已抛到九霄云外。这天我在图书馆一直看了一整天，直到华灯初上，才依依不舍地离开了图书馆。

晚上回到了住处，趁着白天在图书馆看报刊时心中所产生的一些火花，赶紧坐在电脑旁，敲出了一篇文章来，当晚又针对白天所看到的报刊上的栏目投了出去，把我的希望和激情都托付给了这无声的电子邮件上。

就这样，从大年初一到初八，我都是在图书馆度过的，也由此写成了八篇文章。回想起来，这八天也是我一生中过得最充实的一个春节了。

初八那天，我开始翻阅报纸上的招聘广告，准备出去应聘，却无意中发现了我有好几篇在春节期间写的文章已刊发在广州的报纸上了。我十分欣喜，对生活的前景更充满了信心。

初十那天，我从报纸上看到一家杂志社招聘编辑，我按照地址赶去应聘。面试时，杂志社的老总看了一下我填的表，抬起头来问："你就是汤礼春？"

我说："是啊！"正奇怪老总明明从表上知道了我的名字，为什么还这样问我，老总又慢条斯理地开口道："你前两天是不是给我们刊投了一篇稿叫《丑女的出路》？"我说："是啊！"老总说："我们准备下期用，你那篇文章很适合我们杂志的风格，看来你对我们杂志还是比较了解的！"

我如实地答道："我是今年春节在图书馆才看到你们杂志的，但对你们杂志我很喜欢，也觉得我写的文章很适合你们刊的风格，所以特地为你们杂志写了这篇稿。"

老总的脸上微微露出一丝笑容，又问："这两天的《广州日报》《羊城晚报》《南方都市报》好像都有你写的文章？"

我还是如实回答："是，都是我在春节期间写的文章，想不到这么快就发出来了。"

老总听了，沉吟了片刻，站了起来握着我的手说："就冲你春节期间还这么勤奋好学的精神，我也要聘用你，我想你一定会当好这个编辑的。"

第二天，我就当上了这家杂志社的编辑。

这个春节，成了我人生中一个新的起点。我想明年的春节我还会在图书馆度过，我还会有新的收获！

父亲的助手

父亲是母亲的保姆，而“嘟嘟”是父亲的助手。

母亲中风后，不仅有些痴呆，还双腿瘫痪，整日里坐在轮椅上。我因要为生活奔波，不能整日陪伴在母亲身边，便决定给母亲请一个保姆。父亲却不让，说母亲这种病，晚上得陪母亲睡，半夜里要起来抱母亲上厕所，白天母亲有时也会在大小便时弄脏裤子，得经常给母亲换衣裤，一般保姆会嫌脏，耐不得烦，还是由他自己来照顾母亲放心一些。父亲虽身体硬朗，但必定已年过古稀。我明白父亲的心情，我们一家都是收入微薄的下岗工人，不想请保姆的原因，除了不放心，还有就是想节约开支。

父亲照顾母亲固然是好，但不久，我却发现了一个问题，有一天上午，我外出办事路过家门，便顺便进去看看，屋里只有母亲一个人，在轮椅上低着头打瞌睡，我明白父亲上街买菜或是办其他事去了。这一刻，我感觉到了乡亲的孤独和寂寞。思来想去我决定给母亲买一只狗，让狗来给父亲当助手，在父亲不在时来陪伴母亲。

我给母亲买来只小柴狗，母亲一见果然咧着嘴笑了，说它胖嘟嘟的很好玩，我索性给他取了个“嘟嘟”的名字。

有了“嘟嘟”母亲果然不再孤独寂寞，屋里时常传来母亲唤“嘟嘟”或逗“嘟嘟”玩的叫声。母亲最喜欢的就是跟“嘟嘟”聊天，向它倾诉着一些尘封已久的往事，“嘟嘟”一点也不厌烦，总是蹲在母亲对面，瞪着那亮亮的眼睛，望着母亲，竖起耳朵当着忠实的听众，有时听上一阵，还会把尾巴甩两下，表示鼓掌和认同。有一次，母亲不知怎么跟“嘟嘟”扯到了自己的母亲，说她命苦年纪轻轻的就害病去世了，说着说着就情不自禁地号啕大哭起来，这一来，“嘟嘟”愣住了，那眼神变得有些惶惑，他琢磨了一阵，随即跑开了，一会儿，他叼来一张纸巾，跳到母亲旁边的一张椅子上，示意母亲用纸巾擦眼泪（也许它见过父亲用纸巾给母亲擦眼泪和鼻涕），母亲终于回过神来，明白了“嘟嘟”的举动，破涕而笑了。

母亲有时想小便，父亲又恰巧在厨房忙，就会对“嘟嘟”说：“快去叫你爷爷”，“嘟嘟”会欢快地跑到厨房，冲着父亲叫一声，然后转身朝母亲身边跑去，父亲就知道母亲那边有事，会立即放下手中的活去问母亲，母亲由此很少尿在裤子上了，父亲很感激“嘟嘟”，亲昵地称他为“我的好助手”。

父亲为了防止母亲半夜里尿在床上，每天临睡前就要把闹钟上到半夜二点，闹钟一响就起来抱母亲尿一次。可有一次，可能是因为父亲喝了点酒或是被子蒙住了头的原因，居然没听到闹钟响，还在昏沉沉地睡着，“嘟嘟”大概听见闹钟响了，而父亲又没动静，便冲到床前冲着父亲不停地叫，父亲被“嘟嘟”叫醒了，一看闹钟，赶紧爬了起来，一边抱起母亲，一边风趣地说：“嗨！得亏了‘嘟嘟’，要不然只怕床上就要水淹七军啰！”

母亲越来越喜欢“嘟嘟”了，每次我回家，都要我把“嘟嘟”抱到她怀里，让她抚摸一阵。有一次吃饭时，我将特地为母亲买的酱鸭腿夹到母亲的碗里，母亲刚咬了一口，见“嘟嘟”正在垂涎地盯着她，便偷偷地窥着我，趁我不注意，将那酱鸭腿丢给了“嘟嘟”，正好被我看见了，我责怪道：“妈，这太浪费了！”妈连忙道：“不浪费，不浪费！你只当是我吃了！”

每天下午时分，只要天好，父亲就要用轮椅车把母亲推到街上转转。每一次，母亲都要求把“嘟嘟”带上，说：“嘟嘟”跟我也一样，整天待在家里只怕也烦哩，也想出去透透气，看看天哩！“嘟嘟”一出门，果然像大赦一般，撒腿就跑，欢快地跑上一阵，然后就回头看看，见母亲的轮椅车还在后面慢慢地走着，又赶紧跑了回来，只在母亲的轮椅周围撒着欢。有时“嘟嘟”在街上或是草地大便，母亲就忙叫父亲去用纸把“嘟嘟”的屎包捡起来，丢到垃圾箱里，母亲说：“如果不把‘嘟嘟’的屎捡起来，人家要骂人呢！就不准狗上街了，那‘嘟嘟’就可怜了。”

有时在街上，母亲和父亲会遇到一些老街坊邻居，他们便跟母亲打趣道："这是你养的小狗啊?"母亲会得意地说："哪里哟！我是"嘟嘟"的奶奶!"邻居们继续打趣道："那"嘟嘟"是你的孙子啰!"母亲毫不含糊地道："我是把'嘟嘟'当我的亲孙子看待呀!"一阵笑声在街头响起，母亲的脸上也呈现出开心快活的神情。

自从有了"嘟嘟"，母亲变得爱说爱笑多了，神志也清醒多了。看着母亲那张快活的脸，我的父亲会蹲下来爱抚着"嘟嘟"说："你真是我的好助手呀!"

记忆中的浪花

20世纪60年代，武汉很少有游泳池，酷热的夏天我们这些小伢都是在长江里玩水。每到夏天，长江上便浮满了玩水的人头，远远望去，就像一串串随波起伏的葫芦瓜。每个夏天，也时常会听说某某街淹死了一个叫什么的小伢，所以家长们每天上班前，都会千叮咛万嘱咐自家的小伢不要到江里去玩水，可小伢们当面唯唯诺诺，等大人一走，便还是欢天喜地蹦蹦跳跳地直往江里跑。那时家长们也都学会了一手，下班后会用指甲在小伢的赤膊上划一下，如果划出一道白印，就证明是去江里玩了水的，会将小伢打一顿。但不管家长是又打又骂又吓，小伢们还是会耐不住那江水的诱惑，还是会每天偷偷跑到江里去玩上一气。

那时水性好的大人或大小孩通常是横渡长江，先从武昌桥头下水，跟浪搏击，抢水到江中心，然后顺江水漂流而下，待漂了十几里后，就赶紧拼力向左岸游去，到汉口的滨江公园的沙滩上起坡。还有的则是乘过江的轮渡，待轮船开到江中心时，就脱下汗衫长裤，将衣物装在一个塑料袋中，缚在身后，然后一个接一个地从船上跳到江水中，小伢们都戏称为"下饺子"。

水性不好或初学水的小伢们则都是在就近的长江或汉水边玩玩而已。住在我们那一带的小伢通常去玩的地方是现在武汉客运港的江边，那时这里还是一片杂草丛生和堆放杂物的小码头。小伙伴们在离岸不过几米的江水里乱扑腾一气，或相互打着水仗，待扑腾到水性较好后，就开始离开岸边去蹚水。所谓蹚水，就是从江汉关附近下水，顺着长江漂流几里后到滨江公园再上岸。

那时的小伢通常长到十几岁就已经能够蹚水了，而我天生胆小，偷偷到江边游的次数不多，所以到十几岁时也只能勉强游个几米远。可一贯胆小的我却在 1968 年 15 岁那一年鬼使神差地大胆了一回，由此在我心中留下了一个灭不掉的记忆。

那一天，我的堂兄国哥及院子里的几个小伙伴来邀我一起到江边去玩水，我经不住他们的劝说就一起去了。穿过上海路，就到了沿江大道，那时的沿江大道是劣质的沥青路，夏天太阳常将路面上的沥青晒得软成了一团稠稀泥，穿的鞋子往往会粘掉，赤脚踩上去又会烫成泡，我们都戏之这是“封锁线”。穿过“封锁线”，我们来到了江边，谁知小伙伴们一致提出去蹚水，我不敢，老实地交代我只能游七八米远。小伙伴们一听就都鼓动我说：“只要能游七八米就行，游出码头，就可以不用劲了，顺水漂流，漂到滨江公园时再游七八米就能上岸。”我还是不敢，小伙伴们又都不愿意撇下我一个，正在为难时，国哥对我说他水性好，万一我游不动了，可以趴在他背上，他保证我没事。国哥虽比我只长二岁，但在我眼里，他俨然已是个稳重的大人了，我平时很佩服他，所以见他保证我没事，便只有硬着头皮答应下来了。

跳到水里，我鼓足勇气和他们一起向江中游去，刚游出码头区域，我就感觉没劲了，其实是有点害怕，因为平实我都是在能站到底的地方游，那浪也小，而现在不知江水有多深，那浪也是一个接一个扑过来，人被浪扑打得起伏摇荡。我赶紧向身边的国哥说没有劲了，国哥要我趴在他的身上，只把两只手搭在他背上就可，并嘱咐我不要慌，不要死死抱住他。我照做了，好在这个时候可以顺江水往下漂流了，国哥虽背搭着我，但也不需要用劲，江流湍急带着我们快速漂流而下，我只觉得岸边在我眼前移动很快，一路上国哥都不停地嘱咐我不要慌，不要怕，我明白国哥是怕我一慌，就会死死抱住他，那我们俩都全完了。好在那天我十分清醒趴在国哥的背上有一种踏实感，一点也不害怕，我相信这样漂流到滨江公园上岸没问题。可漂了只有一两里路，国哥自己首先沉不住气了，他带我游过一排停在码头边上的轮船时，见轮船甲板上有人，便大呼起“救命”来，其他游在周围的小伙伴们见国哥这样喊，以为国哥脚抽了筋或是有什么原因，也跟着喊起“救命”来，轮船上有水手听见了，赶紧丢下一个救生圈，救生圈丢得离我们有几米远，国哥也没顾得上去抓，而是奋力游到船边，让我抓住船的一角翻上船去，随后他自己攀上船来。其他几个小伙伴见我们上船了，将救生圈捞起，也一起游到船边攀上船来。

上船后，我的脑子却突然一片空白，我开始有些后怕了，也听不清小伙伴们和几个船上的水手在议论什么。

在回家的路上，国哥叮嘱小伙伴们谁也不要向外透露今天的事，我也要求大家不要将这件事说出去，我除了怕父母知道了要打我外，更怕的是“掉底子”（武汉方言，丢面子的意思），小伙伴们都一口保证不将这事跟别人说。

可是没想到，第二天左邻右舍的人都知道了我“差点被淹死”的事，我很是惊愕，由此我明白了一个道理：人的嘴巴是管不住的，口头的保证也是靠不住的！

至于国哥却再也没有跟我提及这件事了，我也没有跟他提及这件事，那时我还小，不认为他对我有救命之恩，认为是他保证我没事，我才下水的，是他喊“救命”，而我当时并没有觉得有什么危险。人到中年后，懂得了那时的国哥必定还只是个十七岁的少年，如果他当时害怕了，弃我而不顾，我岂不要葬身江洋了。等我明白了事理，想再向他道一声“谢”时，却传来了他英年病逝的消息，长年漂泊在异乡的我当得知这一消息后，只能将那遗憾长久在心间了……

人到中年，我开始事事往好的方面想，每当回想起这件事时，我就会想到中国流传的一句古话：大难不死，必有后福。这样即使遇到挫折、坷坎，我也会充满自信地走下去，我相信，好运幸事就在前头……

自在潇洒的生活

我常常感慨：当代人的生活真是自在潇洒，凭着一张身份证就能走遍天下，到哪里工作，可以不必转户口办手续；到哪里生活，不需要这本本那票证。你喜欢在哪座城市生活，你就可以到哪座城市去打工租房或购房。有一些年轻人为了使自己的生活丰富多彩，甚至轮流到每座自己喜欢的城市去工作生活一两年。而我们的农民兄弟们再也不被农村户口紧紧禁锢在那几亩土地上，想到哪里打工都可以，由此他们走到了祖国的四面八方，赚了钱只是一方面，更重要的是他们开阔了眼界，长了见识提高了文化素质，思想和思维都跟上了城市，跟上了时代的步伐。

也许这一切对今天的年轻人来说是视为极平常的，而像我们这样中年以上年龄，曾在改革开放前生活过一段时间的人来说，就对今天这种自己能选择自己的生活道路，自己能掌握自己命运的生活方式格外的倾慕。

改革开放前，每个平民百姓都几乎被画地为牢。不任你生活在穷山恶水还是生活在脏乱的城市，不任你怎么不喜欢自己生活的环境，你都很难改变现状，只能默默地忍受。即使你想逃到另外一个地方生活，你也生活不下去，没有房屋可租，住旅馆要单位介绍信，吃饭要本地粮票或是全国粮票，即使病了上医院都不能选择医院，因为医院也是根据你工作生活的范围而指定的。

记得20世纪70年代中期，厂里派我到北京出差。我首先到厂总务室去用粮本领取全国粮票三十斤，也就被扣去了一个月的半斤油票，然后还不能直接去买上北京的火车票，还得将出差介绍信送到省主管局转签盖章后，拿到省政府办公厅再转一张允许到北京出差的介绍信，而且最多一次只能签一个月的时间。拿着省政府开出的介绍信，你才能在火车站买得到火车票。到北京后不能自己去找旅馆，要到火车站附近的北京旅馆接待站去，由他们签到什么旅馆，你就只有去哪家旅馆。我在北京待了二十天后，知道一个月的时间办不完事，就打电话到厂里，厂里又派专人到省里重新为我办好到北京的介绍信。如果不续办介绍信，按介绍信规定的时间到了，旅馆就会毫不客气地让你走。

那个年代，没有个人的兴趣而言，只有服从组织安排。你可能喜欢干木工，可安排你去当车工，你也只有去。你想当护士、教师，可能会安排你去当售货员。在这样的环境中生活，你只能像驯服的动物一样顺从领导的意旨，如果不小心得罪了顶头上司，他给你小鞋穿，你也只能默默地承受，因为你很难调出这个环境。

即使连纯洁神圣的爱情也因为环境的限制而扭曲了。当时很多年轻人在原来生活的城市有恋人，可下农村或招工去了外地，和恋人天各一方后，大都只有分手。因为结婚后就会像牛郎与织女一样一年只能享受十二天的探亲假。感情再好，在这样残酷的现实面前也要会而却步。

当时我和一大帮知识青年从农村抽调到一个远离城市的水泥厂工作，而水泥厂的男女比例是7∶1，再丑的女孩子也会有一群男孩子追，因为只有和本厂的女职工结婚，才能分得到房子，否则你即使结婚也只有一辈子住在五人一间的单身宿舍里。诚然我们厂的男青年大都是在三十岁以后，幸逢遇到了改革开放后方才成家的。

在那个严酷时代的生活，我们甚至想都不敢想象今天这样自由自在的生活，因为即使想也是危险的，会被视为资产阶级的思想而遭到批判。

改革开放走到了今天，我们终于能够自由自在地呼吸和生活，终于能想爱就爱，想恨就恨，成为一个真正大写的“人”。

小城的传说

我决定去海南看望一下我的朋友文君，我们有十来年没见面了。

关于文君，在我生活的小城流传着许多有关他的传说，这是因为文君在我们这座小城也算得上名流了，他的油画和书法在小城都算首屈一指。在20世纪80年代中期，他就在小城举办过一次油画展，那里面的裸画在小城引起了许多非议，文君也因此在小城成了家喻户晓的人物。

十来年前，当海南成为中国最大的经济特区，百万淘金者下海南时，文君在小城也待不住了，他毅然地辞了职，义无反顾地去了海南。文君的辞职下海再一次轰动了小城，因为他不是在穷困潦倒奄奄一息的工厂里，而是在人人羡慕的市财政局。于是人们纷纷猜测，文君主动放弃金饭碗，那是因为他和老婆的关系出现了裂痕，他想去海南重新寻找浪漫云云。然而一年后，文君的老婆也在小城消失了，据来自文君老婆单位的可靠消息，她也飞去海南和文君团聚了。于是，来自小城的人们便又开始传说，文君如何如何在海南赚了大钱，有好几百万甚至上千万，很多原来认识文君的人都跃跃欲试想去海南找他。

又过了一段时间，当报上开始披露海南的泡沫经济如何如何时，小城的人们又开始传说文君将上千万的资产投资到房地产，结果全套进去了，最后穷困潦倒，沦落到街头给人擦皮鞋；又说他老婆见他穷了，就攀上了一个有钱的老板，一脚把文君蹬了；有些人则说文君并没有穷困，只是他老婆又看中了一个风流倜傥的老板，结果跟那个老板双双远走高飞云云。

有关文君是穷还是富的传说在小城的版本各尽不同，但有一点却是共同的，那就是文君和老婆分手了。对于这点我也是最关心的，因为文君和她的老婆的相恋就是我当的红娘，我不希望我牵的情缘会是这样的结局。有一次，我正好遇到文君家的一个邻居，他又正好和文君的母亲在一个单

位，我想他的消息应该是准确的，便向他打听文君和老婆是否真的分手了，他的回答是肯定的。我听了，颇有些伤感。

文君去了海南后，我也曾多次想和他联系，但终因自己也在为生存而奔波而抗争无暇也无心和他联系。现在我终于能够闲暇下来了，也终于寻觅到了他在海南的电话，于是我怀着十分激动的心情给他打了个电话，电话中他也很激动，我说想去海南旅游，顺便去看看他。他十分高兴，并说我到海口时他去接我，还说就住在他家，我在电话中不便问他老婆的情况，怕他尴尬。

到海口的那天，文君果然来接我，他是骑着摩托来的。一会儿，文君就载我到了他家，他的家是在一栋中等住宅楼里，我进去的时候，没有看到女主人，我也不好问，便先问起他在海南这十来年的发展情况。他说自己注册了一家艺术装潢公司，但公司就在家中，出去揽到活了，就再雇请工人。从他的谈话中得知，他从到海南后就一直经营此公司，不好也不坏，没有什么大起大落。从他家的摆设上看亦是如此，属于那种现代小康的生活。我提到小城的人们都传说他曾经是上千万的富翁，又破了产等，他笑着说“传说归传说。”这时门铃响了，文君说：“是我老婆回来了，她听说你要来高兴极了，专门去买了大海蟹和大龙虾来招待你。”文君边说边过去开门，一个打扮得鲜艳的妇女进来了，我定睛一看，原来文君的老婆还是我当红娘牵的那位！

我笑了，心里也在笑，笑小城的人们怎么会流传出那些有鼻子有眼、活灵活现的谣言……

奥运会——世界的节日

每一个国家每一个民族都有自己的节日，而奥运会则是全人类全世界的节日。

四年一度的这个节日，全世界的人民都在翘首盼望。在四年的期待中，世界人民满怀着希望，满怀着憧憬，满怀着热情。为了迎接这个盛大节日的到来，世界人民每一天都在默默地祝福，辛勤的劳作，努力地生活。

当奥运会这一天终于来了，从太平洋到地中海，从喜马拉雅到非洲草原，世界的每个角落都在欢呼，都在庆祝。非洲的鼓响起来了，南美的桑巴舞跳起来了，苏格兰的风琴拉起来了，东方的龙狮舞起来了。到处是彩旗招展，到处是歌舞翩翩，到处是啤酒冲天，到处是兴高采烈。

在这个节日面前，人类抛弃了狭隘的民族主义，人类忘却了彼此的怨仇，人类把曾有过的战争和灾难暂时抛在了脑后，都尽情享受这节日带来的快乐和笑声。

因为有了奥运这个世界的盛会，全世界的人民眼睛才会聚集在一起，各民族才能在一起迸发着激情，各国健儿的热血才能在一起奔涌，全世界人民才有了共同的话题，共同的交流，共同的欢呼。

在这个世界节日面前，人类共同享有着自由、民主、平等、和平和鲜花。在这里没有了肤色的区别，没有了语言的障碍，没有了地域的鸿沟，没有了权势和专制，人类共同放飞着和平鸽，放飞着彩球，放飞着心情。

奥运会——人类共同的节日，需要全世界人民共同创造，共同维护，共同装扮，共同凝情。

奥运会——世界的节日。因为有了这节日，世界才如此美好，人类的生活才如此瑰丽！

老婆爱电脑

老婆不老，今年刚满二巴掌——五十五岁。说她不老，不是指她的年龄，而是指她爱电脑，爱上网。在网上，她披个时尚雅致的网名和网友们聊起来，那流行的语言，那时髦的风格，谁都以为她是花际般的年龄。

老婆爱电脑颇有历史，15 年前普通的家庭都还不知道电脑是啥样时，老婆却宣布要学电脑。因为她从工厂下岗回家了，她振振有词道：“像我这个年龄如果不会电脑，出去打工谁要?!”她先搬回个电脑学习机，每天对着电视荧屏练习打字，有时她一边在外享受日光浴，一边打着毛衣，一边背着字根，惹得左邻右舍的大嫂大妈都称奇，有的则笑她是“八十岁学吹鼓手”，她则付之一笑，依是我行我素。

也巧，老婆的电脑刚入门字刚打得熟练就遇到一个机会，一个家庭公司需要一个既会会计又懂电脑，既管账务又兼办公秘书的人员，老婆志在必得地去应聘，结果果真击败了好几个年轻的对手，一举夺位。和老婆一帮一起进厂一起下岗的姐妹们，大都只能踩三轮、当保姆、编织手套或在街头擦鞋。而老婆因为会电脑，人到中年了还混了个准白领。

老婆打了几年工，因每天都要活学活用电脑，对电脑这家伙掌握得越来越透，因之便又产生了利用电脑帮助家庭加快小康步伐的主意。

因我喜爱舞文弄墨，可过去光靠每天用笔来爬格子，好容易写上一篇，又得一遍一遍地抄写了，一封封信地投向报刊，累死累活一月下来充其量只能捞个几百元的稿费。老婆教导我道：“你那种传统的投稿方式已经过时，现在很多报刊设有电子邮箱，你在电脑上用鼠标轻轻一点，只需几秒钟，你的稿件就送到了编辑的案头，又快又好能起到事半功倍的效果。”

为了帮助我，老婆索性辞了职，专门在家当我的小秘加小蜜。她将我二十余年所创作的文稿全部整理打印出来，又一篇篇用电子信箱投向了各个报刊，果然不出几个月，稿费单接连不断地飞来，我每个月的稿费也迅速上升到千元。

老婆爱电脑，也就事事依赖电脑，洗被子床单之前，必上网查查近几日的天气。猫儿病了，也上网查查给猫吃药的方法。左邻右舍的遇到一点什么难事，她一开口也就是：“我帮你上网去查查。”嘿！还甭说，还真帮解决了不少事哩！

去年，儿子到外地工作去了，老婆又赶紧买回来摄像头、话筒。她说："这样每天都能和儿子见面、聊天，还能省下不少的长途电话费。"果然，这"视频"就是妙，有一晚，老婆从"视频"中看见儿子脸上被蚊子咬了个疱，赶紧叮嘱儿子，那个小疱正处在危险的三角区，可抓不得，抓破了恐生大祸。结果，一个潜在的隐患就这样被老婆消灭在萌芽之中。

不过，对电脑酷爱至深的老婆有时也不免向我求援。原来，网上有几个大学生被老婆浪漫的网名迷住了，每天都强烈要求和她"视频"。老婆被缠不过，只有让位于我。我得以神气活现地坐在电脑前，轻点鼠标，接受了对方的视频，图像一打开，对方果然惊呼原来是个半老头子，慌慌忙忙关了视频，逃之夭夭。我和老婆相视大笑，老婆为感谢我英雄救美，还特地嘉奖了我一个热吻哩！

圣诞节和网民

离圣诞节还差半个月，网上的"圣诞"就热火起来，不论你上到哪个网站，有关圣诞的广告就触目可见。打开网页，圣诞老人就红红火火地出现在你的面前，登上你常上的网站，就有网友们张贴的圣诞贺卡和祝福的音乐；还有网友们关切的问候：平安夜，你准备和谁共度良宵？感恩节，你会和谁在一起感恩？再把鼠标轻轻移到网上购物，圣诞的礼品也已是琳琅满目。

然而一旦从网上下来，回到食人间烟火的地方，"圣诞"又似乎离我们还很遥远和陌生。当我向父辈们无意中提到"圣诞"的时候，他们会好奇地问："谁生蛋？难道你养了只鸡？"或是幽趣地说："剩蛋也能吃，不要浪费了！"

当我解释道"圣诞"也就是"感恩节"时，我的父辈们会说："这是才时新的节日吧！这个节日名称起得好，我们中国人自古讲孝道，感恩就是要感父母的养育之恩，就是要孝敬父母。”

当我进一步提到“圣诞之夜”也叫“平安夜”时，父辈们理解得更是朴实自然了：只要哪天夜里不被偷，不失火，安安稳稳睡上一觉，那就是平安夜了！凭什么光“生蛋”和“剩蛋”的夜晚就叫“平安夜”?!

父辈们的理解往往使我啼笑皆非。当我不厌其烦地解释“圣诞”就是上帝耶稣诞生的那一天，信奉上帝的人们感恩于上帝给他们带来的平安和一切，所以也称这一天为“感恩节”。父辈们虽然听明白了，然而却更疑惑了，他们会诘问：“我们中国人又不信上帝，过那个节干吗？上帝又没给我们中国人带来什么好处，感他什么恩?”

我无言以答，仔细一想，是啊！尽管网上把圣诞炒得火热，网民们口口声声把“圣诞”挂在嘴边，但谁又是真正的耶稣的信徒呢?

不是耶稣的信徒，为何又热衷于圣诞呢?

细细寻思，原来网民们大都是追赶新潮的角色，网络跟世界接轨，跟世界相通，网民们自然也就追捧“圣诞节”了。其次，现在的生活节奏加快，网民们平时大都在大都市的公司里打拼，难得有机会轻松，现在能多一个节日，多一个快乐的机会，何不趁机大大欢悦一番呢?

可以说在中国想要过圣诞节的，就八九不离十地也会是忠实的网民。

这样看来圣诞节除了是大都市商家的商机外，就是网民们的节日了。

雪　念

我终于又看到雪了，因为我终于回到了家乡。

我已经五年没有看到雪了。为了生活我在广州打了五年工，在广州的日子，尽管每年冬天，太阳依旧是那么的温暖，但我还是想到了雪。每逢遇到老乡或从内地来打工的工友时，我们就会聊到雪，就会问对方家乡下了雪没有，因为下雪了就预示着快过年了，就有可能回家与亲人团聚了。

雪是我们这些从内地到南方打工者们喜欢的话题。

每年冬天，我也会跟广州的工友聊到雪，因为只有雪才是我们这些内地打工者的骄傲。广州什么都有，唯独没有雪。提到雪，广州工友们也都会感到新鲜、好奇。我也就兴奋地跟他们谈到下雪的好处，要是广州下雪，广州的蚊子就不会这么猖獗，就不会这么凶狠地喝我们打工者的血了。广州如果下雪，也就不会一年四季都这么喧嚣、嘈杂、浮躁，也会有一时的素静和恬雅。

聊到雪，我是那么的兴奋和激动，我往往会热情地邀请广州工友们和我一起到家乡去看雪、踏雪、沐雪。

可是终于盼到家乡下雪了，或因为公司不放假，或因为怕丢掉手中的饭碗，或是因为太多的乡亲们都想回去过年赏雪，而买不到回乡的车票，我只有默默地在报纸上在电视在电话里嗅着家乡下雪的气息。

就这样，我年年盼着回到家乡看雪，年年盼望让家乡的雪浸浸我的躯体，清清我的头脑，却一连五个冬日只有在南方的阳光下遥望和思念着家乡的雪。

这种浓浓的雪念不仅仅是我独有的，而是千千万万个打工者共有的。

我们公司有一个老乡，到公司来打工时儿子还只有一岁多，当他告别妻儿到广州打工时，儿子恋恋地说："爸爸，早点回来给我买冰糖葫芦啊！"

可是当家乡下第一场雪时，他却舍不得回去了，因为好容易挣了大半年的钱，这一回去就要丢在来回的路上了。好容易盼到第二年家乡下雪了，公司却因为要赶国外的订单不放假。他舍不得丢掉这来之不易的饭碗，只能含着热泪在电话里听儿子嘴里的雪花飞舞了。

到了第三年，家乡终于下雪了，思念的情怀迫使他什么都不顾了，爬上火车，不顾列车上的拥挤和窒息，硬是挺到了家。

可当他举着一串冰糖葫芦叫着儿子塞给他时，儿子却不认得他，害怕得在雪地里狂奔，他一边噙着热泪地在后面追，一边叫："儿子，我是你爸爸！我是你爸爸呀！"

雪地里清晰地留下了一串踉踉跄跄深深浅浅的脚印……

雪啊！你就是我们这些背井离乡打工者的一缕乡愁啊！

带儿子下乡

儿子长到八九岁了，虽见过熊猫、狮子、大象、老虎这些稀有动物，却从来没有见过活的牛呀猪呀羊呀。每要他吃肉，当说到这是牛肉猪肉或是羊肉时，儿子就会噘着嘴说："爸爸，我长这么大还没见过牛呀猪呀羊呀！什么时候带我去看呀？为什么动物园没有牛呀猪呀羊呢？"

我在跟儿子解释的时候，也自然想到，是啊！大城市的动物园为什么就不饲养几头牛和猪羊供孩子们参观呢？这样一来，孩子们也就用不着把牛猪羊这些家畜当成稀有动物了。

我决定利用一个双休日专门带儿子到乡下去看牛、羊、猪这些家畜。

那一天，我带着儿子出发了，儿子听说今天是专门去看牛羊猪，比到动物园和游乐园还要兴奋，一路上儿子不停地向我提一些有关牛猪羊的一些问题，惹得车子上的一些旅客嗤嗤发笑。

不知不觉，车子开出了城市，高楼大厦已不见了踪影，眼前已是一幅田园风光。我和儿子在一个小集镇下了车。我带着儿子向远处一个村庄走去，还未走到村庄，就见一个老农正在牵着一头黄牛在山坡吃草，我忙对儿子指道："快看，那就是牛！"儿子抬头一看吓得往我身边退了几步道："这牛好大呀！比电视上看到的大得多！爸爸，它会不会咬人？"

我说："别看它大，它很温驯，要不人类就不会驯服它，饲养它，利用它为人干活了！"

在我的鼓励下，儿子胆大起来，靠近那头牛细细观看起来，在征得老农的同意后，我在黄牛的背上摸了摸。儿子见了说："爸爸敢摸，我也要摸。"我将儿子抱了起来，让儿子摸了摸牛背，儿子一边摸一边兴奋地叫道："我也摸牛了，我也摸牛了，我肯定是全班第一个敢摸牛的好汉。"

我说："你这算不上勇敢，农村像你这大的孩子敢骑在牛背上哩！"

"是吗？那我也要骑在牛背上！"儿子说着就要我把他抱在牛背上去。

我说："这是黄牛，不能骑，一般骑的都是水牛。"

儿子奇怪了，问："牛还分黄牛和水牛，那老虎有没有水老虎和黄老虎，狮子有没有黄狮子和水狮子呢？"

我耐心地向儿子解释："老虎和狮子都没有区别，有些动物有区别，如羊分山羊和绵羊。黄牛和水牛的区别在于黄牛通常是在旱地里干活的，水牛则是在水田里帮农民犁田的。水牛比黄牛大，力气也比黄牛大，它长有弯弯的角，而黄牛的角很短。"为了向儿子解释清楚，我还将旱地的农作物和水田的农作物一一告诉了儿子。儿子睁大眼睛听着，那认真听讲的样子我想是课堂上少有的。

随后，我又问带黄牛的老人，这周围有没有水牛，老农告诉我前面村庄下有一个堰塘，塘里正泡着几头水牛。

儿子一听十分兴奋，连蹦带跳地直往村里跑。我带着儿子来到村庄下的堰塘，果然塘里泡着几头水牛。我对儿子说："为什么叫水牛，就因为水牛喜欢泡在水里。"

"那它是不是游泳健将？在动物游泳比赛中，它能得第几名？"儿子眨着眼睛问道。

一个农村的少年见儿子喜欢看水牛，特地威风凛凛地骑到水牛背上，儿子拍手叫好，还赶紧把随身带的一件玩具送给他，说要奖励他的勇敢。

看完了水牛，我又带儿子到村庄里四处走了走，儿子看见猪和羊后说："这猪呀羊呀样子好可爱呀！为什么人们要吃它的肉呢？为什么猪和羊不能像猫和狗一样当作宠物养呢？"

我又和儿子谈到了人们长期形成的生活需要和习惯，以及城市人如果饲养猪羊会带来的环保问题。

这时，迎面摇摇摆过来几只鹅，伸着长长的脖子冲着儿子叫，儿子退了几步说："这乡里的鸭子怎么这么大，好像要咬我呢。"我说："这不是鸭子，是鹅。鹅的个子比鸭子大，脖子也比鸭子长得多。鹅为什么不怕人，据说是因为鹅的眼睛是个缩小镜，在它眼里人比它小，所以它不怕人，甚至敢吓唬人。而牛据说恰恰相反，它的眼睛像个放大镜，人在它眼里比它大得多，所以它害怕人，诚服人。所以我们看人看事都要用正常的眼光去看，否则就会容易出偏差。”

“爸爸，你这是在讲寓言故事吧？”儿子眨着眼睛问。

我点点头，我知道儿子现在对这些道理会似懂非懂，但因为他今天有兴趣。所讲的故事会容易记在脑中，等长大了，他自然会明白其中的道理。

在回城市的路上，儿子说：“爸爸，我今天玩得真开心！下一次我做作文，就将今天看到的写出来，肯定能大大吸引老师的眼球，肯定在全班要盖帽。”

儿子一口大城市孩子的腔调，我心中又有了新的想法，下次到乡下来，我要让儿子和乡下孩子们多接触，让儿子也接受一些乡村孩子朴实的语言，这对儿子的成长和学习会有好处的。

为孩子记录童年

在儿子年满18岁的生日那天，也就是他长大成人的那一天，我送给了他一本记录他小时生活的日记，他看了后连呼：“这太珍贵了！这太有意思了！这是最好的礼物!”

在这本记录本中，我记下了儿子出生时的情景，记下了儿子小时候生活的片断，也记下了作为父母的我们养育他时的艰辛。

儿子最关心的是他出生时的情景，我在记录本中这样记载到：

又是几个难熬的小时，妻子还没生，再不生，我和妈都要急疯了。十二点又过了，已到了1981年7月15日，大约半点的时候，我正在妻子旁边安慰她，这时值班余医生进来了，她叫我出去，我刚走开，又听见她在喊：“6 床的爱人！”我赶紧跑了过去，余医生看了我一眼，很正经地说：“我想跟你商量一件事，你爱人的羊水已经破了好几个小时了，看来要她自己生是不可能的了，再等下去婴儿恐怕要憋死在子宫里。我们想采取最后一步措施，把阴道剪开，把婴儿钳出来！”

“你们早就应该采取措施了！”我迫不及待地插嘴道。

余医生也不理我，继续说道：“不过，在剪开阴道以后，用钳子进去钳婴儿的时候，有可能把婴儿的眼睛或者鼻子钳坏，变成残废，那我们就不能负责了。”

我一听此话，心头顿时犹如泼了盆冰水，全身打起颤来。我努力使自己镇静下来，结结巴巴地说：“余医生，我明白你的意思，你大胆地去做手术吧！出了什么事，我也不会找你的，这点请你放心，不过请你在做手术时，尽量细心点。”

余医生听了，不再理我，转身进了产房。

“小孩有可能要残废！要是眼睛钳瞎了……”天啊！我不敢再想下去了，只觉得头一阵眩晕，像要窒息过去一般。我慌忙跑到楼梯口的躺椅上躺了下来，凉风一吹，我清醒过来，连忙爬起来朝产房跑去，跑到产房门口，只听产房里发出一阵手术器械的声音和余医生那镇定的声音：“别动，把剪子拿来。”又听得“咔嚓”一声，我的心又紧张起来。突然“哇”的一声，婴儿的哭叫声把我惊醒过来。小孩钳出来了，伤着没有？我怀着忐忑不安的心情想冲进产房。约 1 点 15 分时，护士把襁褓中的孩子抱了出来，递到我手上，说：“是个男孩，五斤八两。”我接了过来，问：“没钳破什么地方吗？”护士说：“还好。”我仔细看了看，婴儿头顶一直到左眼角，有一条钳红的痕迹，没有破皮，可我还是不放心地问：“这红印子不要紧吧？”

护士道：“不要紧，过两天他自己会消的，不过要打二天青霉素预防感染。”我听了，紧张的心这才松弛下来，我看了看表，约摸孩子出生时正好是 15 日早上一点一刻。我这才仔细端详起手上的婴孩来，他红嫩嫩的脸颊，眉毛很浓，像我的眉毛，小嘴唇，好看的鼻子，头发乌黑，看上去很干净，不像许多刚出生的婴儿那样脸上布满皱纹。

我想起该给他取个名字了。前个把月，他还未出世，我已给他取了几十个名字，从几十个名字中又定了几个，其中有汤清淳、汤澈、汤沸、汤淼，现在该定了，定哪一个呢？我正想着，窗外暴雨的喧哗声打断了我的思索，我猛地想起汤淼这个名字来，淼水多也！不正跟他出生时天降暴雨吻合吗？汤淼这个名字天然而成，定了。

儿子看了这一段后，感动地对我们说："谢谢你们给了我生命！我也会好好珍惜生命！"

儿子还特地亲昵地对她妈妈说："妈妈，你为了我吃了好多苦啊！我会好好孝敬你的，哪一天我要是言语对你重了，你就罚我多看几遍我出生时的记录，我会感到自责和忏悔的。"

给儿子带来笑声的是那些记录他小时候的童言童语和活泼好动的生活场面。

下面就是儿子二岁时的生活片断。

——他把一个橘子核吞进肚子里了，他说："我的肚子里要长一个橘子了！"

——他骂人最狠的是大坏蛋，再不就说你像个小花猪、大灰狼、螃蟹、猪八戒，而说他自己像个孙悟空。

——早上他妈给他穿件红衣裳，他不穿，说这是姑娘伢穿的。

——他很顽皮，骑小车子有时站在车坐上，举起双手说是玩杂技，他还特别爱骑车从一个坡上滑下来，还不让人扶。

——他有时把搓板放在地上，跪在上面，双手合拢说："阿弥陀佛。"

——他在被子上跳来跳去，上被子时，他说是爬山，滑下来时他说是滑冰。

——他把一团毛线丢在地上，自己拿起另一头说："钓鱼。"

——我今天带他一起到书店买书，他说："爸爸，你买个大书，给我买个小书。"

——睡觉时，我不小心把脚蹬到他的屁股上了，他说："小心把巴巴糊到你脚上。"

——邻居高爷爷在修手表，他问："高爷爷，你的表坏了呗?"高爷爷后来拿出个闹钟，故意问他："这是个什么东西?"他说："是闹表。"

一晃眼，我把那本记录本送给儿子已经6年了，儿子在这6年中经常翻看那本记录本，可以说是百看不厌，有时他还挑出一段来，念给我们听，我和妻子一边听一边沉浸在往事的回味中，全家充满了欢乐和温馨。

在这6年中，儿子的事业也取得了一些成绩，但尽管他再忙，也要每天赶回来和我们住在一起。他对我们也越来越尊重和爱护了，在一些小事上也要细心地关照我们，在我们面前从来没有一句过激或沮丧的语言。邻居们都称赞我儿子很懂事，很孝顺，脾气和性格好，待人温和宽容。

这也许是那本记录本所起的作用吧！因为有一天，儿子对我说："爸爸，将来我结了婚，有了儿女，也要学你一样记录下他们出生时的情景和童年的生活，因为我觉得这对作为儿女的来说，是人世上最好的遗产和幸福!"

九畹溪漂流

从宜昌出发，到三峡大坝处过江，然后穿过新秭归城，在崇山峻岭中又开了一个多小时，就到达了漂流地——九畹溪。车子送我们到了九畹溪，就开到了九畹溪漂流的终点地去等我们了。

就这样，从没有想到过漂流的我却无一点退路了，只有跟着大家领头盔，换了球鞋（我们过去称的解放鞋），穿上了救生衣，拿了划桨，和一个年轻人搭配上了橡皮船，然后被岸边的工作人员一篙撑开，我们就开始身不由己地漂了起来。

一开始就水流湍急，根本就不用我们划桨，橡皮船就载着我们冲出好远，不时遇有跌宕起伏的激流，橡皮船晃荡着打着转地冲了下去，又重重落下深潭，溅起巨大的浪花，十分惊险，同船的年轻人兴奋得大呼小叫，而我却有些紧张，紧紧抓住橡皮船的拉环。我想，到底是年龄不同，心态不同，感受也不同。

才漂流了十来分钟，我们全身上下都湿透了，橡皮船内也进满了水，我们划到浅滩处，将船上的水倒去，继续漂流起来，有时漂到水浅平缓之处时，橡皮船就搁浅了，这时就有景区专候在此的工作人员帮忙将船推入下一个激流区。

接下来，水流落差越来越大，我们的橡皮船像匹野马般根本不听我们的使唤，横冲直撞起来，巨大的浪花一次次向我们泼来，每隔十来分钟，船内就灌满了水，我们就不得不想法将水倒掉，我们也一直浸泡在冰冷的溪水之中，看头顶虽是耀眼的太阳，但我们却生出寒意。好在沿漂流之地每隔半里一里，就有山民在溪边叫卖红糖姜茶，让我们喝了御寒，然大多漂流者怕钱被淋湿冲走了，将钱留在了车上，无钱买姜茶，只有漂流一阵，就上岸站在沙滩上晒晒太阳，增添点暖意。而我有先见之明，准备了些钱，虽钱被水浸湿得一搓就烂，山民们也照收不误。

经过半个小时的漂流，我渐渐从紧张中舒缓过来，认定虽惊而无险。便大胆漂流起来，遇到落差极大的振荡起伏，浪花扑打得把我们全身裹埋起来时，我也会跟着呐喊起来。

大约漂了一个来小时后，前面山崖上标着几行大字：前面 500 米处水流落差 5 米，如有高血压、心脏病患者，可从这里上岸，绕道过去。我的心一下又紧张起来，上不上岸呢？又一想，我绕道过去，剩下一个就更不好掌握平衡了。犹豫了一阵做出决定，今天就豁出去了！人生难得几回这样刺激的场面，不亲自领略一番，终会留下遗憾！只要自己不紧张，心态平稳，血压就不会升高。正想之间，橡皮船被湍急的激流冲得像箭一样飞了起来，我知道那惊心动魄之处到了，我抓紧橡皮船，屏往呼吸，只听“轰”的一声，我们的船如同从瀑布上跌了下去，在浪花中翻滚，水像倾盆大雨般向我们泼来，我们什么也看不清，只有闭着眼睛大声呐喊宣泄着，任我们的船起伏滚落，一直被激浪扑打冲出了几十米，船这才平稳了些，我们抹了抹脸上的水，睁开眼睛，回头一看，那瀑布已在身后很远了。

随后，开始进入了一片深山峡谷之中，我也开始得以平心静气地欣赏两岸的景色，两岸高峰矗立，峭壁如仞，我们恍如进入了小三峡，然这里的水更清，山更险更峻且郁郁葱葱，不时听见山上猿猴的啼叫，偶还可见山崖壁上嵌有石棺，苍鹰在石棺处盘旋，令人发思古之幽情。此时，我似乎不在漂流，仿佛置身于清风湖潭的诗情画意之中。

就在这深山峡谷中，两边居然偶有茅舍点缀其中，山民们在溪边摆着烤鱼烤玉米和卤鸡蛋叫卖。虽然这里风景如画，但对人类的生存来说却是苛刻的，然而山民们脸上没有一点被大山压迫的痕迹，气色舒朗，问过一个年轻的山民，他说平素都在南方打工，漂流季节就回来做点生意。看来，九畹溪漂流，不仅让我们这些山外之人感受到深山峡谷的气韵，也让九畹溪的山民走出了大山，感受到了山外的气息，旅游使大山和城市之间历史性地联系到了一起。

经过了近三个小时的漂流，我们终于漂到了目的地，九畹溪在这里跳跃着融入了一座大型水库。虽然我们的漂流结束了，但旅游仍没结束，我们重新穿上救生衣，坐上一种气垫船，在水库里穿行，一眼望去碧波万顷，两岸的山仍是苍苍莽莽，我们不由得陶醉其中。我们在这浩渺的水中又飞行了半个小时，方才弃舟登岸，我们的车就停在这岸边的高坡上。

尽管是在丝毫未想到的情况下漂流九畹溪的，但漂流过后，我为有这样一次突如其来的漂流感到惊喜，它使我感受到了大自然的美，感受到了人类征服大自然的力量，感受到生命的激情。从此我不再觉得自己在走向衰老，我永远会年轻，因为九畹溪的浪花会永久的拍打在我的心灵……

让人长久萦怀的大瑶山

我去过不少名山大川，黄山、庐山、衡山、武当山、张家界，但没有哪一座山能像大瑶山那样令我难以忘怀。大瑶山不仅集众山的风光于一身——雄、奇、险、绝、幽、峻、秀、丽，而且又有浓厚的民族风情，有碧水飞瀑，有苍苍莽莽的原始森林，有奇珍异卉，有鲜美可口的山野美食。

从广西柳州向东驱车一百余千米，就进入了大瑶山。汽车沿着进山的盘山公路蜿蜒穿行，当车行驶在谷底时，但见两边碧水环绕，仰望周围，青山耸云入端，半山腰的白云缭绕处，隐隐露出些红的房舍，疑是仙人居住。当车爬上山巅之时，俯视脚下，悬崖峭壁，万千沟壑，令人心惊胆寒，只有放眼远望，但见苍苍莽莽、郁郁葱葱的青山在眼下起伏，感觉自己仿佛轻盈盈地置身于云端里。

进山行驶了一个多小时后，进入了大瑶山的首府所在地——金秀瑶族自治县县城。金秀县城在群山的环抱中，不大，就一条街，沿着一条清秀的小河蜿蜒开来，一边逛街，一边观赏着小河里穿梭浮游的香草鱼，甚有情趣。街上随处可见穿着民族服装的瑶族同胞和他们叫卖的山珍特产。

县城的一个山头上建有“瑶族博物馆”，在这里可以全面地了解瑶族的历史、风土人情和生活习俗。

方圆五百千米的大瑶山居住着五万瑶族同胞，是瑶族同胞居住最多的地方，也是保持瑶族民族特色最淳朴的所在地。

参观完了县城，我们当晚下榻到离县城十几千米的林海山庄，山庄已为我们准备了富有地方特色的晚宴，全部是大瑶山特产的山珍美味，有黄猄、果子狸、山鸡、山猪（野猪，当地叫山猪）等野味儿，还有鲜嫩无比的山蛙（瑶语叫马拐），有味道极佳的山蜂蛹（大瑶山特产的山蜂蛹，比一般的蜂蛹要大一倍），有比普通蔬菜味鲜多倍的野菜——马拐菜，还有专门产自山溪激流中的一种小鱼，其美味超过任何一种淡水鱼。晚宴中也有家养的猪肉，但却别有风味，是用瑶族的特有方法腌制的（是用米粉炒熟后，加上作料、盐糊在一块的猪肉上，腌制半年后才食用）。据说这种腌制的猪肉放好多年都不坏，放七八年后就可以生吃。

晚宴上喝的也是瑶族同胞酿制的米酒，这种米酒味道醇厚，口感极佳，不善饮酒的人也能喝上几碗，它有祛风活血、延年益寿的功效。喝米酒最有情调的是有瑶族女孩前来敬酒，她们先要唱一首传统的敬酒客，歌词大意是：欢迎远方的客人到瑶家来，多喝几杯瑶家的米酒，就有好运来。瑶家的祝酒歌有浓浓的山歌风情。

享过晚宴，山庄又为我们准备了富有瑶胞传统的炭火晚会。

在山庄门前的广场上已将木柴烧成一长堆炭火，周围的山民闻听今晚要举办晚会，也纷纷赶来，晚会也就更热闹了。

首先是瑶族同胞表演表现瑶胞生活场景的歌舞，如“驱兽舞”“簸谷舞”“敲竹舞”“跳香火”等。歌舞表演完后，就开始表演瑶族同胞传统的“上刀山下火海”，上刀山就是树起一个高台，用锋利的刀作梯，瑶胞们赤脚踩着刀尖爬上去，将一面旗帜插在杆上。下火海则更有民族风情了，首先由师公（可能是巫师，瑶胞称作师公），在烧得红红的炭火周围插上几面旗，然后念了一通符咒，又在炭火前烧的一口油锅下煽起熊熊大火，让油翻滚，再吹口气，让油烟腾过。然后师公就开始打着赤脚从炭火中走过去，一些山民也纷纷脱下鞋子打着赤脚走了过去。导游小姐对我们这些游客说：“只要三天内没有与异性同房，打着赤脚走过去均无妨。”说着，自己也脱下鞋，走了过去。在她的带动下，一些游客也大胆地脱下了鞋，赤着脚从炭火上走了过去，果然如走平地一般，有惊无险，不禁令我们这些游客称奇，在我们心中也留下一个谜，为什么烧红的炭火就灼伤不了赤脚呢？

上刀山下火海的习俗当地山民说是能消灾去难，我则认为是瑶族同胞面对野兽出没的恶劣自然环境，用以锻炼自己不畏艰难的一种精神。

接下来又开始表演瑶家女娶男的风俗。瑶族的侬给（瑶语小伙子）要嫁到依姣家（瑶语女孩），首先要帮女孩家砍三年柴，再吃五年的肥猪肉才能嫁到女方家。瑶家依给和依姣约会也要对山歌，女孩站在竹楼上和楼下的男孩对歌，如女孩中意了，就放下绳子把男孩吊上去，不同意就泼下一盆凉水。按照瑶族的习俗，新郎和新娘结婚时，新郎要背着新娘爬九座山过十八道河。

表演全部结束后，所有在场的人员，不论是山庄的工作人员还是游客，或是来看热闹的山民，都一起围着炭火跳起了瑶族舞，有的则跳起了竹杆竿舞，有一个山民还兴奋地敲起了黄泥鼓，一种两头大中间细（腰型）蒙着羊皮的鼓。

这一夜我们整个身心被瑶风瑶俗熏得浓浓的，永生难忘了。

第二天，我们又开始到大瑶山的各个景区游览起来，大瑶山有天堂岭、金秀老山、莲花山、罗汉山、圣堂山、五指山等名山。这些山均在海拔一千米以上，最高的圣堂山海拔 1979 米，这些山均为丹霞式峰林地貌，丹峰、碧水、古树相映生辉，又各具特色，蔚为壮观。圣堂山不但奇峰峥嵘，而且山顶有万庙成片的变色杜鹃林，全国罕见；还有谜一般的古代石墙和冰川遗迹石海、石河；金秀老山则有着五十多万亩亚热带原始森林，各种野兽和百鸟在密林中奔走啼鸣；最令人叹为观止的是天堂岭四周悬崖绝壁，千峰浮云，而山顶则有一千五百亩那么大的平原奇观。最美的山要数莲花山，莲花山主峰海拔 1350 米，因群峰耸立，远远望去，整个山体酷似一朵含苞待放的莲花，因此而得名。莲花山集黄山、庐山、张家界之美于一身，雄奇且灵秀，令人赏心悦目，流连忘返。山上景观以石林为主，有石笋、石峰、石柱、石簾、观音坐莲、骆驼登山、金鸡报晓、熊猫赏莲、一线天、莲花宝灯、犀牛望月、擎天一柱、会仙桥、雄狮选客等，令我们惊叹大自然的鬼斧神工的同时，更被这些神、奇、美的巧合而深深折服。莲花山的石林是衬以繁茂的原始森林，加上云海、杜鹃花林、古藤、飞瀑、碧潭，形成了秀美、梦幻般的奇景。

在大瑶山旅游等于在畅游最大的野生动植物园，这里有称得上世界之最的银杉王，有世界动物活化石之称的瑶山鳄蜥，这里是广西最大的“生物基因库”和“天然植物园”。

这里的景区少有人工雕琢的痕迹，充满了原始的野趣和纯真，只有到了这里，才能真正体味到什么是大自然。

就连大瑶山的土特产也都有着大自然的精华和造化。绞股蓝在大瑶山被称为仙草，有着人参无法比拟的“补而不燥”，被称作生命健康之草。

茴香和玉桂给我们的生活增添作料和回味。

天花粉既为人类消炎解毒，通经散肿，又为人类增添美容。

还有鲜嫩无比的竹笋，让我们感受到大自然的清新美意。

野生灵芝，如朵朵云霞降落在大瑶山，让山民们采摘。

最为奇特的是灵香草，她有着天然的奇香，能驱虫防蛀，放在书柜衣箱里，能让你的书真的有了书香而且百虫不侵，且能长达百年而不失功效，20 世纪 30 年代就储藏在故宫古籍书库中的灵香草至今仍散发着余香。

令人神往的大瑶山啊！谁只要来这里走一遭，就会终生萦怀，就会总想再去一次！

大瑶山中灵香草

十年前，我从广西大瑶山带回几包灵香草，放在衣橱和书柜里，现在打开衣橱和书柜，还有一股异香扑来。那种香味浓烈而好闻，让人似乎飘飘然仿佛到了仙山琼阁。而这种异香却让蛀虫避而远之，至今我存封了十年的书籍中找不出一丝虫蛀的痕迹。

每当闻到灵香草的香味，我就在心里感慨：这灵香草真称得上是奇花异草啊！

十年前，我来到广西的大瑶山，当我看到这里山奇峰秀，到处碧水淙淙，四处是茫茫的原始森林后，我就寻思这山奇地秀水好，一定会出灵秀之物，果然在海拔千米的山峦间，常看到有打扮朴实的瑶民在地上摆着灵芝、绞股蓝等中药材卖，这其中就有灵香草。我当时不知这草为何物，当问瑶民时，瑶民谓之“灵香草”。即刻就为这好听的名字所打动，问其作用时，答说放在衣橱和书柜里不生虫，我是个爱书藏书之人，闻之，当下就买了几包。

因为过去从未听说过灵香草，我便到大瑶山腹地的金秀县城寻访有关资料，果然了解到一些灵香草的信息。

这灵香草的用处还是清代宁波“天一阁”的主人在广西做官时发现的。他在去广西上任前，特意翻阅了家中藏书宋代周去非的《岭外代答》，书中提到了这种草，称之“零陵草”。由此他在广西任上时，特地到大瑶山寻访到这种野生草，并带回到藏书阁试用，防虫驱虫效果果然不错，由此就在当时的文人中传开。大瑶山的瑶民就此将这种野生草广为种植。

灵香草属报春花料，是多年生草木，生长在森林覆盖的潮润的地面上，自然生长期长达 15 年。大瑶山到处都是森林覆盖，土地和气候都最适合灵香草种植，由此，灵香草逐渐成了大瑶山的一种特产。

灵香草虽然称得上是奇花异草，但并不娇贵，在大瑶山的土地上很容易生长，农历五月到七月间，从老本上摘取一寸左右的草茎，带上一片叶子，插入土中或石缝里，次年二月除一次草，三月开花，到冬天就可以连根拔起，烤干出售了。

大瑶山的瑶民都说：“灵香草是老天怜悯大山中的瑶民，特意赐给瑶民的灵香之物。”

瑶民世世代代受到官府的歧视和欺压，为了生存，不得已从平地迁到这山高陡险与世隔绝的深山之中，大瑶山山高林深，庇护了瑶民，而瑶民也把大瑶山当作自己赖以生存的母亲。

灵香草给穷苦的瑶民带来了生活的希望和财富。著名人类社会学家费孝通曾在一篇文章中提道：新中国成产不久，我参加中央访问团到广西做少数民族工作，那时曾注意到大瑶山的茶山瑶妇女头上佩戴的银板，高耸突出，光亮夺目，十分惹眼，当时就引起了我的好奇，在这偏僻的山区哪来这么多银子让妇女顶在头上。老乡告诉我说，茶山瑶会种灵香草，外边的人出大价钱用银子来换。山里风气好，没有盗窃，所以这些银子成了妇女们常用的装饰品。

就在我在大瑶山旅行期间，我看到一些日本人和中国香港人特地赶到这大山深处采购灵香草，可见灵香草的香气已飘到了海外。

灵香草的妙用肯定不仅仅是驱虫，据说当地的瑶胞还用它来治病和打胎呢！可见灵香草的灵香中还有很多未知的奥秘和神奇。

灵香草是大瑶山中的精灵，它看似平常，却有着无比丰富的内涵。它也就像种植它的瑶族同胞，朴实无华，有着顽强的生命力，在大山深处默默地绽放着自己的异香……

让儿女学做生意

广州每年的花市是缤纷多彩的，吸引着我这个异乡来穗的打工者也每年前往观赏。头一年吸引我的自然是各色各样鲜艳夺目的花卉，我也会禁不住买上几盆，给我们的打工生活增添点情趣。第二年逛花市吸引我的就不仅仅是奇花异草了，而是出售花草的人，我发现在市中心的几个花市上，出售花草的很少有近郊的花农，而大都是时尚青年。我有些好奇，就向一个卖花的女孩询问起来，原来她们大都是在校的大学生，而且大都是本市人，她们的父母趁她们放寒假之际，借给她们一部分本钱，叫她们自己在花市租摊位，自己进花、卖花，目的不是赚钱，而是让她们学会做生意。

这让我这个来自内地的人士大为惊愕，在我们内地人的心中，儿女只要考上大学，就一心指望他大学毕业后能找到一个稳定的工作，最好能够当国家公务员。而广州人却让上大学的儿女学做生意，难道他们不希望儿女们能捧铁饭碗，不希望儿女们进大公司当白领？

在广州生活了几年后，我逐渐理解了广州人的这种做法。

大部分广州人认为自己做生意和开公司是第一选择，而考公务员和进公司当白领总是替别人打工，不算有出息。

而我们内地的人士大部分认为，只有那些考不上大学，又找不到工作的人才考虑自己去做生意，而且既然要做生意，又何必要花钱去读大学呢？

广州人则认为，上大学和做生意开公司并不矛盾。现在做生意开公司也需要文化知识，文化知识越高，生意才越有可能做好做大。

广州人因为靠近沿海和港澳，几乎家家都有亲人和亲戚在海外和港澳生活发展，所以对市场经济认识比我们透。在国内一开始进入市场经济后，广州人就纷纷主动辞去铁饭碗，开始自己做生意和开工厂。难怪广州的经济要比内地发达得多，富起来的人也比内地多得多。

在我打工的公司，老板是广州人，可员工却几乎都是外地人。在我租住的小区里，也很少见有广州本地的年轻人在什么工厂公司上班，大都是自己开店做生意。

在广州生活了几年后，我也逐渐接受了广州人的这种经济、市场、生存的理念。当我的孩子刚20岁出头，正上大学之时，我就叫他到广州来打工，让他接受广州商海大潮的熏陶。在他打了二年工，正开始受到公司的重用之时，我却毅然地带着他辞了职，一起回到老家自己做生意，自己闯天下。

现在我们家的事业开始有了起步，每当跃上一个新的台阶之时，我就会想起在广州花市上所受到的启发。

不要错过路边的风景

自从我拥有了一辆小轿车后，我就每年都要自驾车出去旅游几趟。最开始，我在确定一个旅游目标之后，就直奔旅游目标而去。后来，有一次我驾车游海南，当我开着车子从海口出发，沿着东线高速公路准备到三亚去旅游，当车开过兴隆后不久，高速公路开始沿着海边前行，蓦地，我看到前面海边的一个山头建有一座亭楼，有一条路从高速公路上插过去。我纯粹是心血来潮，将方向盘一打就插了过去，我将车开到那亭楼前，只见那亭楼上镌刻着“观海楼”三个字，我信步登上“观海楼”，才发现这里不仅是观海的极佳处，而且脚下的礁石雄奇嶙峋，大有鬼斧神工之妙，再看那海潮一浪扑一浪滚滚汹涌而来，在礁石上重重拍打，卷起千堆雪。我到过渤海、黄海、东海，南海的许多海边，在晴朗风微的天气下，还从来没见过这么大的巨浪，这么如雷贯耳的海潮，这么壮观的浪花，难怪要在这前不着村后不着店的半山腰修一座“观海楼”了！海边的巨浪吸引着我，我不由得从观海楼下去，拨开荆棘藤蔓，沿着一条小路跌跌撞撞地下到海边。我在海边的礁石上坐了下来，纵情地享受着这惊涛骇浪，感受着大海的磅礴气势，感受着这摄人心魄的美景。那天，我在这旷野的海边徜徉了一两个小时，最后才依依不舍地离开。在走向我的坐驾时，我在心里想：看来路边也有好风景啊！今后切不可错过。

在三亚我游了“鹿回头公园”“亚龙湾海滩”“天涯海角”和“南山风景区”后，我开始沿着西线高速公路返回海口，从三亚开出一个多小时后，我看见高速公路上的标牌，前方出口到“尖峰岭”，我想起海南旅游图上的介绍：“尖峰岭”是我国第一个国家热带雨林公园，拥有我国现存面积最大、保存最完好的热带原始森林。又看看时间还不到中午，便动了心，将车开出了高速公路，沿着路标直奔尖峰岭。

只开了十几分钟，便开始进山了，山势越来越陡，弯道越来越多，盘盘旋旋、峰回路转地开了一个多小时后，我看见车窗两边已是莽莽苍苍的原始森林，便停下了车，走到车外，我开始静静地欣赏着这充满野趣的热带雨林。远望，层层叠叠的山峦中，密密集集的树林织成了一望无际的绿海，云雾在绿海的上空缭绕蒸腾；近看，山泉潺潺，一棵棵参天大树遮天蔽日直伸苍穹，大树下，葛藤纠结，不时见彩蝶翩翩飞过，想那不远处一定有奇花异草。

我不由得心旷神怡，沉醉在天籁之中。蓦地，不远处的密林中有了响动，我定眼看去，密林叶缝中透出两只野兽的眼睛，似乎是豹，我赶紧上了车，我不再打扰这野生动物的乐园，开始掉头下山了。一路上，看着两边闪过的山景，我在心里喊道：不虚此行啊！

从海南旅游归来后，此后凡是自驾车去旅游，就总是先上网查询或打听沿路上有没有值得看的风景。

重阳节与时代

重阳节这个历史悠久、韵味十足的节日在当代人心中似乎很遥远、陌生。从20世纪50年代我开始记事起，每年的农历九月九，就像个平常的日子，鲜有人提起是重阳节。因为金黄的秋色已经被“大跃进”红色的巨浪掩没了。到了20世纪六七十年代，那是阶级斗争的年代，人们的心整日绷得紧紧的，谁还敢去顾盼回味那有诗意的秋天和节日。从20世纪八九十年代开始，商海大潮又席卷了中华大地，做着发财梦和为生存而奔波的人们，谁又有用心去登山采菊、饮酒赋诗呢?

重阳节本就是一个闲情雅致的节日。通过历史的镜头，我们看到从汉魏六朝开始，每到九九艳阳，文人雅士就邀朋呼友地优哉游哉地登高览胜，赏花，吃螃蟹，营造出一个浓浓的节日气氛。当然这种闲情雅趣的节日是需要相对和谐的社会环境和氛围的，倘若是兵荒马乱、你争我斗的年代，谁还有心情去登山赏菊呢?

不知从何年代而起，重阳节又被赋予了一个新的含义——敬老。似乎秋象征着人生一样，经过了繁花似锦生机蓬勃的春和火热旺盛的夏，已进入了红叶纷呈、落英缤纷的季节，而就要踏进萧瑟迟暮的冬天，诚然更需要人们去珍惜和呵护，更需要有情人的关爱和眷顾。然而孝敬父母也是需要一点超然和洒脱的，倘若身陷在人欲横流的泥潭里难以自拔，就很难以放松的心情和真挚亲切的笑脸陪老人们登山赏红叶了。

好在时下中国终于走进了繁荣和谐的年代，菊花繁盛，遍地黄金甲，青山美如画。人们终于懂得了欣赏生活的美，有了闲情雅致的心绪，有了休闲的时间、环境和氛围，也懂得了孝敬老人是一种美德，是做人的根本。于是，重阳节也就应时运而重生了。

这样看来，重阳节不仅是一个传统的节日，也是一面历史的镜子，映照着时代的沧桑，也映照着人们生活、道德的水准和观念。

军装和粮票的故事

军装和粮票，好像是风马牛不相及的事，但在我的人生记忆中，这两者牢牢地连在一起，如感兴趣，听我从头道来。

我们20世纪50年代出生的人，都希望能参军，能当个军人，可那个时候参军很严格很难，我没能如愿。但我希望能有套军装穿穿，不仅是我，那个时候的年轻人都喜欢穿军装。我想穿军装，可我们家没有亲戚参过军，到哪里去求一套军装呢？我的母亲见我想穿军装，便只有买了一块白棉布，染成黄绿色，帮我做了一件军装。1969年，16岁的我就穿着母亲做的这件军装作为知青下了农村。在农村那广阔天地的劳作中，在三伏天阳光强烈的直射下，我的那件“军装”开始现了原形，很快就颜色深一块、浅一块，变得斑驳了，大家都笑话我穿的军装是“伪军装”，我由此十分狼狈和尴尬。

真正拥有一件军装是在从农村招工到工厂后。1975年，我到贵州水城水泥厂出差，住在该厂招待所，同房一起居住的还有一个姓金的年轻人，是从云南一家企业来出差的。我一看金同志穿着一套真正的军装，就很是羡慕，一问他果然是位真正的退伍兵。十来天后，我和金同志混得很熟了，我把想穿一件真正的军装的愿望告诉了他，他想了想说：“这样吧，

你给我 15 斤全国粮票，我就给你一件军装，我不是想和你做交易，只是我确实饭量很大，每月供应的 27 斤粮食不够吃。”

15 斤粮票在当时来说很珍贵，尤其是全国粮票，只有到外省出差时，经过开证明盖几个大红章才能取到，而且还要扣掉当月的油票。当时的 15 斤粮票可以换一大堆鸡蛋或者几只鸡。记得此次出差路过贵阳市，听当地人说，20 斤全国粮票可以换走一个大姑娘哩！

虽然全国粮票很稀罕，但当时我还是毫不犹豫地就掏出了 15 斤全国粮票，和小金同志换了一件军装。

当我穿着一件真正的军装回到家时，母亲脸上的皱纹都笑成了一朵花，她仔仔细细地把我打量了一番道：“嗯，你穿这军装很神气！”

当我提起是用 15 斤全国粮票换的军装时，一贯节俭的母亲（我们从小吃饭时，倘若母亲看见我们碗中残留有几粒饭，便会敲打我们的头，呵责我们将碗舔干净，不可浪费粮食），居然没有一点痛惜的样子，还是笑眯眯地看着我。

没有失败的高考

1977 年，我已经 24 岁了，在一家水泥厂已经当了 7 年的工人，可是当恢复高考的消息传来时，我同样激动得彻夜难眠。上大学是人生多么美好的愿望啊！可惜在这之前，我们这批意气风发，渴望知识、渴望学习的年轻人却被人为地无情地阻挡了。

1966 年，我正迈进初中的大门，正开始生机勃勃的校园生活，可是一场政治运动“文化大革命”开始了，学校关闭了，我们不得不离开了还未坐热的初中教室的板凳。

没有书读的日子，我偏偏如饥似渴地爱上了读书，可是在那个非常的年月，除了领袖导师的书籍，其他书籍大都被视为“毒草”，我只有偷偷地四处寻觅文学书籍来看，为了看书，我甚至冒着危险到学校去偷那些被封存的“毒草”。1968 年，我这个仅仅读了半年初中的小学生，年仅 16 岁的少年郎，却被可笑地冠以“知识青年”的名义被迫下了农村。1970 年，我又因在农村表现出色而被招工到了水泥厂。

可以说在恢复高考前，我们的命运和前途，从来就不由自己来掌握，恢复高考是我们看到的命运和前途是由自己摆布的第一次机会。诚然，我们的激动是可想而知的。但激动过后，我又不得不理智清醒地看到，摆在我面前的高考如同一座巅峰横亘在我的面前，因为大学已经十年未招考了，被耽搁而又渴望上大学的青年少说也有上千万，而在这上千万的青年中，我这一届初中生又是上学最少的，要想考上大学无疑如鲤鱼跳龙门。我的很多同伴都在激动一阵后理智地放弃了，而我却心不甘，非要冲一下，我立即写信回家，叫在省城的哥哥帮我找复习资料。哥哥在回信中劝我要自知之明，选择放弃，我却表示坚决要参加高考，哥哥只有叹气地寄来了复习资料。当我拿到复习资料后，我确实感到了困难，高中的数学对于我这个小学生来说，无疑像天书根本看不懂。而高中语文中的古文修辞对我来说也是似懂非懂。我们这里又是三线工厂，远离城市，又没有老师辅导，离高考又只有两个月的时间，我只有选择放弃数学，专门复习我看得懂的历史地理。白天，我还要当我的电焊工，爬高上梯，累得精疲力竭。晚上，我就抖擞精神，找个安静的地方坚持复习。就这样鏖战了两个月，我终于走进了考场，考数学那天，面对考卷我是一笔未下，一到可以交卷时间，我就交了个白卷，匆匆逃之。考历史地理时，我胸有成竹，差不多每一题都能做得到，春风得意中，我又懊恼地想，为何高考规定偏偏把历史和地理两门只算作一门的分，若是算作两门，我考大学说不定有希望。考语文时我半是糊涂半是得意。

高考一结束，我就自知之明，自己落榜了。但是我一点也不后悔，仍然保持着那份激情，那份进取的心，因为通过高考，我明白自己的命运从此可以通过拼搏进取去改变。我仍旧每天晚上照样自学，只是我改变了自学的方向，开始自学自己喜欢的文学创作。

从20世纪80年代起，我创作的文学作品开始见诸于各报刊，1985年，我因文艺创作上的成绩，被作为文艺人才调到了市群众艺术馆；1987年，我加入了省作家协会；1990年我获得了“全国自学成材”证书。以后，我还出版了几部著作，被聘为一家杂志的主编，其作品数次获全国奖，上百篇作品被《读者》《作家文摘》《中国文学》《今日文摘》《杂文选刊》等报刊选载，还有些作品被日本、美国、马来西亚、加拿大、中国台湾、中国香港等海外的报刊刊载。

我的这一切成就都源自三十年前我参加的那一次高考。

我家有只文明狗

我家的小狗“嘟嘟”不大，站起来带尾巴不足三尺高，别看它个头不高，心里却有数着哩！

那天，我带“嘟嘟”去散步，还没走出小区，突然一个皮球飞了过来，正砸在“嘟嘟”身上，把“嘟嘟”吓了一大跳。这时一个小男孩跑了过来去捡皮球，“嘟嘟”一看，就冲着小男孩叫了起来，把个小男孩吓得嗷嗷大叫，我连忙喝住“嘟嘟”的叫声，又连忙安慰小男孩道：“对不起，小朋友，吓着你了！不要怕，我家的小狗不咬人，还会承认错误，让它给你作个揖，赔个礼！”“嘟嘟”一听，连忙站起来给小朋友作揖，逗得小朋友顿时笑开了花。

我每天带“嘟嘟”出去，说实话是为了解决这家伙的大小便问题。这家伙养成了良好的卫生习惯，憋死都不撒拉在家里，它夹着屎尿非要到小区对面的一个荒坡野地里去解决。尽管它憋得很，心急火燎，可过马路时仍不抄近路、直路，而是非要绕一圈走那个斑马线不可。

一过马路，它就撇下我，钻进荒草地里，选择较隐蔽的地方，然后急速地转几个圈，直到证明那荒草中无野刺戳它的屁股，这才放心地去拉屎。拉完了，这家伙用两只后脚使劲地往后扒，试图扒点泥土盖住它的屎，我常常笑它走形式主义，其扒出的那点泥土根本就盖不住粪便，但是我又不得不赞赏它的这种精神，许多人类也在这里边拉了屎，可就连走这个掩埋的形式都没有哩！

有一天，“嘟嘟”刚要冲进荒坡野地去拉屎，却发现路边有一个大人在光天化日之下撒尿，它气得冲那个人“汪汪”直叫，那个人回过头对我说：“你的这条狗真不懂事，我又没惹它，它干吗要冲我叫？”我笑着道：“它怪你就在这大路边撒尿，不雅观，不文明哩！”

“嘟嘟”这条狗有纪律，讲诚信，不折不扣地服从家人的指挥。有一次，我带它到一个街边的花园里玩，蓦地，我见一个锻炼的老人突然昏倒了，我赶紧抱起老人往医院送，在拦出租车的当空间，我嘱咐“嘟嘟”不要乱跑，就在这里等我回来。“嘟嘟”一听，就地找了个阴凉地一趴。等我把老人送到医院急救后转来，已经过去两个小时了，可“嘟嘟”依然趴在那里。

我们不许“嘟嘟”夜里乱叫，怕的是影响小区的居民休息，“嘟嘟”也一直忠诚地执行。可有一晚，才十点多，它突然冲着外面大叫起来，我明白外面有情况，赶紧打开门，和“嘟嘟”一起冲了出去，只见一个黑影从自行车棚往外跑去，“嘟嘟”一边冲他叫，一边追了上去，几次那黑影回过头，手里拿着个东西吓唬“嘟嘟”，“嘟嘟”却不害怕，依然紧紧地追着他，一直追到小区大门口，“嘟嘟”的叫声终于惊动了保安，两个保安冲了出来，按住了那个人影。经查，这家伙在小区别处已经偷了几辆自行车了，唯有在我楼下的这个自行车棚失了手，他狠狠地瞪着“嘟嘟”叫道：“我记得你这条狗，到时看我来怎样收拾你！”面对他凶恶的眼光和叫嚣，“嘟嘟”一点也不惧怕，冲着他又叫了几声，我听得出来，那是在说：“我不怕你这个坏家伙！”

“嘟嘟”在小区抓小偷的事传开后，人人见了它都要亲热地叫它或抚摸它，“嘟嘟”一点也不骄傲。谁叫它，它都要热诚地摇头摆尾地表示回礼哩！

第三辑
浅草吟风

怀念慈母

我永远难忘那一天，1993 年 2 月 4 日。中午快下班的时候，蓦地，办公室的电话响了，我走过去接，耳边骤然响起了一个熟悉的声音，我一下激动了，居然是母亲的声音，这是母亲第一次给我打电话，母亲说今天是我的 40 岁生日，要我中午下碗长寿面吃，又说我已是中年人了，不要经常熬夜，要早点睡，注意休息，保重身体。母亲在叮嘱了我一番后，插空我问母亲是在哪里打来的电话，母亲说是家里打来的，家里装了一部电话。我吃了一惊，那时普通家庭装电话的十分少，因为装一部电话太贵了。我问母亲装电话花了多少钱，母亲说花了四千元。母亲平淡的回答让我更惊愕了，因为母亲一贯勤俭节省，她居然舍得花四千元装一部电话。我问母亲："装电话这么贵，你舍得？又不做生意？"母亲说："我现在想开了，你长年在外，装个电话也可以经常跟你联系说说话，我又不识字，不能给你写信。"

放下电话，我已是热泪盈眶了。

我能理解母亲的心，为了儿女，她是什么都舍得呀！

母亲和父亲都是普通的工人，20 世纪六七十年代时，俩人的工资加起来不足八十元。而我们又有兄妹六人，为了维持这个家，为了我们健康的成长，母亲可以说是煞费苦心。她常常在下午下班的时候才去菜场，那时的蔬菜都是论堆卖，一角钱一堆。当萝卜便宜到一角钱买一篮子的时候，她一篮一篮的扛回来，然后用一个大缸来泡酸萝卜。在考虑节俭的同时，母亲也会考虑到我们的营养，每隔一段时间，她都要买回一个猪头，因为那时的猪头不仅比肉价便宜一大半，而且上十斤重的猪头只要两份肉票。猪头买来了，母亲不怕麻烦地将猪毛一根一根剔净，然后根据猪头的各个部位，或烧或炖或卤。虽然我们经常能改善一下生活，可母亲却对自己十

分苛刻，从来不跟我们一起吃饭，总是等到我们吃完了，她才将剩饭剩菜剩汤合在一起吃了完事。那时她在一家食品厂工作，厂里食堂的伙食搞得既便宜又丰富，一角钱可以大块吃肉大块吃鱼，可母亲却舍不得花一毛钱，每天上班时，总是带上一瓶子自己泡的酸萝卜。母亲的会节省在街坊邻居和厂里是出了名的，可是为了儿女，她又十分舍得。

记得“文化大革命”开始时，我还不满14岁，正在读初一，听说可以到北京去串连，我兴奋地连忙报名参加了。到了出发那天，母亲给了我15元钱，我知道这15元钱对母亲来说是一个什么样的分量，我便对母亲说：“串连乘车吃饭都不要钱，你只给我10元钱吧！”母亲却坚持要给我15元钱，说：“出门在外，钱带多一些，我放心些。”

1969年的冬天，一个雪花纷飞的日子，不满17岁的我就离开了父母，离开了温暖的家，下到几百里外的农村。尔后，又招工到了千里之遥的三线工厂，从此，我就一直漂泊在异乡之地，但一直感受到母亲的温暖。记得下农村才两个月，就要过年了，我原跟母亲说过，就在农村过年的，但临到过年时，看到别的知青都纷纷回家，我孤灯首叹，思乡心切，还是跑回了家。母亲见我回来，没有一句责言，还是欢天喜地的。过完年我回农村去时，母亲又给我准备了一堆食物，还塞给了我10元钱。

我参加工作后，虽然有了工资，但不论是单身时还是成家后，每次从外地回家，记忆最深的就是临回单位的前夜，母亲总是为我准备行装到深夜，她把各种吃的用的都尽量往包里装。每次上火车站时，我就抱怨带的东西太多了，母亲却不让我精减，说送我到车站，我不让她送，却总是阻挡不了，她把最重的包往肩上一扛，有时则是把两个包系在一块，一起搭在前胸后背，就顽强地向火车站走去，我拎着轻松的小包一路跟着，羞愧内疚得要命！

每次临走，母亲都非要塞给我一些钱，有时我坚持不要，说：“我的生活比你过得好多了，你又舍不得吃，舍不得穿，我怎么还能要你的钱？”母亲则总是轻言细语地说：“你的钱是你的钱，我是我的一份心，你从小就离开了家，我又没照顾到你。”

当我们这些儿女都长大成人了，家里条件也好多了，但母亲还是照样节省，她为了买便宜的菜，常常宁愿多走好几里路。剩菜汤还是舍不得倒，不是和在饭里吃掉就是加点白开水一起喝掉。可以说，我的母亲对自己苛刻了一辈子，对儿女却是尽量的付出。她不仅对儿女，对外人也有一种菩萨心肠。记得有一年，她在船码头遇上两个从重庆漂泊来的女子，母亲怕她们受骗，把她们带回了家，吃住了一段时间，直到她们寻找到了好的归宿。

去年，辛劳了一辈子的母亲终于走完了她的人生之路，在她闭眼的那一刻，我在心里默默地说："母亲啊！你的一生是一支燃烧的蜡烛，燃烧了自己，温暖了我们……"

我心中的美食

当代社会是物质充盈的社会，自然讲究美食。电视上、报刊上常常宣传哪道美食如何如何好吃，又如何如何烹调，而我看了总是付之一笑，因为我也常受亲朋的蛊惑，说哪家饭店有什么美食，又是如何好吃，可兴冲冲赶去，又迫不及待地吃下去后，又总觉得不像原来人家宣传的和自己想象的那么好吃，总是觉得不够过瘾，不够尽兴，不够回味。

在餐桌上常常有亲朋好友们相互谈起美食，也相互询问记忆中哪一次吃的什么美食觉得最好吃、最难忘，多年前曾经吃过的两次美食总是不由自主地浮现在脑海。一次是三年大灾害的时期，我只有七八岁，一天父亲到郊外的野湖田里去挖藕打鱼，带回几个野篙芭（野茭白），分给了我一个，我从来没有吃过这个东西，我怀着好奇新鲜的感觉一口咬了下去，里面是黑糊糊的，还有着像芝麻一样的小颗粒，顿时感觉好吃极了，那糯糯的、沙沙的、粉粉的味道使我认为这是从来没有吃过的最好的美味。我三下五除二地吃完了，意犹未尽，盯着弟弟手中正在吃的野篙芭，巴望着弟弟突然不想吃了，把那剩下的野篙芭给我吃，可惜弟弟也津津有味地把它吃完了，给我留下了无尽的遗憾……

还有一次，那也是二十多年前，我在一个工厂工作，有一天中午我从食堂打了饭菜后，边走边吃，无意中走到了厂家属区，一个年轻的同事正在吃饭，他见我正在吃饭，就拿出一小碗他妈妈自己做的腐乳给我吃，我原本是出于礼节挑了一点放进了嘴里，谁知那滑爽柔腻加上芝麻油香味的感觉顿时使我感觉好吃极了，我禁不住吃了一口又一口，越吃越觉得过瘾，我觉得胜过了任何吃过的菜肴，至今提起来，仍觉得余香满口，回味无穷。从此，我开始十分喜爱吃腐乳，凡在商店、菜场见有不同产地不同品种的腐乳都买回来吃，可就是再也吃不出那一次的味道，不是太咸，就是太辣，或是太硬、太散，总没有那一次所吃腐乳的滑柔细腻的感觉。

我的这两次记忆深刻和难忘的余香使我对美食悟出了一点道理，那就是所谓的美食并不是要靠什么名贵和稀有的山珍海味烹调而成的，而是各人的口味不同，嗜好不同，感觉也不同，自己觉得好吃的就是美食。美食的感觉是根据各人的生活环境质量而定的，天天吃山珍海味也就感觉不出山珍海味是美食，而在饿极了的情况下，什么东西吃下去都会感觉是美食。任何食品都会做成美食，那就是在掌握了它的特性后，将它做到极致，那就成了美食。我那一次吃的腐乳就感觉是做到了腐乳的极致，才使我感觉那是天下最好吃的美食。

怀念在乡下过年

我的一生过年大都是在城市度过的，然而对于过年印象最深的却是在老家乡下的一次。

1964 年，老家乡里经过了三年大灾害的复苏后开始有些富裕，父母便决定让 11 岁的我回乡下过年。

一踏上乡里的土地，立时就感觉到了年的味道，家家都在打糍粑，做豆丝，炒花生，家家飘出来的香味诱得我跑了东家跑西家。每到一家，好客的乡亲们就会亲热地摸着我的头，问问我父母的情况，然后跟我端上刚烙好的豆皮，或是给我的荷包里装满热乎乎的花生。那浓浓的乡情叫我这个城市的孩子有着别样的感受。夜里，在煤油灯下，许多人家都在自制一种小拉炮，以供孩子们在过年时放。我也来了兴趣，叫大人们教我做，先铺上一张裁好的纸，在纸上摆上一根打有活结的绳线，然后挑一点事先配好的炸药放在绳线的活扣上，最后用纸卷了起来，拉炮就做成了，我学着做了几十个。第二天，拉炮晾干了，我试着拉了一个，居然炸响了，我兴奋地蹦了起来，还有什么鞭比自己动手做的响得更叫人快活呢！

离过年还有几天了，整个村子都沉浸在欢快的忙碌中。早上，我和小姨们一起下地挖胡萝卜，那一根根蓦然从泥土中蹦出来的胡萝卜让我感到既新鲜又兴奋，小姨迫不及待地先用萝卜缨子后用手帕擦了一个放进我的嘴里，我一咬，那甘甜而带有泥土的气息顿时充盈在心间。午饭后，我又和小舅一起到泥塘里去挖藕，小舅和同伴们一边挖藕一边说笑，一会儿，他们都被泥巴糊成了大花脸，但他们都毫不在乎，只是忙着比谁挖的藕“胖”，我正看得发笑，又传来外公在水塘边指挥村里人网鱼的消息，我赶紧跑了过去，只见外公在水塘边指手画脚着，水塘里十来个壮汉一字排开拉着网，从东边往西边赶，一会儿，就见鱼儿们被逼得在水中乱窜乱跳，有的大鱼居然跳出水面几尺高，落下的水花都溅到我的脸上，我顾不上擦，只是激动得看着这难得的场面。

傍晚时分，村里响起“分鱼啰、分藕啰”的叫声，那响声在空气中激荡开来，然后是一串串欢快的脚步声，招呼声……

那几天，村里一会儿响起“分糯米啰”，一会儿响起“分芝麻啰”，一会儿响起“分黄豆啰”……整个村子都洋溢在欢快声中，把要过年的气氛掀到了高潮。

在人们欢快忙碌的氛围中，大年三十终于来临了。一大早，家家屋顶上就开始升腾起炊烟，四处传来此起彼伏的刀与砧板的碰撞声。外公指挥着舅舅小姨们洗菜、洗餐具、酒具、贴窗花、贴对联；外婆则一直在灶旁烧火，那红红的火光把她的脸映衬得像电影里的镜头……将近午的时分，蓦地听见不远处传来一串鞭炮声，外公说："那是哪一家开始吃年饭了，我们也快啰！"说话间，大仙桌子在堂屋摆开了，大姨小姨如穿梭般地从热腾腾的灶台上搬出一盘盘的菜，一会儿就摆满了一大桌，待外婆解开围裙，外公拿出好长一挂鞭，叫我和小舅到门外放了。我和小舅放完鞭一进屋，外公就将大门关上并上了栓。小舅小声地告诉我："这叫财门紧闭，吃年饭时，家家都要关门的，不许别人来。"

堂屋的神龛上从一大早就燃起蜡烛，此时外公亲自端了几碗菜放在神龛的桌案上，又亲自斟满一杯酒放了上去，然后对着神龛拜了几拜。这期间，全屋里的人都屏息静气，神色肃穆，受到这氛围的影响，我也感觉到了一种神圣，一种庄严。后来，我才知道这是乡下的规矩，吃年饭前先要敬祖宗。

敬拜了祖先，外公一声令下："开始吃年饭。"屋子里顿时又活跃起来。舅舅们和小姨们又开始逗撩我起来，我不小心吐了个口头禅"鬼也"。外公用手指在我头上轻弹了两下，严肃地说："过年不能提鬼"，我伸了伸舌头，舅舅小姨们哧哧的发笑。外公动了第一筷子，大家这才一起举起筷子来。外公指着正中大盘里油炸过的整条鲤鱼对我说："这鱼今天是不能动的，要等过了年才能吃，这叫年年有鱼（余）。"

乡下吃饭规矩虽多，但不同于城里的是，外公居然让我喝了口酒，那燃烧在喉咙管里的辣味让我永远记得这顿年饭……

吃过年饭，小姨便开始帮我扎灯笼。当大年三十夜开始降临时，小姨将扎好的灯笼点上蜡烛递到我手上。我提着红红的灯笼在村里行走，举目四望，到处是灯笼在夜色中游动，使人感觉似乎飞升到了神秘的世界。村里的每个小孩都提着灯笼，一边放鞭一边相互戏耍，倏然间，不知谁的灯笼起火了，烧成了熊熊的一团，小伙伴们都"嗬嗬"又蹦又跳闹开了花……

大年初一，太阳还没升起来，鞭炮就排山倒海般在村子里四处响了起来。密集的鞭炮声刚刚散去，锣鼓锵锵声就跟着冒了出来，小舅们一听，连忙披红挂彩，拉起我的手说："走，玩龙灯去！"

在村头的祠堂前，一条五彩斑斓的巨龙已铺展开来，一群小伙子在旁边使劲地敲锣打鼓玩锵锵，向全村人大声召唤。一会儿，祠堂前就聚满了人，好像全村的人都到齐了。小舅撇下我，走进了舞龙的队伍，十二个壮壮实实的小伙子一字排开，将龙霍一下举了起来，紧接着那龙舞动起来，在人们的喝彩声中，那龙越舞越快，旋转翻腾，看得人眼花缭乱，心潮沸腾。鼓锣锵锵敲得更有劲了，伴随着人们"好，好，好"的吆喝声，整个村子都震荡在热闹之中……

从大年初二开始，村里不时有人家请我去"过中"，我一去，都是一大海碗摆在我的面前，碗里除了有几根油面外，其余的全是肉丸子，大块大块的腊肉，荷包蛋、糍粑。我总是边吃边说："这大一碗，我吃不了，吃不了！"主人家也都是说："一个大后生，有什么吃不了！"他们的话让我感到新鲜，想不到我从城里一来到乡下，就长大了，成了大后生！这句话也深深地烙在我的心里，直到现在，一想起这句话，一丝温馨和笑意就浮现在心头……

怀念乡下的元宵节

我的老家在湖北黄陂县城以西 5 千米的汤家大湾，在我们乡里，最热闹的节日当属正月十五元宵节。我们乡里有句老话：月半大死年。为什么正月十五要大过大年呢？因为过年是自家的事，而过正月十五是整个湾子整个家族的事。所以在外地经商的人过年不回家湾里没人管，而正月十五是必须回家的，否则湾里人会说闲话、有意见。正月十五玩龙灯玩狮子显示的就是一个家族一个湾子的兴旺发达。

正月十五来临前，就有头人出面，派人到各家各户收玩龙灯的费用，还派人到武汉（因我们湾子离武汉只有30千米，很多人都在武汉经商或工作），找在武汉生活的本湾的人收取，并催促他们回乡过十五。

1949年以前，并非要每家均摊正月十五玩龙灯的费用，有些富裕的人家会独立承担此项费用。20世纪三四十年代，由于我的太爷汤新茂在汉口经营了多家汤圆铺而比较富裕，就曾独自出资做了两条可供三十人舞的龙灯，而且还是用缎子做的。

每年的正月十五那一天，一大早，湾里就响起了锣鼓锵锵声。全湾里的人都集中到了汤姓宗族祠堂前，先由族中的老人在祠堂里焚香敬祖。敬祖仪式一结束，立时鞭炮大作，锣鼓齐鸣，龙灯舞了起来，随后又有玩蚌壳精、踩高跷、玩狮子的。这些都是本村的中青年来玩的，有时还有特地从外面请到湾子来的武术、武打高手进行表演。

热闹一番后，鞭炮声再次大作，龙灯出行了，是到二里外的大兴寺去玩。大兴寺是这周围十几个村庄共有的社庙，所以正月十五这一天什么时间该哪个湾子的龙灯去舞都是事先商量好的，而且龙灯从本湾出发到社庙的路线也是规定好的，如果走错了时间和路线，遇到了其他湾里的龙灯队伍，那就要惹祸打架了。

由于我们汤家大湾的田比较好，又有不少人家在武汉做生意，比较富裕，每次去社庙舞龙灯都比较气派，鞭也放得多，这就引起邻湾里家唐一些人的不满。1946年的元宵节，当汤家大湾的龙灯队伍出发到社庙去时，路过里家唐湾子后面的一条路时，里家唐湾子的一些人以汤家大湾的龙灯队伍早出行了几分钟为由，拿起扁担、冲担、锄头进行拦截并谩骂追打，汤家大湾玩龙灯的队伍顿时大乱，慌忙逃回湾里。这一来，整个湾子群情激怒，准备和里家唐湾大打一场。好在当时湾里的头人比较冷静，决定先请县里的头面人物出来擀旋，如果里家唐湾不赔礼认错，就再打官司。后经县里的头面人物出面调解，里家唐湾愿意赔礼道歉，并约定正月十八那天，请汤家大湾的龙灯队伍再出行，待出行到里家唐湾路段时，由他们湾子设香案放鞭以示恭请迎接。这件事就这样文明了结了，倒是在汤家大湾留下两个人的笑料绰号，一个是踩高跷的，当时他跑回湾子后说："要不是我跑得快，就被他们戳倒了"，因此他落下个"跑得快"的绰号；一个玩龙灯的则说："我的屁股已经被里家唐的人都戳到了，要不是我的屁股皮厚，只怕都戳通了"，因此他就落了个"铁屁股"的绰号。

这件事的发生还惊动了几十里外的另一个汤姓湾子——汤和湾。汤和湾的祖先是从汤家大湾迁出去定居的，每年过年都要派人来汤家大湾的祠堂祭祖。当他们听说里家唐湾和汤家大湾正月十五闹过结的这件事后，第二年的元宵节，便派来了一个由一百人组成的龙灯队伍到汤家大湾来玩龙灯，以显示汤姓家族的威风和排场。一百人舞的龙灯在社庙舞动时，看热闹的人山人海，一时轰动了四乡八邻。到现在提起这件事，汤家大湾的老人都还是津津乐道。

正月十五白天的重头戏是玩龙灯，而晚上的重头戏则是玩狮子，每家都要玩到，是为了帮家家驱邪，以便来年大吉大利。当时的汤家大湾是40多户人家，要分成4行来玩。每一年先从哪一行哪一家玩起都是事先安排好的。当天黑下来后，家家点燃了灯笼，鞭炮开始轰鸣，玩狮子就开始了。当狮子舞到一户人家前，这家就开始放鞭炮来迎接，在长长鞭炮的牵引下，狮子跳到堂屋中央，对着前面的神龛案桌跳动舞耍起来，舞过一阵，鞭炮稍稍歇落下来，狮子就匍匐在地，只晃脑和摇尾，这时就有说彩人跳到狮子前开说了。说彩人都是本湾子的人，他会根据这家的情况说些吉利的话，说是说彩，倒不如说是唱彩，说彩的人都口若悬河，抑扬顿挫，韵味十足，就像唱民谣一般。如果这家人家富裕一些，说彩的人就会多说一些，有时甚至没词说了，就会由另一个说彩人接着说。彩说完了，狮子又站起来舞玩一阵，主人家又开始大放鞭炮，一直要放到狮子出门，在看热闹的一大帮人的簇拥跟随下，狮子又舞到下一家。

狮子舞了一行十余户后，开始歇息吃酒了，这一行舞过的十余户人家家家都要摆上酒席，而湾子里的人则可以在这十余户人家中任意选择一家去吃酒席。所以平时家境好的，待人大方的家里早早就有人等着抢酒席位子。我的爷爷外号叫"客气三爹"，是有名的老好人，而我的奶奶平素就善良，又乐好善施，在这样的酒席上会摆上大碗的蒸肉腊鱼。所以到我家来吃酒席的人特别多，有时坐不下，有些人宁愿站在旁边吃。

吃完一行酒席后，玩狮子的又开始从第二行玩起，玩完了第二行，又由第二行玩过狮子的十余户人家摆酒席。每年等第四行玩完了，开始吃第四行酒席时，往往天就亮了。这真是叫闹元宵啊！而那些有百户人家的大湾有时正月十五玩狮子一直要玩到正月十六的晚上才能结束。

正月十五玩狮子还有一个内容，那就是"麒麟送子"。当狮子玩到有新婚人家，或是结婚几年尚未生子的家里时，就会驮起本村的一个男孩，然后丢到盼望生子的夫妻的床上，以此带来新年生子的好兆头。所挑选"麒麟送子"的男孩，一定要适合辈分，要长得眉清目秀，且家中男孩较多人丁兴旺的最佳。我也曾有幸被挑中"麒麟送子"的人选，那是1963年，我10岁，父亲带我们全家回乡里过元宵节。元宵节那天中午，我本家的一个叔叔找到我父亲，说想要我做他家的"麒麟送子"，我父亲自然满口答应。原来这位叔叔新婚不久，妻子尚未怀孕，他想讨个生子的吉利，正愁找不到适合的"麒麟送子"人选，恰好看到我回到老家，顿时喜出望外，因为我那时长得白白净净的，又是一张圆脸，样子很是可爱，再加上我上有哥哥，下有两个弟弟，属于男丁兴旺的家族，自然是最佳人选。我的父亲跟我说，晚上要让我骑狮子麒麟送子，我有些懵懵懂懂，不知何为"麒麟送子"，反正父亲要我做，我就没有话说。到了晚上，父亲带着我跟着狮子看热闹，当狮子舞到那位叔叔家时，父亲告诉我，等会就让你骑狮子，你不要怕！狮子在那个叔叔家舞了一阵后，果然有人把我抱上了狮子的背上，我既感到新奇，又有些激动，还觉得好玩，在人们的欢呼和吆喝声中，我被狮子驮到了一间新房，甩到一张柔软的床上，床上坐着那位叔叔和他的新娘子，我听见舞狮的人冲我叫道："快叫爸爸、妈妈"，我叫不出口，正羞羞涩涩，又听见看热闹的许多人都冲着我叫道："快撒把尿到他们床上！"我哪里会撒得出尿哟！正尴尬得不知如何是好，好在床上的那个叔叔把我放下了床，又递给我一个红包说："春伢，去玩吧！"我接过红包，一下子就钻进了看热闹的人群。

那真是个热闹的元宵节，至今已经过去45年了，但在我心中仍然记忆犹新！

黄酒美味的诱惑

在我的家乡，有一种黄酒，色如米汤，馨香扑鼻，酒味甘醇。因为是我们这里的传统特产，大凡有外地的客人来，我就请他们喝一碗，客人们喝了一碗后，都连称：“好喝！味道好极了！”都要求再来一碗，我往往劝道：“这种酒味虽温和，但后劲很大，喝一碗极舒服，且能通经养颜、养脾扶肝、舒精活血，然喝两碗恐就要醉了，反伤身体。”客人们听了全都不信，往往会说：“笑话！白酒半斤八两我都不在话下，何况这种糯米酒？你放心，这种糯米酒来十碗八碗都灌不倒我！”有的甚至还开玩笑地说：“老兄，是不是舍不得花钱？如果醉了，酒钱我出。”

大凡话说到这分上，我也就只有笑笑，任客人们喝了。客人们往往会一连喝下几碗，还难以尽兴，有的还会拍着胸脯豪情万丈地说：“怎么样，几碗下肚，我都没当一回事。”

我还是只能笑笑而已。然这些刚豪气冲天的客人们一走出酒店，凉风一吹，顿时个个都醉态百出，全吐了个稀里哗啦。

这些醉酒的客人为什么事先都听不进我的话呢？究其原因，那就是客人们都被这种黄酒的表象和美味蒙骗和诱惑了。我们这里的黄酒外表和味道确实像我们平常家酿的糯米酒，喝不鳌头，以为喝它几大碗不在话下，其实不然，这种黄酒是用本地独有的秘方小曲、糯米发酵酿造的，有着上千年的历史，味道极佳，然后劲也深不可测啊！

从这件事上，不也给我们的人生一些启示和警醒吗?！在我们的生活中不也有太多美丽的诱惑！

烟香人生

“天赐淡雅香”，每当我在江城的大道上看到这一广告词时，我就想这哪里像广告词，分明像一句诗，一句散文，一幅丹青水墨画，让人有一种美的感觉，产生一种美的遐想；也像一缕春风，一片绿叶，一朵淡黄的菊花，给人一种温馨和惬意。我想：这也可能是一个极有文学天赋的广告策划者苦吟几日方才得到的一句好词吧！

然而，我想错了。那一日，我乘公共汽车路过“黄鹤楼科技园”时，一股好闻的香味蓦地扑进鼻来，这香既没有茉莉花那么浓烈，也没有桂花那样馥醇，淡淡的，是那么的清雅、适度，令人精气神爽，十分舒服。我朝路两边观去，看到底是哪种仙化异草，看到的是“黄鹤楼科技园”绿叶掩映的楼房，那淡雅的香就是从楼房中飘出来的。哦！我顿时领悟了，这“天赐淡雅香”真是天然所得，自然而成啊！我若身置此香中，也会油然而生“天赐淡雅香”的佳句。难怪烟叶经过烘烤制作之后，会在前面加一个“香”字哩！

从这淡淡的雅香中，我不由得回想起小时候有关烟的往事。

我的父亲年轻时就因做生意而抽上了香烟。后来跟我母亲结婚，又进了国营工厂当了工人，就戒了烟。

可戒烟两年后，我的叔叔因车祸而遇难了，我的父亲是个很重手足之情的人，因而悲伤得不能自拔。我的母亲便买来香烟，劝我父亲抽，好让他排遣忧郁的心情，父亲的悲情愁绪在香烟的袅袅烟雾中化解了不少，但父亲却从此离不开香烟了。

从20世纪五六十年代，随着我们六个子女的先后降生，父母的经济负担变得越来越沉重了，当时父母每月的薪水加起来只有80元，加上爷爷当时还跟我们在一起生活，也就人均不到十元钱的生活费。父亲就主动提出戒烟，然母亲看到父亲那因为没有烟而难受的样子，就坚决不让父亲戒烟，并叫父亲放心，她会将这个家操持得很好。母亲为了保证父亲有烟抽，每个月发工资后，首先就去买三条“大公鸡”牌的烟放在家里，然后再去把一个月的米、油、煤买回来。为了维持全家人的正常生活，母亲真是想尽了办法操碎了心，比如母亲总是下午下班时再去买菜，那时的菜常常论堆卖，一角钱一堆，母亲常将萝卜一堆一堆地买回来，然后泡一缸酸脆的萝卜。母亲和父亲都是食品厂的工人，厂里食堂的伙食相当好，但母亲则总舍不得花五分钱或一角钱去买一盘好菜，她总是带一盒自己泡的酸萝卜去佐饭。当然母亲除了考虑到父亲的抽烟问题外，也考虑到儿女生长需要的营养问题，每隔十天左右她都会去买一只猪头回来（那时的猪头仅只需两张肉票，三角多钱一斤），然后不厌其烦地根据其部位或炖或卤或烧或炒。

父亲见母亲对自己那么苛刻，为了替母亲省一点钱，有一段时间自己去买来一个简易的手工卷烟机，然后花几角钱买来一斤烟叶来，自己动手卷烟抽。这种没有经过加工的烟叶抽起来十分呛人，父亲频频的咳嗽声使得母亲将父亲的卷烟机偷偷地摔了，逼着父亲还是抽大公鸡牌香烟。

20 世纪 70 年代初，当我一参加工作后，我就向父母宣布：“我每月给家里十元钱，让父亲抽的香烟上一个档次。”母亲则拉着我的手说：“你的钱家里不要，你留着自己学习用吧！如今家里条件好多了，你哥哥和你参加了工作，家里负担也小多了，从下个月起，我就给你爸的香烟换成‘游泳’牌的。”到了下个月，母亲果然给父亲买了三条“游泳”牌的烟，父亲笑得合不拢嘴道：“我也享受科级干部的待遇啦！”因为当时社会上就流传着这样一道抽烟的民谣：厂长书记红旗飘（“永光牌”的烟），科长股长水上漂（“游泳牌”的烟），工人师傅公鸡叫（“大公鸡”牌的烟）。

后来，随着我们六个子女都参加了工作，家里经济条件越来越好后，父亲的烟也越抽越高级了。当“黄鹤楼”牌的香烟问世后，父亲就向我们宣布：“这烟正适合我的口味，又是我们武汉自己产的，以后我不再换别的牌子，就抽‘黄鹤楼’了。”

2000 年的春节，当我们兄妹六人每人带一条精装的“黄鹤楼”香烟给

父亲时，父亲则突然宣布："别的东西收下，这烟你们都各自带回去自己处理。从今以后，我戒烟了。"

抽了一辈子的烟，为什么突然不抽了？我们都用惊异的目光看着父亲。父亲接下来说道："你们母亲的这病，医生说了我抽烟对她不好，过去一直是你们的母亲照顾我，现在该轮到我尽心照顾她几年了。"

我们的眼睛都湿润了。我捧着"黄鹤楼"香烟，闻着里面那淡淡的香味，心里在想：父亲和母亲的感情不也正像这香味，虽淡淡的，不也透出一种雅致和境界……

小城茶风

我生活在了一个爱茶的城市，鄂西北的一座小城——老河口。这个只有十几万人的城市，茶馆却多得数不清，且不说大街小巷走几步就有一个茶馆，就连只有上十户人家的偏僻角落，也赫然会有一家茶肆。茶对于这个小城市的人来说，不仅仅是一种嗜好，而是生活的必需，是一种深迷其中的瘾。每天早上，许多人一起床，来不及漱口洗脸，首先第一件事就是烧开水泡茶，不喝足了瘾，是不会想到去干别的事情的，只有喝过了瘾，才感到全身通泰、舒服，有精神气儿。喝足了茶，开始出门，但不论是去上班，还是出去晨炼，或是出差旅游，都不忘带上一个玻璃杯儿，里面酽酽地泡好一杯茶，走几步就会拿出来抿一口。

你无论是到哪家串门或是到哪个单位办事，主人打过招呼，首先转身去给你泡茶，一般的人都会随即拿出自带的玻璃杯申明道："我带了茶。"但热情的主人还是会说："我给你重新沏一杯吧！"或是说："我这里有好叶子，尝尝我的。"

逢什么部门开什么大会，是可以不准备茶杯的，因为到会者一落座，就都会随手从提包中拿出已经装好茶水的玻璃杯来，会议筹办者只需准备充足的开水，也可以不请服务小姐专门倒茶水，只需在每桌子上放一瓶开水即可，在续茶水上人人都是自觉自愿自己动手的。

这里的人们娱乐休闲也大都会去茶馆，或在茶馆聊天，或在茶馆打牌搓麻将，或在茶馆看戏听曲，就连朋友中的聚会和相亲也往往选择在茶馆，茶馆是这里永久时兴的活动场所。

因为家家都嗜茶如命，所以恋爱中男方第一次到女方家中时，是必须带两斤茶叶去的，否则就会被认为是不懂规矩、不知礼数，婚事就可能会泡汤。结婚后的女婿每年逢十五、中秋、端午节到老丈人家去时，所带的礼品也必须有好茶的。不仅是新上门的女婿，平常亲友逢年过节的走动，送茶叶也是胜过酒或其他礼品的，就连单位每年夏天发放的防暑降温品也一律是茶叶。因为喝茶，小城的各种有奖活动的奖品和一些单位的馈赠品也大都是各式各样的茶杯和保温杯。

久在茶水中浸泡，小城的人个个泡成了“茶精”，只要看一眼茶叶，就能辨出是新茶还是陈茶，是春茶还是秋茶，闻一下茶叶就能估出这茶值多少钱一斤。想以次充好，以便宜价进，想卖个好价钱的茶商在这里是站不住脚的，只能兴冲冲而来，灰溜溜而去。说来也怪，这座对茶情有独钟的城市是不产茶的，它的乡村有上千平方千米，却难找得到一片茶园。不产茶的地方为何喝茶成风呢？笔者沿着这座小城的历史足痕去寻找，终究发现了小城人酷爱茶的渊源——

老河口地处鄂、豫、川、陕四省交汇的咽喉地带，又处在汉水中游东岸，而古代和近代交通与运输主要是靠舟楫。从清朝中期开始，这里逐渐形成了一个繁华的商埠，从汉水上游秦岭巴山运出来的桐油、核桃、木耳等山货要在这里起坡，转手交易后再运到河南中原一带，或再顺江而下，运到长江中下游地区。而来自中原一带的粮食、棉花又通过老河口的帆船上运到汉水上游的郧阳和安康山区，下运到汉口。到了近代，汉口的工业品如洋油、洋皂、洋糖、洋火又通过汉江运到老河口交易，再转运到中原和陕川的一些山区。到清末的时期，老河口的商业繁盛超过了附近的襄樊、南阳，平常往来的商船在老河口的江面上桅帆林立，有上千艘之多。

南来北往的商人纷纷驻足于此，为了便于商贸的接洽，逐渐出现了茶馆，商人们都逐渐形成了一个规矩，在茶馆里一边喝茶一边谈生意。到民国初期时，老河口的茶馆达到鼎盛时期，七十二条大街小巷中分布着二百多家茶馆。

茶馆的兴起，自然带来了喝茶的嗜好。虽然，后来因航运滞后，其他交通的发达，老河口已经失去了昔日商埠的繁盛，但老河口的居民大都是商家的后代，也就大都沿袭了父辈的喝茶之风。

茶　思

我爱喝茶，喝了大半辈子茶，终于从茶水中有所思，有所悟——

我偏爱喝绿茶，特别是清明前后采摘下的绿茶。当那茶叶在透明的杯中冲泡后，你看那嫩芽一片片舒展开来，呈现出了一片绿色，你仿佛在小小的茶杯中浓缩进了春的色彩，你抿一口茶，仿佛感受到春的清新，大自然的气息。进而你会联想到一幅春天的画面，在布谷的声声歌唱之中，一群采茶姑娘在云雾缭绕的青山之间，像穿梭在林中的燕子，用纤纤柔手采摘那片片面性春芽。此时，你喝茶就更有兴味了，仿佛是在喝春的意境……

如今，世界饮料的种类林林总总，不胜枚举，然而茶一直被公认为是世界上最好的饮料。她亘古不衰的原因就是因为她来自大自然，不需要人类的添加粉饰。爱喝茶就代表你爱自然，就是把自己和自然融合在一起，这也是当今人类生活的最高境界……

茶叶的性格是内向的、深沉的。诚然，只有用滚烫的水去冲泡，她才能散透出茶的味道来。对冷水，她是毫不动情，再多的冷水，再多次的冲泡也激发不出她的内涵。她有着潜在的热心肠，却需要直露的热血肠。所以，性急的人是不爱喝茶的，浮躁的人也是品不出茶的韵味的，只有真正沉下心性的人才能品得茶的味道。茶的韵味需要的是慢慢去品，细细去体味……

茶最初喝的时候，感觉它是苦的，所以小孩不爱喝茶，因为天真的孩子，天生爱甜味。只有经过生活磨砺的成人才爱喝茶，因为这个时候，茶的苦对于成人来说已经不算什么，而且，还能从茶的苦涩中品出香味来，品出如生活一般的意味来……当然，也有些成年人终身都不喝茶，那是因为他第一次喝茶的时候，只留下茶苦涩的记忆，从此他再也不敢去尝试喝茶了。由此，他也终身都感觉不到茶的真正韵味……

好的茶叶大多来自大山深处。因为那里鲜有人类打扰，因为那里有云、有雾、有冰霜、有雷电，只有经过了种种磨难，充分吸吮了大自然精华的茶，她的香气才那么深沉持久，令人回味……

茶是高雅的，也是朴实的，茶有阳春白雪，也有下里巴人，有贡皇帝权贵喝的“龙井”，也有供平民百姓喝的粗茶。茶如人生，人生如茶……

茶看似普通，却是生活中不可缺少的交际。有亲朋到家，斟上一杯热茶，一边喝茶，一边聊天，人间的温情都融入到了这茶水之中……

谈生意，到茶楼，喝着茶，谈着茶生意，茶开通了商贸的先河，茶让中国走向了世界……

喝茶也能够上瘾，世界上很多种类的瘾君子会因为“瘾”而贻误人生，唯有喝茶上了瘾是有百利而无一害。茶是宽容仁爱的，它清心明目，排毒去火，把清爽送给人间。有的人责怪喝了茶睡不着觉，那不是茶的责任，那是喝茶者自己的原因，喝茶也贵在坚持，经常喝茶的人是不会受到干扰的，相反只有把茶喝尽兴了，才能睡个好觉。

茶如爱人，她（他）看似平常，却每天离不开，每天都能从爱的人身上品到生活的滋味和乐趣。茶是物质的，更是精神的。

茶 香

我爱喝茶。每天早上起来第一件事就是烧水泡茶，茶尚未泡好，我就会迫不及待地去抿一口，尽管烫得吸溜不已，然那茶香却解了我一夜的饥渴，觉得舒服多了，待茶凉些后，我就开始大口喝茶，尽管头道茶有些苦，但我不觉得苦，只觉得茶香顿时沁人肺腑，觉得过瘾极了。

每天的下午午觉起来，我会重新泡一杯茶，几口喝下去后，午休的倦意顿时一扫而光，我会觉得神清气爽，铺开稿纸，开始写作。每当写作遇到困顿之时，我会禁不住端起茶来抿上几口，顿时觉得来了灵感，开始思如泉涌，下笔顺畅，爱抽烟的文人往往会自豪地说："烟出文章"，而我则是典型的"茶出文章"。可以说，我在报刊上发表的上千篇文章都是茶水泡出来的。

说来不可思议，我从小生活的地方是不喝茶的，每逢家里来了客人，也只是倒杯白开水奉上，但仍美其名曰地说："请喝茶。"在我的印象中，喝水就等于是喝茶，喝茶也就是喝水。后来，我参加工作，来到了一个酷爱喝茶的城市，也认识了后来的妻子。记得第一次登上妻子家的门，首先端上来的是一杯泡得酽酽的茶，我喝了一口，顿时苦得直皱眉头，然而第一次上门的激动冲淡了这茶的苦涩，让我顺利地度过了这喝茶的第一道苦关。以后随着我多次登上妻子家的门，随着每次都喝这浓浓的茶，我逐渐习惯了这茶的苦涩，又逐渐从这苦涩之中品出了茶的韵味，茶的内涵，可以说，我喝茶的历史是和谈恋爱一起成熟起来的。

后来结了婚，成了家，每当我铺开稿纸开始写作时，妻子就会泡上一杯茶，悄悄放到我的旁边，我一边写作，一边端起茶来喝。渐渐，茶就成了催文神驰的兴奋剂，就这样，我的文章大都是茶水浸出来的。

在和妻子共同生活的岁月中，我逐渐酷爱上了喝茶，也逐渐在茶中喝出了滋味，品出了茶和生活的道：那看似平凡的生活，虽然多有苦涩，然沉下心来细细品味，不也会觉得里面透着一股沁人心脾的清香吗！

在写作和喝茶的岁月中，我也逐渐从喝茶中悟出了写作的朴素真谛，我只上过小学，文化不高，写不出高深的文章，但我的写作则可以如茶水一般追求朴实无华、清新自然，里面蕴含着生活和自然的气息……

每逢遇有好茶品尝的机会，妻子总是舍不得自己喝，小心用纸包了带回来，一进门总会兴奋地冲我道："你看，我给你带什么好东西回了！"接过妻子递上来的纸包，嗅着里面透出来的茶的浓香，立时感觉到了妻子的浓情蜜意和生活的温馨。有一段时间，我们家庭的经济状况十分拮据，我们两口子的单位都不景气，只能发一点微薄的生活费，每当生活费发下来，妻子首先就去给我买回一斤茶叶，她说："我知道你这人不讲究穿，不讲究吃，只爱这茶，你是宁可一月无肉，也不能一日无茶呀！所以，我得首先保证你的这第一需要。"

有时晚上，我和妻子一边坐在那里看电视，一边喝茶，我感觉那茶水已经泡淡，喝得不过瘾，站起来将茶水倒掉，重新泡上一杯新茶，妻子会关切地问："这么晚了，还泡新茶，你不怕喝了睡不着觉？"我会得意地说："我已经习惯了，喝再浓的茶也影响不了我睡觉，相反，这茶不喝过瘾了，我才睡不好！"妻子就会说："嘿！你还真变成个'老茶缸'了！"

我说："我这'老茶缸'还不是你培养出来的，也有你的一份功劳！"

于是，我们会相视一笑，无限生活的回味就在这笑声中了……

我喝茶上了瘾，这已成了不争的事实。我成了个瘾君子，到哪里都离不开茶。我曾思忖过，物极必反，别的东西上瘾了，都有不好的地方，唯有这茶喝上了瘾没什么坏处。喝了大半辈子茶，我越喝越觉得有滋味，越喝越觉得精神。记得年轻时，我曾因扁桃体发炎连续发烧，居然影响到肾脏，常有血尿发生。我担心活不过而立之年。后因我常年喝茶，不仅再无血尿发生，到花甲之年时去医院检查，居然肾脏恢复正常。我想：这也可能是喝茶的功劳。问过医生，医生也点头称是。看来，茶不仅能滋养性情，也能养生啊！

我感谢妻子让我认识了茶，酷爱上了茶，从茶中品出了无限的意味。同样，我也感受到了妻子如茶，看似平常，我却一辈子离不开她，一辈子都能从她身上感受到生活的乐趣……

狗的狡猾

我一直以为狗是会狡猾的，常常向人们讲述我家的宠物狗这方面的故事。

我家的宠物狗叫“嘟嘟”，跟我们生活已经 6 年了，它的品种名“小柴犬”，站起来只有一尺来高，体重 14 斤，然小小的个子却有条大尾巴，像狐狸般的嘴脸却有着竖直的耳朵。每当我把它牵出去溜时，一些喜欢狗的小朋友就会脱口而出：“哈哈！像个小狐狸！”

正因为它像狐狸，我才认为它的狡猾是与生俱来的。大凡熟人手里拿着鸡腿之类的美味佳肴，它就连忙站立起来，用两个前腿合掌起来频频作揖，揖得人家不好意思，只有慌慌啃下一口就丢给了它。当然这只算擦了一点狡猾的边，最为典型的事例是：它特别喜欢夜里享受沙发的舒适。可是如果不细心的话，你是不会知晓它夜里上过沙发的。因为白天或是晚上当我们坐在沙发上舒适地看着电视时，它就趴在你的脚下，老实地眯着，这时即使你把它抱到沙发上，它也会慌忙跳下来，因为它知道我们不喜欢它上沙发。等到我们关电视时，它会自觉跑到为它指定的窝里去睡觉。可是等到我们上床睡了，灯一熄，它会悄然无声地离开它的窝，轻手轻脚地跳到沙发上，舒舒服服地打起呼噜来。半夜里，当我们起来上卫生间，一拉灯，它就又悄悄跳下沙发，无声无息地回到它的窝里。

然正应了“再狡猾的狐狸也会露出它的尾巴”那句至理名言。早上，我们起来，如果细心地在沙发上搜寻，就会查到它上沙发的证据，那就是它留下的印痕和毛发。为了进一步证实我们的猜想，有一天深夜，我打着赤脚，学着猫步，悄然无息地突然出现在客厅里，果见“嘟嘟”正慌忙仓促地跳下沙发，直奔它的狗窝。

当然，在狗的世界里，不单是我家的“小柴犬”有狡猾的一面，别的狗也会有。有一次，我跟一个朋友谈起我家狗狡猾的故事，朋友连忙兴奋地说：“我家藏獒也会狡猾哩！有时我喂它东西吃，它不喜欢吃，但它却不当面吐出来，等我一转身，它悄悄把它吐出来，还怕我看见，故意用脚踩住。”

我听了哈哈大笑起来，这似乎佐证了我关于“狗是会狡猾”的论断。然而就在昨天，我遇到一个也爱养宠物狗的老大姐，她却对狗的狡猾有另外一种理解。

我遇到这位老大姐时，她身后跟着两只哈巴狗。当我们两家的狗在一起亲热时，我和这位老大姐自然把话题扯到狗的身上。我问她的狗几岁了，她指着那条大些的狗说：“它已经 8 岁了”，又指着那条小些的狗说：“它已经 14 岁了！”

“天哪！14 岁！这已经是狗的天年了！”我问：“是你一直养它?”她点点头道：“嗯，我是从它刚满月就养起的，一直到现在。”

“那这狗肯定跟你很有感情啰?”

“那当然啰！”

提起狗，这位老大姐就来了兴趣，给我讲了许多她家狗的故事，我也见缝插针得意地向她说起我家“嘟嘟”的故事，自然，我又把“嘟嘟”上沙发狡猾的事说了出来。

谁知，这位老大姐听了说：“那不一定是狗的狡猾，是你的狗跟你们有感情，它上沙发并不是为了贪图舒服，而是因为那上面有你们的气息，它嗅着你们的气息会有一种受宠感和安全感！”

为了证明自己的话有道理，她还跟我讲了这样一个故事：“有一次，我外出旅游，我们家里的贝贝（她指指那条 14 岁的狗）夜里见我没回来，便跑到我房里，将我平常爱穿的一件衣裳叼到她窝里，搂着那件衣裳睡觉，我老公想从它怀里夺衣裳，可它却抓得牢牢的就是不丢，我老公没法，心想反正这衣裳也穿不成了，就不再管它。结果，它搂着我的衣裳硬是睡了七八天，等我回来时，它又主动把那衣裳叼回我房里。”

我听了有些感动，也有所悟，看来我也许是误解我家“嘟嘟”上沙发的事了。骤然，我又联想到了平常的人和事，在我们生活中，不也是常常只看到一些事物的表面，而忽视了它的内在和本质吗！

狗的爱心

我们家养了一只土狗，她有一个好听的名字：娜娜。她虽是一条土狗，但我们全家都十分喜爱她，不是因为她的长相，而是因为她善解人意，又颇有爱心。

我们家还养了一只小洋狗，名叫嘟嘟。有一天，嘟嘟为追发情的母狗一天未归。晚上到给狗开饭的时间，我照例给两只狗的饭钵里装上牛肝汤饭，这是两只狗都最爱吃的饭，平时，只要一摆到狗的面前，两只狗就会迫不及待地扑上去，一扫而光。可今天，娜娜有点反常，对我摆的饭就像没看见一样，置之不理，我催了两次，叫娜娜吃饭，她却充耳不闻，趴在那里，只是对我使劲摇着尾巴，我好生奇怪，索性把饭递到娜娜的嘴边，可娜娜还是不张嘴吃饭，我有些担心娜娜是不是哪里不舒服没有食欲，抱起她左看右看，也没发现一点异常，正在我蹊跷之际，听见嘟嘟的叫门声，我赶紧放下娜娜，把门打开，嘟嘟一冲进来，嗅到了饭香，径直冲到饭钵前大口大口地吞食起来。这时，只见娜娜也忽地一下站了起来，跑到饭钵前大口食了起来。我蓦地一下明白了，原来娜娜是不愿意吃独食，她是在等嘟嘟回来了一起吃啊！

娜娜生了小狗后，她的爱心更是显现出来。有一次，我到本市一家著名的猪手店去，把娜娜也带上了，我把一只没啃净的猪手丢给娜娜，叫她快吃，谁料娜娜嘴里叼起猪手就往外跑，我怕她不见了，赶紧追了出去，我气喘吁吁地跟着娜娜跑了五六里路，一路上娜娜始终叼着猪手不放松，也不跟我言语，一直跑回了家，把那猪手叼到了小狗面前，当小狗欢天喜地啃着妈妈叼回来的猪手时，我看见娜娜眼里流露出欣慰和慈爱的神情。

有一天，我突然肚子痛，又是拉稀，又是呕吐，当我打电话给女儿，要她帮我买药时，我看见娜娜趴在我对面，始终盯着我，那眼神流露出不安的神情。打完电话，我想回床上去躺一会儿，娜娜却跟着我来到房里，平时我睡觉是不让狗进入我的房间的，它们也很听话，可这晚，不论我怎样呵斥着娜娜，叫她出去，可一贯温驯听话的她，就是不听我的话，硬是要趴在我的床边，我无奈，只有任她去。一会儿，我就昏昏地睡着了，睡了一会儿，我感觉有人在扒我的手，我睁眼一看，是娜娜在用爪子扒我，我正想呵斥她，可我从她的眼神里看出她是在关心我。这一夜，每隔一两个小时，娜娜都要用爪子扒我一下，我只要一睁眼，她就乖乖地趴回到原地，我明白她是怕我昏厥了。晚上，我上卫生间，她也要紧紧跟着我，我悟出来了，她是怕我发生意外啊！虽然这一夜，由于娜娜的打搅，我时睡时醒，然而我一点也不怨恨娜娜，而是十分感激她的一片苦心。

从娜娜身上，我悟出了一点做人的道理：狗尚且有爱心，作为人类的我们，为人处世不是更要有爱心吗！

广州人与茶

广州人对于茶可以说是情有独钟，甚至对茶有点顶礼膜拜的意味，这可从几步就有一个茶楼看得出来。其实这些茶楼大都是餐馆饭店，并不是真正意义上的茶楼。民以食为天，为何把吃饭的地方称之为茶楼呢？这要从广州的历史说起了。广州从明清时代起就成为中国对外贸易的重要商埠，当时的对外贸易主要是依靠茶叶，而谈生意的场所又都是选择在茶楼，一边喝茶，一边谈茶生意，可以说广州的繁荣和衣食父母是与茶分不开的，诚然，广州人对茶才有这么深的感情。

在广州，广州人把早上吃早餐称为喝早茶，请亲朋好友一聚也叫去茶楼喝茶。其实这喝早茶很少有茶的，而主要的是各种各样的粥和各式各样的风味小吃，如各种烧梅、包子、糕点，还有鸡爪、鸭脯、鹅掌一类的卤制品。很多内地人到广州会被当地好客的主人请喝早茶，虽是一口茶都没喝到，倒是饱享了一通美食小吃，也是一件美事。

从这个表象上看，你莫以为广州人是没有真正意义上的喝茶的，其实当你真正融入到广州人的生活之中，你就会发现广州人是真正会喝茶、懂茶的。

我在广州打工期间，每天公司吃过午饭后的午休时间，就有广州本地的同事来邀我一起喝茶。选择这个时间喝茶是有讲究的，一来中午在公司不能午睡，这个时间需要提精神，而喝茶无疑是最健康的提精神的一种方式，二来可以打发这段无聊的时间，三来可以借此在一起聊聊天，相互增进友谊，起到一个交际的作用。如此看来，广州人是十分精明的，他们不会无缘无故地浪费时间。广州人把这真正意义上的喝茶称为喝功夫茶，这也就是说广州人在喝茶上并不草率、简单，而是要下番工夫的。这首先从茶器上就能看得出来，广州人喝茶不会像中原人一样一人用个大杯子来泡茶，而是一定要准备一套茶具，一个茶盘，一个陶瓷或是紫砂的小茶壶，八个小杯。茶壶里有一个筛子，以免倒茶时将茶水滤出来，那小茶杯精致到最多只能装二钱的茶，就像中原人喝酒打圈的小酒杯，一口闷一个。这叫中原人看了，肯定会笑掉大牙，笑广州人小气，喝茶嘛就是要大口大口地喝，这么小的茶杯，只能打湿喉咙，喝得不过瘾。然这才显示广州人喝茶的品位和极致，喝茶就是要一口口地去抿、去品、去回味，否则就不叫品茶，而叫饮茶了。

广州人将茶叶放进茶壶，用开水泡上几分钟后，头道和二道泡出来的茶并不喝，而是将茶杯一一冲淋一番，这叫我们这些内地人看了，觉得可惜，其实这还是反映出了广州人的精明，一来头道二道泡出来的茶并不香，二来防止这茶叶里含有不洁之物，三来也可借这开水对茶杯消毒。第三道的茶水泡好了，这才在各小杯里斟上茶水，大家也都不争不抢，围坐在一起，待各个小杯里都斟上了茶水，才一起端起来一口喝掉。有的还发出咂咂的声响，不像喝茶，倒像是在抿酒，如此这般反复多次，直到茶壶中的茶水喝淡了，这才散去。

广州人喝的“功夫茶”通常是“铁观音”。这“铁观音”也算是绿茶，也能去火清心，但它不像我们内地人爱喝的毛尖那样纤细，它的叶子比较粗，这也反映了广州人不注重外表，而注重实质的特点，别看这“铁观音”比之“龙井”“毛尖”要粗条得多，但它却香气扑鼻，不像“龙井”“毛尖”的香是含蓄的，要细细去品味。这也反映了广州人的特点，不像江南人那样行事曲径通幽，而是喜欢直截了当、干脆明了。诚然，在和广州人喝功夫茶中，广州人会直截了当地告诉你，这喝功夫茶也要AA制，一人出一份钱，然后一起去茶叶市场挑选“铁观音”。

就这样，在广州打工的几年间，我每天就和广州本地人一起喝“功夫茶”，我不仅学会了喝茶，也从喝茶中品出了广州人追求生活的精神和风貌。

当我回到内地，也想邀请一帮亲友一起喝“功夫茶”时，却饱受讥笑，说我这人太小家子气了……

一本薄书让我活得有意义

我爱读书，半个世纪以来，读过的书已不计其数，然细想这五十年的读书生涯中，对我人生最有影响的书不是那些大部头的经典名著，也不是充满人生奋斗哲理的人物传奇，而是一本浅显通俗的小薄书《雷锋的故事》。

1964年，我读小学五年级的时候，有一天上体育课时因下雨，老师就在教室里拿着一本《雷锋的故事》念给我们听，那一个个生动的雷锋故事深深吸引了我。那时，我正开始有着自己阅读书籍的兴趣，我便利用星期天到少儿图书馆去借阅《雷锋的故事》，一口气把他读完。自此雷锋的故事便在我脑中扎下了根，雷锋的精神开始影响着我。我开始学着做好事，上学放学的路上，总是低着头，看能否捡到什么东西好交给老师或者警察叔叔；见有几岁的娃娃单独在路上出现，就赶紧跑过去问他是不是走丢了，好送他回家；遇到星期天我也舍不得去玩，而是跑到热闹的大街上专门扶老人过街。小学六年级的时候，我终于以自己的行动获得了“学雷锋优秀少先队员”的称号，我为此兴奋激动了好长一段时间。

1966 年，刚刚踏进初中一年级的我就遇到了“文化大革命”，从此我便失去了校园生活，但雷锋的精神却从未在我心里失去。我学雷锋那样热爱学习，开始四处寻访书籍来读，并且从此把读书当成了我人生最大的乐趣。不论是在当知青下农村那段风雨如晦的日子，还是在新建的三线工厂里的简陋工棚中，我都从未放弃过读书，从未放弃过向雷锋那样追求进步、善待别人。

1984 年，伴随着改革开放的启蒙时期，中国大地掀起了第一波读书活动的高潮，我这个在厂里闻名的“爱读书写作”的青年，被省直机关团委评为了“读书先进个人”，并在大会上作了典型发言。回到厂里后，厂党委又把我专门从车间抽出来，辅导全厂青年职工读《中国近代史》。

1985 年，我作为创作人才被调到了市群众艺术馆，担任了创作辅导员。当我认识到创作辅导员的主要工作是组织全市的业余作者开展活动后，我压制了自己蓬勃的创作欲望，全身心投入到了甘当“红烛人梯”的工作中。那时，我的家晚上和星期天成了小城业余作者的精神圣地，许多业余作者都愿到我家和我探讨创作上的问题，并把自己的作品交给我，叫我帮忙修改。我总是热忱地接待他们，遇到了有从农村来的作者便留他们吃饭。我还自筹经费，组织业余作者们办刊、讲座、野游等活动，把我市的业余创作活动搞得有声有色，年年被上级单位评为先进。我成了全市业余作者的知心朋友。为此，1987 年的文化部的《群众文化》月刊还专门以《磁人汤》为题报道了我。此后，我市的电视台也以此题拍摄了我热心辅导业余作者的专题片，并向全市播放数次。我的这些荣誉的取得都源于《雷锋故事》中的一句话：对待群众要像春天般的温暖。

在之后的岁月中，雷锋的精神一直指引着我的人生之路。我这个仅上过六年半学的半文盲获得过《全国自学成材荣誉证》，被省作家协会吸收为会员，被上一级市政府评为“党外人士立岗创业”标兵，当选为“市政协常委”和上一级市的“人大代表”。

今天，我虽然退休回到了家中，但雷锋的精神依然在我的生活中。在公共汽车上，遇到有抱小孩的妇女或老年人，一条腿已有点不利索的我依然会不由自主地站起来让座；当看到有人在街上吐痰或搞其他不文明的行为时，我会冲动地冲过去劝阻他、斥责他；当听见有人在问别人路时，我会自觉停下脚步竖起耳朵听，一旦见别人摇头说不知道，便赶紧插上嘴去。每当我听到人家向我道一声：“谢谢”，我的心情顿时会飞扬起来。

《雷锋的故事》不仅给我的人生带来了一种责任，一种义务，也给我的人生带来明智和情趣，让我活得精彩，活得有意义。

汉口江滩的变迁

如今，每当有亲友从外地来，我首先就会领着他们到汉口的江滩去逛逛，我会很自豪地对他们说：“你们看，这一二十里江滩全部都是公园，可以称得上是世界最长最美的江滩。”亲友们置身于青青垂柳下，放眼那一望无际的花团锦绣和绿树倩影，会由衷地赞叹：真是太美了！太壮观了！你们市政府真是大手笔！

是啊！武汉的江滩简直像一幅长卷画廊，而我却是亲眼目睹他的巨变的。

从小我就生长在汉口的江滩附近，我不仅是喝长江水长大的，也是在长江水里滚大的。可小时候，我印象中的江滩不是美的化身，而纯粹是为

了跟洪水抗争用的。一道长堤锁住了江滩和外界的连接，每年的夏天，当长江上的洪水开始跃过警戒线后，长堤中的码头出口就用沙包堵住，沿江大道上穿梭着拉黄泥的车子，撒满黄泥的大道变得十分湿滑难堪。轮渡码头上临时搭起的跳板直接从大堤一直伸到江中，足有一二里长，走在上面晃晃悠悠，让人胆战心寒，就连我们平常最爱去玩的滨江公园也被洪水淹没而被关闭。

从小我就常听街坊邻居和父亲提到1954年的长江发大水。那一年，父亲白天在厂里上班，一下班就直奔防汛大堤，就这样日日夜夜连轴转，累得有一次上厕所时都睡着了。在那次防汛中，我的父亲被评为了“防汛功臣”。每当提起1954年长江发大水时，街防邻居们没有一个说到那时的艰苦和危险，而是津津乐道地说：“那一年的鱼真多啊！街上鱼堆成了山，只要一二角钱一斤，市政府为了鼓励大家吃鱼，还规定买两斤鱼补一两油票哩!”

现在的江滩公园大门及旁边的客运中心，20世纪六七十年代却还仅是一段沉寂的大堤，大堤后边就是一片杂草丛生的荒芜之地，这里也是我们这些住在附近的孩子们的乐园。我们在里面躲猫猫、打仗，捡拾像乒乓球大的西瓜玩，甚至在草丛里还发现过小鸟哩！幸运的时候，我们会发现废弃的钢筋，我们把它挖出来去换糖吃。

夏天的时候，如果没涨洪水，我们会从这里翻过大堤，穿过磕磕绊绊的荒滩到江里去玩水。在我们下水的右边不远处，就是武汉关下的一个海军码头，江中常停泊着几艘小军舰，听说毛主席就是从那里下水游泳和乘军舰巡游长江的。我们由此都有一种敬畏的心情，玩水的时候尽量不往那个方向靠近。

平素的晚上，我们最爱去玩的地方也是这一段大堤，大堤上长满了青草，我们或在里面抓蚱蜢，或把大堤的斜坡当滑梯玩。夏天的晚上，我们则带上凉席，在大堤上数着星星睡觉。遗憾的是只要长江一涨大水，我们这些乐趣就都淹没了……

一转眼，我们就在长江边长大了。1969年，十七八岁的我们就下了农村，自后就一直在异乡漂泊。然而那熟悉而亲切的轮船汽笛声却常常在我们的梦境中回想……

当21世纪来临的时候，我们重新又回到了这里，这里已人流如潮、车辆穿梭、商铺满目，完全没有了一丝我们小时候的模样。当我们闲情逸致地漫步在江滩公园时，我就想：这已经充分证明了长江上的洪水已经彻底被征服了，才有这消逝了的大堤；而改革开放又给我们的城市面上带来了强大的经济实力，市府领导又有了执政为民的理念，才有了让我们置身在画屏中观赏江景的江滩公园。

游人如织的江滩公园啊，你最能见证共和国时代的发展和进步！

“鉴宝节目”的启示

我喜欢看中央电视台经济频道的“鉴宝”节目，它给我们带来的不仅是收藏方面的学问，还有历史文化方面的知识，更主要的是“鉴宝”节目还像一面镜子，折射出我们生活的方方面面，给我们的生活和人生有一些启示。

“鉴宝”节目组每到一地，前来鉴宝的人是相当踊跃，这反映了我们的生活已经发生了巨变，收藏文物书画已不是狭小的圈子，面对收藏的浩浩大军，我们的收藏生活已不能再有狭窄的目光，而要放在大众这个基准上。

在请专家鉴宝之前，许多持宝人都是信心十足，有些甚至信誓旦旦地声称自己的藏宝是祖传的，是真正的宝物，然而往往经专家鉴定后，大都却是仿品、赝品，或是造假造旧的假古董，这让那些刚才还一口认定自已持的是真古董的持宝人顿时目瞪口呆，立马垂头丧气，也不免让我们哑然失笑。

这种现象不仅提示我们：现在为了经济利益而造假古董、假文物者已不是少数，可以说，市场上出现的文物90%是假货是仿品，诚然，收藏者切不能轻信卖方的花言巧语，一定要持重而行。要想不上当受骗，收藏者必须认真学习相关知识，没有金刚钻不揽瓷器活。仅从外表是难以看出高仿品的造假痕迹，只有炼就了收藏的火眼金睛，确实具备了胸有成竹的本领才能出手购买。另外，也提示我们的收藏者对已收藏的古玩切不要盲目自信，在专家鉴定之前，一定不能夸口，一定要要持三分的怀疑，否则一旦专家鉴定是假的，就只落个期望越高，失望越大的心理状态。至于上当受骗了，一方面要检点自己，总结教训，加强防范；另一方面要加强学习，更重要的是要把握好心态，切不能从此耿耿于怀，把沉重的沮丧包袱长期背上。收藏本来是一个高品位的生活，本应是快乐的，基于这一点，就应该重新在收藏中找回自己的乐趣。

在“鉴宝节目”中，我们也看到专家鉴定出不少的真宝。这些真宝或是祖传的，或是友人相送的，都透着一个真情在其中。其中一个女士手持一只小古瓶，被专家鉴定出是清宫中的御用品，价值180万元。当专家问这位女士是从何得此宝物时，那位女士声称：是她在英国留学时，她的房东太太在她临回国时赠送给她的。这让我们不由得会想：这位女士在英国留学期间，一定和她的房东太太关系十分好，而在这好的背后，一定有许多感人的故事，那位女士一定有许多好的表现和善的行动才感动了那位也善也好的房东太太，她才舍得把那么贵重的收藏物送人。所以，我们无论在平常生活还是在收藏方面只要真心、诚心、善心为人处世，就一定会有好的回报和结果。

晨练的快乐

每天清晨，我都会习惯地醒来，愉快地向健身场地走去。一路上，空气清新，让人神智清爽。有时则是一路迎着喷薄而出的朝阳，披着一身霞光，看着路边鲜嫩的花草，听着路边大树上唧唧喳喳的鸟啼，心情十分愉悦。

一走到健身场场地，那些熟悉的老哥们就纷纷迎上来打招呼、寒暄，如果昨天因故没来，老哥们会关心地刨根问底，有时则会开玩笑地说："是不是被媳妇、孙子关起来了?"引来一阵哄堂大笑，笑得人格外舒畅。

开始晨练前，老友们纷纷跷腿压腿。你如果不跷腿，他们就会说："晨练不跷腿，等于活见鬼；跷腿不压腿，还是等于活见鬼!"让你在诙谐的话语中领悟到健身的一些知识。

跷腿压腿时，有些老哥们会递来一根烟，点上，如果有女士在一旁反对，他们就会诙谐地解释："这是为了计算时间，一根烟吸完了，就是十分钟，压腿才能结束。"

压完了腿，老哥们开始正式进入了晨练阶段，各自玩起了自己的拿手戏：有的抖起了空竹，那灵巧的身段仿佛把人带到了童年；有的打起了太极拳，那缓慢而柔和的招式显示着太极文化的精深；有的耍起了少林棍，仿佛一下重新唤回了龙虎精神；有的玩起了流星球，那快速的旋转似乎在追风赶月；有的则打起了羽毛球，那腾跃跑步像激情迸发。看到这些场面，让你顿时忘记了年龄，仿佛重新唤回了青春。对不会的项目，我们常也跃跃欲试，不管你认不认识，只要你想玩想试，那些老哥们会立马让出他们手中的球拍或空竹，热情地邀你去玩，甚至会手把手地教你，让你感觉他们都是你的老朋友。

晨练一段时间后，老哥们会小歇一阵，会聚在一起扯闲话、拉家常，有的聊国家大事、社会动态、世态民情，让你眼界开阔长见识；有的则聊起儿孙家事，让你参照自己，有所借鉴；有的则聊自己防病治病的经验，让你获益匪浅。当然少不了相互开玩笑、打趣，逗得人开怀大笑，笑声中少不了会说："笑一笑，十年少。"看到开怀大笑的老哥们，我每每会想：这聊天似乎比晨练更有吸引力、更重要，人一开心不就是最好的健身吗!

晨练结束后，老人们挎上自行车，或举步前，都有些依依不舍，有的相互打招呼说："要去超市菜场买菜，有的要去照看孙子，"那话外音似在说："走得无奈"。有的第二天因事不能来，会主动请假说明事由，好似请求诸位的谅解。

每天都是这样怀着留恋之情离开的健身场。

健身场地的老哥们相识几天就成了朋友，而且这朋友都是真心真诚的，没有掺杂一丝私念。有时哪个哥们病了，会约到一起去看望；哪个有困难，会相互出主意帮忙；有时谁遇到喜事好事，会邀到一起小酌共欢。

健身场地就是老人们最好的乐园。

刺槐花

盼望已久的春天终于来了，万紫千红，处处飘来花的芳香。春的色彩和气息使我不由得想到了一种久远的花香——刺槐花。

40 年前，我作为知青从农村抽到一个三线工厂工作。那是一座新建的工厂，条件异常艰苦，加之又是在天天讲阶级斗争的年月，没有一点娱乐活动，就连空气都呈现出一片冷寂，令人窒息。而工厂的周围，是茫茫一片无人居住的黄土丘陵。那时的我虽正青春年华，然由于身处异乡，远离亲人，加之又处在那样一种环境之中，诚然，我的心情很是低落。

一个春天的夜里，我正躺在床上无病呻吟，倏地，一阵春风从窗外袭来，带来一股浓郁的花香，令人感到温馨，我憔悴的心灵顿时感到了一种抚慰。在阵阵春风带来的阵阵花香之中，我第一次甜甜地睡去。

第二天早晨，我循着那香气漫步而去，只见黄土丘陵上满山遍野长满了类似灌木丛的枝条，绿油油的枝条上虽长满了刺，却绽放出一串串的白花，花朵虽不大，如豆荚开花一般，一点也不浓艳，清纯可人，然那香气扑鼻，虽浓烈而不腻人，香得令人清爽，令人陶醉，令人舍不得离去。这到底是什么花呢？正在我疑问之间，只见前面不远处的花海丛中，闪现着三两个穿着碎花衣的村姑，她们都肩挎竹篮，正在把那一串串的白花采下来往篮子里装哩！难道这白花还有什么特殊的用途？我走近一个眉清目秀的村姑，向她讨教。村姑告诉我，这些小树叫刺槐，是野生的，由于生得太密，长不高大。这刺槐花又香又甜，可好吃了，我们采回去和在面里或蒸馍吃，或做面糊汤喝。

“哦！原来这刺槐花不仅香气袭人，还能吃呢！”我小心地采了一串刺槐花放进了嘴里，立时一股清甜的味道充盈着我的味觉。见我也在品尝这刺槐花，那村姑咯咯地笑了，她眨了眨眼睛道：“这不是你们城里人吃的，这是我们乡下人才吃的哩！你们城里人的零食是饼干、糖果，而这刺槐花却是我们乡下孩子的零食哩！”

听她说得有趣，我也说：“那些饼干糖果都是人做出来的，还要钱买，而这刺槐花是大自然给你们的恩赐，是天然圣洁之物，多好啊！”

“是啊！别看这野地里生的花，它可真是大自然对我们农村人的恩赐啊！三年大灾害时，要不是这满山遍野的刺槐花，我们全村人只怕都要饿死了！”村姑感叹道。

我听了，心里不由得一动，别看这平常的满不起眼的小白花，虽不及那牡丹花富贵骄人，也不及桃花那艳丽媚人，然它却救过好多农民兄弟的命啊！

我不由得对这刺槐花更是刮目相看了。我情不自禁地想：这满山的黄土，贫瘠得连草都难得生长，却自然蓬勃生长着这么多的刺槐，可见这刺槐有着多么顽强的生命力啊！他虽然长不高大，浑身还长满了刺，却能绽放出这么浓郁的花香，不仅给人以精神上的慰藉，还能供人食用，救人于水火，可见这刺槐是慈爱在怀啊！这也不正说明上苍对这方水土的贫苦农民的一种眷顾吗！这也不正说明大自然有情，造物主有义吗！

步入在浓郁的刺槐花香中，我由此也感受到了生活中的美好，也重新燃起了生活的希望，我的步子也如腾起了春风，变得轻快活泼起来。

自此，刺槐花在我心中永久地散发着浓香……

艾草的品质

端午节来临，乡村偏壤、丘陵平原上到处出现着采艾人。

这艾草是个贱命，与荒草为伍，不论什么环境，只要有土的地方，都能找到它的身影，而且越是长不出其他植物的荒坡草地，就越是能找得到它。

艾草看似那么平常，它没有翠绿的叶子，粉嫩的脸，也开不出艳丽的花朵，更没有香甜的果实诱惑人，甚至连香味都与众不同，有一种浓浓的苦辛味。

然而到了端午节，人们是那般的看重它，把它摆到了很重要的位置，家家都会采上一把放在门前或悬在门梁上。端午节缺了艾草就不能称其为端午节了，古代有些地方甚至把端午节称之为“艾节”，可见艾草对于端午节的重要性。

人们为什么这么看重艾草呢？那是因为艾草内在的品质，它有着驱瘟杀虫、通经活络、治病防疾的功效。普通的老百姓信奉的是朴素的哲理，它们看重的不是事物的外表，而是讲求实用。

人们在很早以前就发现了艾草能治病驱瘟的功效，连圣人孟子都说过：七年之疾，求三年之艾。可见自古以来艾草就是一味良药。

据李时珍的《本草纲目》记载：艾草苦辛，气温熟热，纯阳之性，能回绝垂绝之阴，通十二经，走三阴，理气血，逐寒温，暖之宫，以之炙火，能透诸经而驱百疾。

初夏时节的端午节，正是百病生发、蚊虫猖獗的时节，而艾草恰巧这个时候成熟了，那奇特的艾香能驱蝇虫蚁，净化空气。加上能通经活络，祛除阴寒，消肿散结，就这样，艾草正好成了端午节最好的招福避邪的吉祥草被人们采摘供奉了。

在古代，端午节也是“卫生节”，人们这一天要打扫庭院，激浊除疾，艾草正好有了用武之地。

因为艾草治病驱邪的功效，因之它没有成为端午节的时令之品，端午过后淡出人们的视线。相反，端午过后，家家会把干枯了的艾草珍藏起来，一旦家人有个腹痛脑热，咳喘闭经诸类的疾病，就派上了用场。不仅是民间，现在就连很多医生专家也常用艾草作灸治疗各种速疾顽症。

由此，我们不由得感叹：艾草虽普通平常，却平常中透着神奇；艾草虽平贱，却蕴含着高贵的品质。艾草，艾草，就是充满爱意的草，就是人们钟爱的草!

《星光大道》感悟

我是一颗小小的石头，深深埋在泥土之中，千年之后，繁华落幕，我们在风雨之后等候……

在《星光大道》的舞台上，当来自草根的歌手石头深情地唱起这首歌时，同样作为草根的我们不由得领悟到了深沉，受到了感动。是啊！我们同样都是一块普通的石头，深藏在了广袤的大地之上，我们都渴望有一天能崭露头角，有一天能变成闪闪发光的石头，像星星一样闪烁在人生的舞台上。

《星光大道》就是普通的石头闪光的舞台。他能圆许许多多石头的梦，草根的梦。只要你有梦想，有追求，只要你不放弃梦想，不放弃追求，就有可能从石头蜕变成星星，在《星光大道》上闪烁。阿宝、石头、李玉刚、朱之文、刘大成等都是从普通的石头变成了闪光的星星，都是从草根走上了《星光大道》，又从《星光大道》升华为璀璨的明星。

这就是《星光大道》给我们人生的启示：虽然我们在人生的舞台，各自都有不同的追求，但只要我们不放弃梦想，只要我们始终执着地追求，

就总有一天会闪光的，尽管我们的闪光点会有不同，但都能体味到那一种成功的喜悦和快乐。

当然，在追求梦想时，我们会历经坎坷，沐栉风雨，就像阿宝、石头、李玉刚那样，他们曾经为梦想四处漂泊，为生存在酒吧歌厅里卖唱，甚至充当小丑的角色，他们像小草一样含辛茹苦，他们像石头一样忍辱负重，但机遇是不负有心人的，他们最终抓住了《星光大道》给他们的机遇。他们在《星光大道》上证明了，正是他们以前历经的风霜磨难，才使得他们的歌声凝重而高亢，才获得了杜鹃啼血般的鲜红。我们每个人何尝不是这样，我们每个人的成功背后不都有着“宝剑锋从磨砺出，梅花香自苦寒来”的故事！

我们庆幸有这么好的时代，有这么好的舞台，让我们每一个人都能充分施展自己的拳脚，都能尽情地引颈高歌。不论你是沧桑的老人，还是满口稚黄的儿童，不论你来自大洋彼岸的白人、黑人，还是来自青藏高原下的蒙人、藏人，不论你是来自繁华市井，还是来自穷乡僻壤，不论你是健全人还是残障者，在这个舞台上人人平等，都可以尽情地放开自己的歌喉，都可以尽展你自己的风采魅力。来自非洲的黑人郝歌，用他们的歌声告诉我们，成功不在乎你的肤色，成功没有偏见和狭隘。尽管我们人生的舞台各有不同，我们都庆幸有这样一种公平竞争的舞台，我们都愿意在众目睽睽下崭露自己真实的面目，尽显我们的才情。

在《星光大道》上，一大批残疾人用他们的歌声感动着我们，用他们的才艺激励着我们，用他们的故事让我们热泪满襟。夺得年度冠军的阳光和刘赛都是盲人，虽然上帝对他们不公，虽然命运对他们是那么的残酷，但他们没有屈服于命运，他们用心中的阳光战胜了黑暗，他们用不屈的手扼住命运的咽喉，最终他们站在了《星光大道》上，谱写了一曲《命运交响曲》，又升华成了《英雄交响曲》。

也许有人说：阳光和刘赛的夺冠和成功虽然有着他们自己的实力，但其中也不乏对他们的同情。即使这样，不也证明了人性的辉煌和可爱吗？这也证明了人们的内心是柔软的，是质朴善良的。一个残疾人的成功，他们比正常人付出更多的艰辛和磨难，他们更应该得到社会的承认和扶持。我们的社会正需要这种人性的光芒，善良的弘扬。

年龄不是距离，长相不是问题。这句在社会上流传的俗话在《星光大道》上得到了充分的体现。你看那些年过古稀的大爷大妈们，他们在舞台上仍然充满青春的活力，仍然大方地展现着自己的舞姿，他们以自己歌喉告诉世人：我们父辈们的心依然年轻，我们不能再用老眼光看待他们，我们和他们在同一个起跑线上。

而在《星光大道》上穿着工装的仓库保管员刘向圆，还有举着扫帚的清洁工大嫂，拿着大勺的家政工大姐，他们以自己的歌声和舞姿还有自信告诉世人，在生活中不要戴着有色眼镜看人，不要以貌取人，在每一个看似普通者的背后，说不定都有着惊人的特长和优势。人的缺陷和劣势是可以用才情弥补的。

《星光大道》是出传奇出奇迹的舞台，在九月的天空里飞出对对凤凰。过去我们曾说：男女搭配，干活不累。在《星光大道》上，则是男女搭配，出类拔萃。世界是男女组成的，男的阳刚，女的柔美，组合在一起，才有着这人世的可爱和美好。在《星光大道》上夺冠和大放异彩的很多都是男女组合的，如《玖月奇迹》《凤凰传奇》《无名组合》等。他们的成功告诉我们：男女组合、琴瑟和鸣，才会发出更美的音色，才会更打动人心，才会更引起人们的共鸣。《星光大道》让我们更爱自己的另一半，让我们更珍爱自己的家庭。

鸟儿的爱

一连下了好多天的雨。这天，天终于放晴了，我把阳台的窗户大大打开，好让阳光直射进客厅。我刚进内屋整理衣物，忽然，我好像听见客厅有啄米的声音，我从门缝里一看，一只小鸟居然飞到了客厅的桌子上，正在啄食我晾晒的小米。看来这只小鸟饿极了，才不得不大胆闯入。我想起了孙女那像小鸟一般的嘴唇，她曾经说过想要一只小鸟。于是，我悄然打开另一扇通往阳台的门，我猫着腰，轻手轻脚地溜到阳台上，那只小鸟居然没有发觉。我猛地拉下阳台的窗帘，小鸟儿感觉到了危险，开始慌慌张张地朝阳台上飞来，她撞到了窗帘上，又扑棱扑棱地飞到了客厅，胡乱旋转起来。我找了个纱网，钻进客厅，扑腾了一阵，终于将那只鸟儿网住了。嗬！好漂亮的一只鸟啊！长着鲜红的小嘴，橄榄色的羽毛，两颊淡黄，红黄色条纹布满翅膀。我虽然叫不上它的名字，但一看就是只稀奇的鸟儿。我一只手抓住鸟儿，一只手轻抚着它说："鸟儿啊！你不要怕，我孙女肯定会喜欢你的，我们一家会对你好的。"

我在阳台上翻出一个旧鸟笼，把小鸟放进去，又给它准备了水和小米。我想等星期天小孙女来了，见了这只小鸟肯定会兴奋得尖叫，并会连连亲我的。想到这里，我轻柔地唤着小鸟，叫她喝点水，吃点食，可那只小鸟却不吃也不喝，只是睁着惊恐的眼睛，不停地叫着，似乎在向我求饶。我不忍心看她，并且顿生怜悯之心，想放了它，一想到孙女可爱的眼神，又忍住了。正在这时，我听见窗外又传来一阵鸟叫，我抬头一看，又飞来一只跟笼中鸟一模一样的鸟，站在阳台边的一棵大树上，正对着笼中的鸟唧唧喳喳地叫哩！笼中的鸟听到外面的鸟叫，一时叫得更急促了，叫得人心里麻麻的。我把阳台的窗子打开，我想外面那只鸟见了我肯定会飞走，谁知，它不但不飞走，居然大胆地飞了进来，落在鸟笼上，对着笼中的鸟亲切地啄着，我上前抓它，它也不飞，任我抓住，我把这只鸟儿也放进笼里，两只鸟儿顿时亲热地相互依偎着。你舔舔我，我亲亲你，亲热得像是一对相爱的夫妻，又像是情深的母女。看它们那个亲热的样子，我心里蓦地一动，我想到了我出门在外的老伴，也想到了可爱的孙女，我的眼睛随之湿润了。我打开鸟笼，哽咽着说："小鸟啊！对不住了！你们飞走吧！"

两只鸟儿似乎听懂了我的话语，一前一后飞了出去。它们一起落到了阳台附近的大树上，我望着它们，它们也望着我，忽地，两只鸟儿对着我唱起歌来，我在心里说：这歌儿唱给你们自己听吧，是你们的爱救了你们自己！

逝去的端午节

在我小时候的记忆中，端午节虽不放假，却是除春节以外最重要的一个节日，也是最令人激动和快乐的节日。一年中母亲只给我们添两次新衣裳，一次是春节，一次就是端午节。这天我们姐妹穿上漂亮的新衣裳，很是臭美！还有大人们平时是不让我们小孩沾酒的，但一年只有两次例外，一次是大年三十的年夜饭，一次就是端午节，这天父亲都会喊我们坐下喝一口，辣得我们直咂嘴巴，母亲不仅不责怪父亲，还在一旁颔首微笑。

对于端午节，我总觉得有些神秘的色彩，小时候经过的事情到现在也没弄明白。小时候，我生活在一个小县城，那个小城，是个风俗浓厚的地方，到了端午节，那就格外的会显现出来。

端午节的那天，天刚蒙蒙亮，母亲就会把我们叫醒。母亲平时比较温和，即使平时上学，她也一般不会催我们早起的，但端午节这一天，她是一定逼我们早起的。我们起来后，她是破例要带我们出门，不是向城中心去，而是向城外田野里走去。到了野外，她开始下命令，要我们把地里的庄稼或小草小树上的露水用手沾了，洗眼睛。母亲说这样不仅能让眼睛明亮，而且不害眼病。我曾经好奇地问过母亲，为什么非要用端午节这天的露水洗眼才不害眼病呢？母亲说，她也不晓得，是老辈人传下来的，老辈人传下来的东西不会错。我们虽然没闹明白是怎么一回事，但有一点是实在的，那就是我们几个兄弟姐妹从小长到大，没有一个害眼病，也没有一个戴眼镜的。关于端午节的露水，还有一个神奇的用途，那就是用它来发面，不仅不需要酵头，而且用发出来的面蒸馍馍格外香。我们左邻右舍的街坊们都要在端午的前半夜，把那些盆盆罐罐都摆放在野地里，用来接

露水。

我们在郊野里用露水洗过眼睛后，母亲就带着我们采野艾蒿、菖蒲，我们几个兄弟姐妹一人采上一把，然后头举着艾蒿、菖蒲浩浩荡荡地回家了。

到了家里，母亲把采来的艾蒿、菖蒲扎成一把把的放在门前，母亲告诉我们这是为了驱邪。然后又给我们鼻子上、耳朵上一人抹上一点雄黄酒，也说是为了避邪。邪是什么，我们闹不明白，但知道不是好东西。为什么非要在端午节这天避邪呢？难道端午节这天邪才可能跑出来吗？

母亲给我们点了雄黄酒，然后开始给我们做早餐，煮粽子、咸鸭蛋和大蒜。平时大蒜是作料，只是在炒菜或拌凉菜时才放一点的，可端午节这一天，母亲则是把它当主食要我们一人吃上一头，为什么要这样，母亲说是杀虫排毒的，但为什么非要在端午节这天这样吃大蒜才能杀虫排毒呢？这对于我们来说，还是个谜。吃了早餐，我们该上学了，母亲会给我们每人身上系一个香布袋，这是昨晚母亲连夜赶制的，香布袋很好看，用绸布和五彩丝线缝制的，有辣椒状的，也有灯笼状的，还有金瓜型的。香布袋闻起来很香，我问母亲，香布袋里面装的是什么，母亲说是药草。我问为什么平时不带香布袋，而偏要在端午节带呢？母亲还是那句含糊话：老辈人传下来的。但有一点她说得很明确，就是带上香布袋，那些蛇呀毒虫呀会躲得远远的，不会爬到身上来。

挎上香布袋后，母亲还会把一个咸鸭蛋装进一个用红丝线编织的兜兜里，挂在我们的脖子上。我们这才开始蹦蹦跳跳地上学去了。进了教室，抬头一看，班上每个同学都和我一样鼻子耳朵上都点着雄黄酒，腰里挎着香布袋，胸前挂着个咸鸭蛋。要是平时，哪个同学这样打扮，肯定会引起全班同学的好笑和打闹，可今天大家都是这样，也没有人惊讶了，只是大家又多了疯闹的话题。有相互比香布袋谁的好看，谁的香，有拿鸭蛋相互碰撞，看谁的鸭蛋结实一些。

端午节的这天上午，大家照例都不会认真听讲的，心里都装着一份节日的兴奋和快乐，都盼着早点下课。

好容易中午放学了，这天大家都不留恋校园，都急匆匆地往家里赶，因为过节，家家今天中午都会有好吃的，而且一般家里这天不仅会有红烧肉，还会有平时难得一见的烧黄鳝或煸泥鳅。

中午吃完饭，我嚷着要去河边看赛龙舟，母亲则不让我去，她要我和她一起去采栀子花。我问母亲：“为啥早上不采，非要等到中午来采呢?”母亲说：“只有端午节这一天中午采的栀子花才有用，拿回去用蜂蜜浸泡后是一味好药呢！平时毒虫爬了，蚊虫叮咬了，用它一擦，就不疼不痒了，疱也消了。”

又是一个非端午节这天就不能的神奇，为什么有这么多非端午节而不可的事情呢？问遍左邻右舍的老人，都是那句老话：老辈人传下来的，自然有道理。

带着这些问号，有一次我问过一个学识渊博的自然老师，老师想了想说：“这些民间习俗的形成也可能是季节的原因，因为端午节一过，酷热的夏天就来临了，这个时候也是毒蛇毒虫最活跃的时期，也是人类容易生病的时期，端午节这天点雄黄，插艾叶，挎香布袋，吃大蒜可能都是跟驱虫排毒有关。”

老师的回答让我半信半疑，但有一个传说却证实了老师的话有一定的道理，那就是老人们都说：端午节这天是找不到癞蛤蟆的。我想癞蛤蟆也许被人间这些驱虫的药草吓得躲起来了吧！我曾在端午节这天试图找过癞蛤蟆，找遍旮旮旯旯，真是没发现一个。癞蛤蟆这一天躲到哪里去了呢?儿时的端午节为什么有那么多的神奇?!

如今，我们已经是有儿孙的老人，也早已住在大城市了。大城市的喧哗似乎驱散了端午节的神秘，仅剩下吃粽子和蛋的概念。而粽子在超市里天天都能见到，也亦不是节日的时令产品，变得普通和平常。大城市的生活似乎已经完全颠覆了传统节日的生活，变得是那样浅显和直白，充满了功利和敷衍的色彩。

尽管大城市的端午节表面上是那样的繁华，可我依然怀念儿时的端午节，那时的端午节充满了泥土的气息，充满了人间烟火味，令人惆怅，令人情思。今天的端午节似乎物资比儿时要丰富得多，但在我心里，总觉得缺少什么？缺少什么呢？在这个端午节，我不由得在心里琢磨……

此生不枉爱书人

我从少年时代起就爱读书。那个时候，因为家里穷，买不起书，我就总是利用星期三下午不上学的机会跑到图书馆去看。“文化大革命”中，当我看到一堆堆的书被红卫兵烧掉，我很是心疼，曾经冒着危险偷偷钻到学校临时库房里，偷了一包书出来。以后，我就是带着这偷来的一包书下的农村，开始走上了人生之路。就是这包书在那艰苦的岁月里给了我精神的食粮，让我充满希望地活着，让我活得快乐，并让我走上了爱好文学写作的道路。

参加工作后，有了工资，我也就经常爱逛书店，遇到喜欢的书就买，每个月的工资最少有三分之一用来买书了，所以到结婚成家时，我没攒下什么钱，倒是攒下了一堆书。好在妻子就是见我爱书才看上我的，所以也就没有怨言。结婚不久，也就是 20 世纪 80 年代中期，我就因创作上的成绩被调到小城文化馆，担任了创作辅导员。这一来，每天都有大批的文学爱好者上门来侃文学，一时门庭若市，十分热闹。每每有文学爱好者见我家中的书，总要浏览一番，见了想读的书就找我借，我因被他们尊称为“老师”，哪有不借之理，所以大凡开口，一律答应。我们家一时间俨然成了小城文学爱好者的“图书室”。

这一来，我更爱买书，凡是星期天，我必带钱去新华书店逛一番，也必带一大包新买的书回来，《莎士比亚戏剧集》《契诃夫小说集》《欧亨利小说集》《约翰·克利斯朵夫》《复活》《战争与和平》《沈从文文集》《茨威格小说集》，甚至包括 20 世纪 30 年代左翼作家的作品《叶紫小说集》《蒋光慈文集》等一大批中外名著，就是这个时候买下的，每个月的工资近一半购买了书籍，妻子不仅全力支持我，还专门请她妹夫帮我打了个书柜。有了书柜，我十分兴奋，还学古人一样刻了个藏书章，把每本书都编上号，盖上我的藏书章。记得到20世纪80年代末，我的藏书已有三千余册了。书买得多了，我往往来不及看，有些新买的书好多文友都借去看遍了，我却还没有看。比如“米兰昆德拉”的《不能承受的生命之轻》，我买后就一直在文友中相传，一直传到丢失了，我都没有看到，留下终身遗憾。

我爱买书，甚至有点痴迷，有时家中都要断炊了，看见一本喜爱的书，我还是照买不误。有一次，有关部门组织了一个“读书演讲团”，我也有幸加入了。演讲团结束后，决定给每个成员买一件高档的纪念品，我听说后，当即找到负责人，说我不需要纪念品，就把那买纪念品的钱让我买书，结果大家都笑我是个“书痴”。有一次家里搬家，请来的搬运工人背着一包包的书，只喊“太多太沉”，我过意不去主动将原先讲好的搬运费加了一倍。这样的事不仅发生过一次，我每搬一次家，都要为书的沉重另外给搬运工人加钱。

我虽拥有的书多，却愧对于书籍，因为我一直没有给那些书籍有好的安身之处，我曾经在文化馆那透着沧桑感的陋室居住了十几年。那青砖黑布瓦的小屋终年见不到阳光，十分潮湿不说，屋里还经常漏雨，每年的梅雨季节过后，我妻子总要将那些发了霉的书籍搬出来晾晒一番，有文友曾戏说我家的书好辨识，那就是有一股霉味还夹杂着一股阳光的气息。也有文友戏说我的藏书“不见风雨，哪能见彩虹！”

20世纪90年代初，社会上开始流行求人办事要送礼，可我这个“书痴”遇到有事求人，请客送礼硬抹不下脸面，有时实在抹不开，就在家中挑几套名著给人送去，结果让人嘲笑“太吁腐”，书倒是送出去了，事却没办成一件，我和妻子虽都算有一点真才实学，然却一直待在“穷单位”里无人问津，一直住在风雨飘摇的破室。

我的迂腐终于得到了报应，到20世纪90年代中期，我妻子所在的企业垮了，连一分钱的生活费都不发，而我每月仅只能领到二百五十元的薪水，此时，儿子又考到了省城上学，为了生活，我和妻子准备外出打工。

将来前景如何，难以预料。所以凡来借书之人，我不仅大包大包地借给他们，甚至点明“可以不还了。”我想：我们这一走，与其让书躺在家里睡大觉，不如让他们去外面流传，让更多的人去读。书嘛，就是让人看的，如果没有了读者，就失去了书的意义。

临走出小城前，恰有一个多年来借书的老年朋友又来借书，我知道她喜欢看小说，我专门挑了几百本书送给了她。谁知，我离开小城后，她将我送给她的书看过后，统统当废品卖掉。这些书就流传到了地摊，我回小城探亲时，常在地摊上看到盖有我藏书章的书，个中滋味真是难以言表。还有些过去常到我家侃文学的文友们在地摊上见了盖有我印章的书，专门购买，这一来有我“藏书章”的书在地摊上很是行销，成了一段趣话。

我们一家在外面打拼几年后，决定以后不再回小城了，就在我的老家省城定居，最后一次我回小城搬家时，面对还剩余的上千册书，我真是难以割舍，这其中留下了我和书的多少故事，这其中包含了多少我人生的酸甜苦涩，然而我面对的还可能是颠沛流离的生活，我不能带上它们，左思右想，我只能痛下决心，找来几个平素爱书的亲朋好友，将书分割，一一赠送给了他们。当亲朋好友扛着我送的书转身离去时，我的眼睛都湿润了，我的心爱的书呀，什么时候我们还能见面？或许，我将和你们永别了！

到2005年，我们总算搬到省城定居了，买了新房，装修完后，妻子特地给我辟出一间房，作为我的专用书房，并且奔波了几天，为我精心挑选了一个超大的书柜。那书柜有七扇门，再加一个转角，足足占据了大半个书房。爱了一辈子的书，到老了，总算才有了自己真正的书屋和真正意义上的书橱，我兴奋得像个小孩手舞足蹈。自此以后，我每天大半时间都待在自己心爱的书房里看书写作。

有了梦寐以求的书房和书橱，我的心又痒了，又开始逛书店、书市、书摊，又是一摞一摞地买回来。其实，我心里明白，这些买回去的书我最多也就是翻翻而已，已经没有时间细看了，因为我过了大半辈子纷繁嘈杂的生活，现在总算安定下来了，我要沉下来抓紧时间写作，我要让我的文章经常见诸报刊，用以来证明我的爱书并没有白爱。

写作之余，我还是不停地购书。购书对我来说已经是一种爱好，一种习惯，一个瘾，我没办法控制自己。很快，我的大书柜又装满了书，加上我每年在报刊上要发表500余篇文章，样刊样书又源源不断地寄来，很快我的书房又变得拥挤起来。面对一屋子的书报，可惜已没有了读书人，我为这些书惋惜、痛心。在感慨之余，我萌生了一个想法，将这些书捐给小城图书馆，有我文章的样报样刊及有关史料捐给小城档案局。

电话打过去后，很快小城图书馆和档案局来车，将我的书拖走了。面对空空如也的书房，这次我没有伤感，相反有一些欣慰，这些书总算不再被灰尘蒙蔽，总算有了用武之地。

算起来，我这一生前后加起来大概拥有上万册书，这些书最后花落谁家，我不去想，也不在乎，只要曾经拥有就知足了。

我这一生用来买书的钱真的无法统计，这让当代的年轻人知道了，肯定会说我傻，为何要花那么多钱买书？为何要节衣缩食地去买书？为何不将买书的钱攒下来买房买车呢？买那些书又有什么用呢？最后还不是送人了?!

但我一点也不觉得自己傻，因为一个时代有一个时代人的追求，我们那一代人就是有这么一个追求，尽管我们现在没有落下什么，但却没有一点遗憾，因为我们曾经拥有风华，拥有激情，拥有快乐！我曾经拥有书万卷，想起它，我就觉得此生不枉一个爱书人！

我是老大

我刚生下来时，因是头胎，自是被年轻的父母所钟爱的，然而即使这样，我也难免吃了不少苦头。我出生是在1955年菊花怒放的日子，当时我的母亲仅18岁。虽然歌中常把18岁的姑娘比作已经成熟的青春，其实在生活方面还很幼稚，一个18岁的姑娘还未脱离玫瑰般的幻想就做了母亲，自然对于骤然而临的各种生活琐事茫然无措了，于是便请了一个保姆来照护牙牙学语的我。给人家当保姆的人自然是穷人，给我当保姆的那位中年妇女更穷，家里正有几个嗷嗷待哺的儿女。天下的父母都心疼自己的儿女，于是这个保姆就悄悄把喂养我的食物偷回家，喂养自己的儿女。饥饿使尚不会说话的我只有用哭来抗议，然而我的母亲年轻得未从哭中听出话音来，她还以为我是生了病，便抱着我到医院去看，可医生又检查不出来个结果，她因此而急得不知所措、六神无主。眼看我一天天瘦下去，到后来，已经是骨瘦如柴气息奄奄了，她尚未察觉到底是何鬼缠身。要不是有一天她凑巧发现了保姆把留给我的食物揣在怀里，我只怕已经饿死了。母亲自然是怒不可遏，用扫帚将那位“瘟神”撵出了家门。

由于饥饿，就养成了我小时见吃的就想吃，吃什么都香的馋相。就在赶走保姆不久的一天，我被父亲抱到单位里去玩，正巧单位食堂里这天做的是红烧肉。一个毛头小伙子见我很可爱的模样，就给我喂红烧肉，自然是喂则不拒，足足吃了一小碗，小小的肠胃自然是受不了这么丰盛食物的宠爱，第二天我就开始发起烧来，我的父母一天抱我上几次医院也退不掉我的低烧。就这样一直烧了半个月，我被折腾得头都抬不起来，好在民间总有些奇方，我的父母最终求得一个，将我残存在肠胃里的一块红烧肉打了下来。据说，排泄出来的那块红烧肉在肠胃里都已长了毛。当然，这在正儿八经的医生听了，是绝对不会相信的，以为是一种变异的笑话。然而我的母亲则坚持说她是亲眼看见那块红烧肉从我体内排泄出来时已长了绿毛。

自从这两件事后，我的母亲自然得到了一些教训，也懂得了一些生活的知识，她正准备实实在在、稳稳妥妥地宠爱我几天，第二个女儿就又迫不及待地诞生了，自然就从此无暇顾及头一个女儿了。我在两岁时有了一个妹妹，在五岁时有了一个弟弟，以后又断断续续有了几个弟妹。随着娃子的增多，家里自然就再也请不起保姆，我就自然荣升为小保姆。我从六七岁起就开始成为一个真正的老大，抱弟弟、牵妹妹成了我日常生活的一部分。我比保姆更尽责、尽职、尽心，而且我这个保姆的工作是漫长的，一直延续到我在社会上参加工作为止。

尽管我的弟弟、妹妹从小就骑在我孱弱的肩头上，但我丝毫没有怨言，有好吃的首先就想到他们。从小学到高中整个上学期间，每逢学校包场看电影，我就飞快地跑回家中，扛起一个弟弟，手拉一个妹妹一起去看。除了放学带弟弟妹妹外，每逢放假的日子，我还要挎起小篮到野外去挑野菜，有时则是到城郊的菜地里去捡菜叶，给家庭的生活增添点内容和色彩。常常有些菜农误以为我是来偷菜的，吓唬或是把我追撵得像雁子飞，以致我养成了心悸的毛病。

在我十岁的那一年，我母亲到一个工厂里去做临时工。由于白天不能回家，中午这一顿饭就由我来操持了，母亲每餐饭给我一角钱买菜，我却每天替母亲节约五分钱。我每餐买半斤绿豆芽只花三分钱，另外买两分钱的辣椒，为了怕有些弟妹不吃辣的，半斤绿豆芽还得炒一半辣的，炒一半不辣的。当然，由于年纪小，我在操持家务时，也出现过一些笑话。有一次，家里喂的一只鸡死了，我决定给弟妹们做一顿只有过年才吃的饺子。我把鸡剁成肉馅，因为不知道将骨头剔出来，就连骨头一起剁。结果足足剁了半天，才将馅子剁成，然我的手臂也就酸疼得抬不起来了。

因为家里穷，我从小就处心积虑地想为家里挣钱。从七八岁开始，每逢摘棉花的季节，我都跑到城外帮农民摘棉花，从早上摘到傍晚也只能挣上几角钱，但我却乐此不疲。在我十岁那年的一天，我又跑到城外去帮农民摘棉花，可此时棉花已摘完了，农民们正在拔棉秆。我问一个大人，帮队上拔一垄地的棉秆能挣多少钱，那人告诉我可以挣 8 角钱。我就去缠着队上的干部要求帮忙拔棉秆，那位队长见我年纪小不答应，我却不死心再三央求，队长缠我不过，只有随口答应说："好，你去拔好了，拔一垄给你 4 角钱。"

虽然拔一垄比大人少 4 角钱，但我还是十分高兴，连忙跑到地头拔起来。大人们拔棉秆都用一个专用的铁钩，而我却没有，又不好意思开口借，怕别人嫌麻烦，就干脆用双手拔。渐渐我的手磨破了，血洇出来，我也顾不上手疼，头也不抬拼命拔。累了半天，总算垄完了两垄，可队长当

时没有钱付给我，叫我隔几天再去拿。去拿钱的那天，我欢欢喜喜地抱着仅一岁的二弟，牵着五岁的大弟走了五六里，好容易才来到拔棉秆的队上，可是却没有拿到钱，我十分失望，又只有抱着牵着两个弟弟踏上归途。走了没多远，我实在累得抱不动怀中的弟弟了，我看见旁边的铁路上停着一列货车，心想这条铁路线是通往城里的，这货车肯定会开到城里，于是我先把大弟弟抱上货车，又把小弟举上去，叫大弟扶住，然后自己又爬了上去。上去不久，货车就开了。谁知，火车隆隆地开到城里，却没停下来，径直朝丹江方向开去，我急得只想哭，但又不敢哭，怕吓着两个弟弟。我怕弟弟冷，将自己的外衣脱了下来裹在弟弟身上。火车一直开到60里外的丹江火车站才停了下来。我赶紧把两个弟弟抱下火车，正好看见靠站台上的铁路线上停着一辆绿色的列车，我赶紧问一个准备上车的大人：“这火车到光化吗？”那大人回答说：“这火车是到武汉的。”

我不知道到武汉要经过光化，我抱着弟弟，踌躇着不敢上车。太阳也要下山了，今夜怎么过呢？我正在一筹莫展，无意中听见一个人对另一个人说：“这车经过光化。”我转忧为喜，赶紧把弟弟们抱上了车，列车开动了，我又害怕要查票，把两个弟弟搂在怀里，不敢出声。列车员虽然并没有查票，但我却紧张了一路。

列车开到我所住的光化县城时，天已经黑尽了。当我抱着牵着弟弟跌跌撞撞回到家中时，父母亲正因四处找不到我们而急得团团转哩！我自然免不了一顿责怪。

尽管出了这次事故，但我帮家里挣钱的心却没放下，只要有能挣钱的地方，我就会想办法去挣。不久，我就发现了另一个能赚钱的办法：我的父亲在粮食部门工作，粮食部门常常将稻谷壳卖给职工拿回去烧，一斤一分五厘钱。我打听到酱园厂需要这稻谷壳，并且愿意三分钱一斤收下来。于是我就借来板车，到粮食加工厂以父亲的名义买了几百斤稻谷壳。几百斤虽不算多，但装满稻壳的麻袋在板车上堆得像一座小山。我叫大人帮忙用绳子拴好，然后开始往酱园厂拉。我人小，拖着堆成小山的稻谷壳简直就像一个蚂蚁吃力地拖着一块大面包。我用尽全身力气拼命地拖，每拖几步就累得歇一下，就这样慢慢地往酱园厂挪。眼看快要到酱园厂时，遇到一个小坡，我再用力也拉不上去。我急得都快要哭出来，幸好父亲赶来了，才帮我拉上坡去。

在我上中学的时候，正好家对面开办了一个絮棉厂。名为絮棉厂，实质就是把人家捡来的或是当垃圾卖来的烂棉絮煮洗晒干后，重新加工成棉套。煮洗晒干这一套程序就交给社会上的人干，每 150 斤给七块二角钱。我自然是不会错过这个赚钱的机会，我放学后，就去领来一板车烂棉絮，先放在絮棉厂特用的大锅里用碱煮。烂棉絮里有时爬满了蛆虫，一会碱锅里就漂浮起一层，我也不害怕，趁烧锅的工人不注意，就偷偷多抓一把碱丢进锅里，我本能地想碱多会煮得干净些，煮过后，我便将烂棉絮拉回家，这时天也已经黑尽了。我赶紧吞进两碗饭，然后开始抓紧时间做作业，作业一做完，就赶紧去睡。我准备第二天起早到汉江边去漂洗烂棉絮哩！第二天，天蒙蒙亮，我就起床了，我把煮过的烂棉絮拉到汉江边，将烂棉絮放在青石板上，沐着清清的汉江水，用棒槌拼命地捶着。等烂棉絮中的污水都捶净了，再拿到江水里去漂清，最后再摊到河滩草地上晒干。那一段时间，我每天就这样起早贪黑地干，干一个星期，虽说才能拿得到那七元二角钱，我却不嫌累，也不嫌少，只要有活干，我就很快活了。当然，干这活中也常常会出些不高兴的事，那一天早上，我在捶洗了一阵后，回去吃早饭，想增添点气力后再来捶，可等吃过饭返回江边时，汉江在一言不发中涨水了，将我放在青石板上的棉絮冲得无影无踪，我只有呆呆地看着滔滔的江水滚滚而去……

由于我是老大，从小就要为父母分担一部分生活的重负，诚然，尽管我是个如荷花般美丽的女孩，但我的性格却一点也不纤纤柔柔，而含有倔犟刚烈的成分。我十岁那一年，小城流行脑膜炎，我不幸被传染上了，头又疼又晕，但却不告诉家里，想硬挺过去，我仍坚持着去上学，好容易熬到放学了，我头已沉重得抬不起来，我一步一步艰难地往家里挪，挪几步我就躺倒在地歇一会儿，学校离家不到五百米，可我居然慢慢挪了近两个小时，可见比爬还艰难，当中午放学回家吃过饭的同学又开始上学时，我

才走到了家，当我恍恍惚惚认清是自己的家后，就一头栽了下去……

尽管我很懂事，但被生活重负压得变了形的母亲仍经常打骂我。每一次，我都不服气，公然和母亲顶撞犟嘴，这就使母亲更疯狂般地扑到我身上，在我脸上乱拧乱掐，直到把我的脸掐得如同开了花一般。有一次，我买了一袋红薯累得直喘地背回了家，母亲不问我累不累，而是先跟我算账，我把找来的钱拿出来后，母亲见少了两分钱，便一口咬定是我自己落下了，抓起扫帚就打我，我没有落那两分钱，自然是不肯承认，于是母亲就打得更凶，我实在受不了，就逃出了家门。跑到一个水渠边暗自垂泪，结果一头栽进水渠里，被湍急的激流冲进下泻的旋涡里，就在我生命垂危之际，一个不知姓名的青年跳下去救了我。

我每次挨打不过，就逃出家门，虽然暂时能逃脱，但常常付出饿肚子的代价，而且最终仍逃脱不了一顿狠打。有一个夏天的早上，挨打后逃到公园里，整整蜷缩了一天。傍晚时，饿得实在受不了，只有把丢在地上的柿子皮捡起来吃。到半夜时分，我估计父母已经睡着了，便悄悄溜回家，想拿点吃的，我悄悄来到家门，门被凉床堵住了，父母都睡在凉床上，我试图偷偷地从凉床下爬进屋去，结果把母亲惊醒了，我免不了又挨了一顿狠打。

“文化大革命”中，我的父亲虽然是县粮食局的一个普通干部，但也住进了“五·七干校”。干校在离县城五十余华里的一个山丘中，每逢到父亲发工资的日子，母亲就迫不及待地催我去父亲那里拿钱，我每次都是独自一人步行去。有一次，我从早上出发，快走到时，却在山中迷了路，四周十分静谧，不要说人影，连个小生灵都难以看到，眼看太阳就快要下山了，我急得惶惶然，所幸后来在夜幕开始降临的时候，父亲拿着一把铁锹突然出现了……

由于家庭生活的拮据，父亲从“五·七干校”出来后，又主动从县粮食局要求到乡下的粮管所，因为乡下的粮管所生活便宜，每月只交九元钱，就能吃饱喝足。但这却苦了我，仍要经常步行五十余华里去帮母亲拿钱。有一次，当我走到父亲所在的粮所时，父亲正好不在，我实在太疲惫了，就在父亲的房中睡着了。晚上，父亲回来了，喊我开门，我由于睡得太沉，毫无知觉。粮所的几个人帮着父亲一起喊，仍未喊醒我，父亲只有到别处借宿。而我硬是一觉睡到太阳东升才醒过来……

尽管从小就承担着繁重的家务，家境又不好，但我上学读书却一直很用功。从小学到高中，我的学习一直是学校名列前茅的，若不是文化大革命，我会考上大学的。在我高中毕业时，母亲得了一场大病，瘫痪在床。后打听到河南老家有一个中医能治此病，父亲就送母亲回老家看病。这一去就是两年，家里就由我担起了家长的责任。我被迫退学了。父母虽然每月只留给我不多的生活费，我却把全家的生活安排得有条有序，我每天早上 6 点钟就起床，为弟妹们做饭，晚上则还要检查弟妹们的学习。虽然才 16 岁，却已经成熟得像个大人。

为了补贴家的生活，我白天有时到河边去挑沙，我单薄的身躯挑着满筐的沙一步一步艰难地往河堤上挪，虽然挑沙整天累得直不起腰，但却挣不了一元钱。为了多挣一点钱，我就跑到离城十八华里的一个新建水泥厂做临时工，我的工作是为小铁路路基挑石头。每天挑着满筐的石头，得走二里多路，尽管累但我却从不吭声，仍咬着牙干下去。因为 37 元钱一个月在我眼里是一笔可观的收入，由此弟妹们可以吃好一点，穿好一点了。我在外做工，家里做饭和带弟妹的任务就交给了大妹，但全家的生活我仍操心。每到星期天，我就步行回家，把柴米油盐买好，第二天一大早，再赶回工地。有一次，我怕误了做工，就半夜起来步行回工地，我孤身一人在黑暗的原野中摸索着，突然一只狗不声不响地跟在身后，我吓出了一身冷汗，在路旁捡了根树枝，准备随时跟扑上来的狗战斗，那只狗却好像是同情我形单影只似的，相伴了一段路后，又转回去了，更所幸的是那时治安情况较好，一路上没有遇到恶人、坏人，我赶到工地时，天还没亮……

今天，已经年过半百的我已经过上了幸福的生活，但我仍爱回忆过去那些艰难的往事，我要让自己和儿子们记住那些逝去的岁月，对今天的幸福生活要珍惜、要知足。

那一年凋谢的春花

每年的清明节，我都会忆起我中学时代的同桌崔春花，每当想起她，我的心里就隐隐有些伤痛，我会拿出一支钢笔，摆在她那张唯一的照片前……

我记得很清楚，那是1970年的春天，学校的篱笆墙边，开满了淡淡的黄花，那是迎春花。那一年，我和小青也像初春的花朵，刚满15岁，正在读初中二年级。有一天去上学时，我的心情像盛开的迎春花般灿烂，我的脚步像蝴蝶般欢快，因为那一天，我有了一支新钢笔，是父亲得的一个什么奖品，他又奖给了我。

我拿着那支新钢笔又蹦又跳地到了学校，一进教室，我就看见了我最好的同学崔春花。我来不及坐下，就迫不及待地把那支新钢笔拿出来对崔春花叫道："春花，你看，我有一支新钢笔了！"

"真是一支新钢笔，哪来的？"春花果然惊叫起来，她接过我那支新钢笔羡慕地翻来看去。

也许对于今天的中学生来说，一支新钢笔会不屑一顾，可那时在我们班上，一般同学的家里都很穷，很少有同学有一支好钢笔，大都用的钢笔都是凑合的，不是没有笔帽就是难以吸水或笔尖是歪的。崔春花家里更穷，她连这样有缺陷的钢笔都没有，平时都是用别人不用的铅笔头作课堂笔记，只有老师规定非用钢笔做作业时，她才借我那支歪把子钢笔去匆匆完成。

我知道崔春花此时的心情，就对崔春花说："这新钢笔就让你先用三天吧！"

"真的吗？你真够朋友！"崔春花兴奋地叫了起来。可崔春花拿着那支新钢笔只上了一堂课，就又还给了我，说："你的新钢笔，还是你先用吧！"

下午，崔春花来上课时，一见我就小声兴奋地说道：“萍萍，我也快有新钢笔了!”

“是吗？那真是太好了！新钢笔从哪里来?”在我的追问下，她只有将买新钢笔的计划告诉了我。

原来，她中午放学时，路过一个建筑工地，见有一个比她大不了多少的农村女孩在拎灰桶，就问她，“拎一天灰桶多少钱，”那女孩回答：“八角钱。”她听了十分兴奋，当即找到建筑工地的负责人，把自己想利用星期天来拎灰桶的心情告诉了他。那个负责人起初不同意，后来禁不住春花的哭诉缠磨，只有同意让她干几次。春花告诉我，一次赚八角钱，她只要干三次，就可以买一支新钢笔了。

听了崔春花的计划，我不但没有反对，相反为她高兴，因为那时在我们这座小城，像我们这大的女孩，星期天不是帮家里做很多家务事，就是出去揽点小活，帮家里挣点钱，都习以为常了。

一转眼就到了星期天，快到中午时，我好容易帮家里洗完了被套，就拉着一个弟弟一个妹妹往崔春花说的建筑工地跑，我想看看春花干得怎么样。

到了那个建筑工地跟前，我抬头朝上望去，果然看到春花拎着两个沉重的灰桶，正吃力地在脚手架的跳板上挪动。我不敢喊她，只是提心吊胆地望着她。

蓦地，崔春花不知脚下被什么绊倒了，歪了一下，一下子连同灰桶滚了下来，我惊叫起来：“春花……”

当我发疯似的跑到崔春花跟前时，她已经昏倒在杂乱的砖石钢筋中，她的头血糊一片，有人抱起她就朝医院奔去，我拖着弟妹追不上，就先把弟妹送回了家，然后拼命地朝医院跑去，可等我赶到医院门口时，就听见春花妈妈那撕心裂肺的哭声：“我的娃呀！你咋说走就走了呢？你死得好惨呀……”

我的眼泪一下涌了出来，我不敢走近春花的妈妈，因为我的心里开始伤痛起来，如果不是我有了一支新钢笔，春花她也不会这样去了啊……

母亲创造的美食

母亲万万没有想到的是：她本来是为了儿女营养着想的一道菜，居然成了我们家传统的一道美食，而且还流传到了日本。

说起来已经有四十余年了。1965 年的我们家，父母有了我们子女 6 个，加上奶奶，全家共有 9 口人生活，而父母都是普通的工人，两人的工资加起来只有 90 元还差 1.3 元。为了维持我们家正常的生活，我的母亲真是精打细算到了极致，比如，她常常去粮店买碎米，那样会比一般的大米一斤便宜几分钱；再比如，她常常在下午下班的时候买菜，那时的菜常常是论堆卖，一角钱一堆，一堆萝卜足有上十斤，母亲就常常一篮子一篮子的将萝卜买回来，然后泡成“酸萝卜”，这样平均一个不到一分钱的萝卜就会变成一盘下饭的菜了。

当然，母亲除了维持全家人的基本生活外，也会考虑到我们儿女成长需要的营养。那时是计划经济，每人每月定量的肉票只能买一斤猪肉，而且母亲还要抽出一部分肉票来买猪油，以接济乡下娘家的食油紧缺。为了让我们一个星期或十天吃上一顿肉，她常常会花上二张肉票去买一个猪头，一个猪头足有七八斤，猪头买回来后，她不厌其烦地想法剔其毛，然后又砍又剁又切，再根据猪头的部位特点或烧或炖或卤或炒，满足我们对肉食的渴求。

不久，母亲又发现足有好几斤重的一副猪大肠，也只要一张肉票，而且和猪头一样，比五花肉要便宜两三角钱，她就想猪大肠里油很厚，足可以弥补我们营养里“油”的不足。起先母亲把大肠买回来后，用来炖萝卜给我们吃，结果我们都不喜欢吃，原因是“泡酸萝卜”已是我们家餐桌上一道长久的菜，谁还愿意再吃萝卜呢？再者炖的肠子太油腻，口感不好。后来，母亲又改成海带炖大肠，我们吃了几次后，也吃腻了，不想再吃。母亲见我们都不喜欢吃炖的大肠，就琢磨开来，她在我们家现存的食品中寻找能和大肠搭配的东西，终于，她发现了半袋子糯米，那时的糯米也是每年春节按人头定量供应的，可是城里人没有打糍粑的工具，又觉得把糯米熬成稀饭划不着，所以往往也就把糯米留存下来，只到长了虫才记得起吃。母亲就想，如果把糯米和大肠一起消化掉，岂不一举两得。她试着将糯米泡好后，加点盐和姜，然后灌进肠子里，像灌香肠样一节节用细线扎好，最后放进汤里去煮，待煮熟时，香气扑鼻，逗得我们馋水直流，母亲给我们每人碗里添了两节糯米肠，我们都迫不及待地吃了起来，真是好吃！母亲见我们吃得津津有味，脸上顿时笑开了花。以后，母亲每个月都要煮一次这种“糯米灌肠”给我们吃，然而吃了好多次后，我们渐渐都吃腻了，有一次居然还剩下几节煮好的“糯米灌肠”。第二天，母亲为了将剩下的“糯米灌肠”让我们吃掉，就想了个办法，将冷“糯米灌肠”切成一块一块的，然后放在锅里煎，煎到两头焦黄后就起锅当菜，结果我们众兄弟又称好吃，一抢而空了。这以后，随着我们的长大、参加工作，家里条件逐步好转起来，但我们都仍然不忘母亲创造的这道菜，每逢节假日就叫母亲做这道菜，不仅每次都受到我们的喜爱，也叫吃过这道菜的来客啧啧称其为“美食”。

1991 年，日本福岗的作家鱼住孝义先生来访，我们在宾馆聚了几次餐后，我觉得应该尽地主之谊，请他到家中吃顿饭。为了跟宾馆的菜有区别，我和妻子商量，尽量做一些有地方特色的家常菜，其中我提出将我家传统的“煎糯米灌肠”搬出来，妻子起先不同意，认为将糯米做菜不合适，我说日本人是喜爱糯食的民族，说不定会喜欢。

妻子在我的坚持下只好做了这道菜，结果鱼住孝义吃了这道菜后大加赞赏，当即向妻子请教如何做这道“美食”。

鱼住孝义先生回国后，叫自己的妻子也学做这道菜，他的妻子还为此专门打来电话向我请教哩！

当我把这个消息告诉老母时，她却淡淡一笑道：“什么美食？那是在那个年代逼出来的，要是像现在物资丰富，谁还会想起做这个。”

母亲的话让我沉思良久。

第四辑
岁月沧桑

感慨单位

对于我们这些20世纪50年代的人来说：在中国，单位太重要了！生活在一个好单位，就如同生活在了“福窝”；而工作在一个差单位，就如同生活在最底层的一间四面徒壁的破屋。

1985年，我作为文化人才被市文化局从工厂调到了市群众艺术馆。那时的我有着凌云之气，自以为从此有了用武之地，前程充满了锦绣和光明。然而我很快就从憧憬的巅峰跌到了现实的谷底。

群艺馆是事业单位，按规定由市财政全额拨款，但由于我生活的这座小城经济不发达，对文化事业也就无暇顾及，每个月拨给馆里的经费差了一大截，导致馆里一半的工资都发不起。为了生存，馆里只有拿出所有的群众娱乐活动场所来开办“溜冰”“舞厅”“录像”这些能收费的项目。我调到群艺馆名义上担任的是“创作辅导员”，本职工作应该是组织指导全市文学爱好者的创作活动，但馆里平时却安排我们这些专业人员到“录像厅”和“舞厅”看门收票，只有上级和市里有什么应急的文艺活动需要我们时，才临时抽出来几天。

尽管这样，我们的工资也只有一般单位的一半，就连文化氛围都比一般单位差，一般的单位还订上几种报纸杂志，我们馆却只订了一份党报，而且还是局里压下来订的。

进入到20世纪90年代，一些好单位纷纷给职工新修住房，就连新婚的年轻夫妻都能分到一套单元房，而我们一家却依然住在馆里20世纪50年代修的一间旧平房中，每天夜里猖狂的老鼠就闹得我们难以入睡，而到了每年的梅雨季节，我们这破屋就潮湿得难以下脚，所有的衣屋都散发着浓浓的霉味。我们全馆的职工和家属都共用一间露天厕所，每逢雨天之际，那蛆虫就从厕所里漫溢出来，爬得满院全是。我们虽痛恶这样的居住环境，但想靠馆里能修单元住房改善我们的居住条件，那是连做梦都是奢望的。

好的单位每年会组织一些员工外出旅游，我们不仅想都不敢想，就连上级部门组织的一些业务学习和观摩，只要牵涉到路费和会务费，馆里一次都没有让我们去过。每年过年的时候，一些好的单位纷纷给职工发放各种物资和奖金，而我们祈盼的是能发全工资那就谢天谢地了。

身在我们这样的穷单位，最要紧的是身体，倘若生了病就惨了，单位里是没钱报医药费的，生了小病就只有从口粮中抠出点钱来去买点药，倘若生了大病那就只有等着去见上帝了。我们单位当时有个五十岁的文化干部中了风，她老婆每天就到馆里求馆长报销点医药费，馆长无可奈何，只有见她就躲。那个女的见没有指望了，只有上街踩三轮车为老公挣点医药费。

到了20世纪90年代中期时，一些单位职工的工资每月都突破了千元，而我这个已有二十五年工龄的人每月拿到手的工资仅250元，被人戏称为“二百五”。因为一些有头脑的同事纷纷走路子，托关系调到“银行”“财政局”“税局”这些好单位，只有我这个专业人才还执着地固守在清贫的馆里。我这个人不仅单纯幼稚，还死要面子，不会拉关系送钱物这一套。我生活的那座城市只有上十万人，大部分官员我都是熟悉的，稍稍有点权势的官员，他们的妻儿甚至兄弟姐妹都安排在好单位。而像我这样普通的文化人和工人其家属子女也大都在不景气的单位。同样我的妻子也在一家不景气的工厂里，她跟我一样不仅从没有享受到好的福利待遇，到1997年厂里倒闭前最高工资也跟我一样，只拿到250元。工厂倒闭后，妻子单位连一分钱的生活费都发不出了。

我虽拿着比农民工还差的工资，但在本职工作上却一刻也不敢放松，我曾被上一级市政府评为“党外人士立岗建业标兵”，我辅导业余作者的事迹被文化部办的《群众文化》杂志报道，并被本市电视台拍为“专题片”。如果不是发生了一件让我痛心疾首的事，我想我还会在清贫的群众文化阵地上坚守一辈子的。1999年我们局里的生活居住楼腾出了一套房子，我作为被市政府确定的“特殊人才”身份，向局里要求解决我的住房问题，局长表面上答应我，暗中却将房子分给了她尚未结婚的表弟。这使我翻然悔悟，别看一些单位的领导平常口中常常提到要“重视人才”，但事关自己的利益时，总是以自己的利益为重的。再加上此时儿子已到省城读书，我一个月的工资尚不够儿子一个月的生活费，生活的内外交困逼得我这个年已47岁的中年人，只有办了留职停薪外出打工。

我和妻子在广州打工4年后，终于积攒了一笔钱，正好单位要求我回去上班，我们就回到家乡购买了一套住房。当我们搬进用自己血汗打工挣来的住房时，一些好的单位又开始给职工第二次分新房了，他们把原来花万把元钱买下来的福利房转手就卖了几十万元，这比我和妻子在单位工作一辈子加起来的工资还要多哇！想起同样是人，因为在不同的单位，差别却如此之大，我就不禁唏嘘不已！

妻子的工厂此时才正式宣布破产，将厂房设备拍卖后按一年工龄40元钱给工人来了个买断。我的妻子有25年的工龄，只分了一千元，这在全中国的破产单位中可能称得上是之“最”了。反过来妻子还要掏一万余元钱来续“社会保险”，2005年妻子终于开始在“社会保险”拿退休费了，也仅仅只有300余元，尚不到好单位退休职工的一个零头。而就在妻子拿第一个月退休工资的时候，她却被检查出了“乳腺癌”，不得不住院动手术和化疗，面对上十万元的医疗费，妻子的工厂已是人去楼空，向市社会保险办询问，答复为：妻子的工厂尚未纳入社会医疗保险。为了救妻子的性命，我只有向亲戚朋友们四处伸手借钱了。新房的房贷尚背在身上，又背新债，压得我难以透过气来。

生活的艰难和压力使我上十年前就患上了高血压，拖到2005年，我又患上了严重的糖尿病，疲惫的身心以及疾病的折磨逼得我向局里打了份报告，要求病退或内退，像我这样五十好几的年龄，又有36年工龄的老员工要放在别的单位，早就许诺条件动员退休了，而我们局里虽同意我内退，但条件却是要扣发我30%的工资。

而当我载着很多的荣誉病退回到家中时，所拿到的薪水尚不够每月所支出的医药费。如今，年近花甲的我依然在为生存问题而犯愁！呜呼哀哉！我刻骨铭心地恨自己的命运不济，不是生不逢时，而是生不逢好单位。

老电影

对于我们这些20世纪50年代出生的人来说，没有一个人不喜爱看电影，没有一个人不是受电影的影响长大的，我们的人生可以说是和电影联系在一起的。

从开始上小学的时代起，“红孩子”的电影就把我们带到了一个新奇的世界，从此我们都迷上了看电影。在学校里我们都争当少先队员，回到家里我们都开始找木棍当红缨枪。

自此，每当老师在课堂上宣布：要包场看电影时，我们顿时都欢呼起来，一放了学就撒开脚丫直往家里跑，到了家，赶紧帮妈妈扫地、倒垃圾、打酱油，把爸爸妈妈逗欢喜了，趁热打铁把要一角钱看电影的事说出来，如果爸妈爽快答应了，顿时就像快活的小鸟飞了出去，把这大好的消息告诉小伙伴们。如果爸妈舍不得那一角钱（那时一角钱可买一斤米或是一小堆萝卜呀），迟迟疑疑不肯答应，就急得眼泪花儿直转，撅着嘴在爸妈面前晃来晃去，缠着他们非答应不可。

有时晚上，听说哪个单位的礼堂在放电影，我们就会飞奔而去，然而却总是被严严地挡在门外，我们千方百计地想混进去，跟在一些大人后面，装作是他们带的孩子，然而一百次难遇到一次好运气，总是被恪尽职守的把门人发现而驱赶。我们只有围着那单位或礼堂四处查看，看能否有洞钻或有墙可翻，往往我们最后落得个无计可施，只有回到大门前，楚楚可怜地在把门人面前晃来荡去，巴望他能开恩把我们放进去。大多时候我们都是一直巴望到电影散场了我们才扫兴而归。尽管如此，下次听说哪里在放电影，我们照样会飞奔而去，这成了我们孩童时代的一个重要生活。

那个时代，电影对于我们感染力太强了。当电影出现“白毛女”受苦受难时，我们会情不自禁地在电影院里放声大哭起来，而当“大春”带着八路军走来时，我们又会喜笑颜开地拍起巴掌来。当看了“江姐”的电影，我们会把那些和我们作对的孩子称为“甫志高”，而被称为“甫志高”的孩子会因此和我们打架。

那个时代的春节，长辈们给我们的压岁钱基本上都是用来看电影，而学校、家长、左邻右舍给我们的奖赏或礼物也往往都是“电影票”。

因为电影的教化，十六七岁的我们当听到领袖的号召，就满怀豪情壮志地下了农村，在乡村我们多少次和农民们一起在夜里打着手电筒，在田埂上急急地走着，赶到几里路外的乡场上看电影，我们多数是顶着月光站着看完一场电影，幸运的时候则是爬到树上和麦垛、稻草堆上看的。

在“文化大革命”时期，电影大都被视为毒草封存，只有“南征北战”“地道战”“地雷战”三战片还在放映，我们都反反复复不厌其烦地看“三战片”，每个人至少都看了五遍八遍。

当“武训传”“清宫秘史”等影片作为批判影片供内部放映时，我们都为能搞到这样一张电影票而自豪，可我们在看电影时，却把那些“批判的画外音”抛到了一边，全神贯注地融入到了电影情节之中。

为了配合反对前苏联的修正主义，前苏联的革命影片“列宁在十月”“列宁在1918”向我们开放了。这使得青春朦胧期的我们第一次看到了男女拥抱亲吻的画面，多少女孩看到这一幕时都羞涩地低下头去，而多少男孩为了看这一幕，反反复复看了多少遍这部电影。

有一段时间，为了揭露和批判“日本军国主义复活”，曾经内部放映日本的“山本五十六”“啊！海军”等影片，我们都千方百计想法搞到这样一张电影票，能看到这样的电影就显示我们有能力、有办法、运气好。

终于外国的影片开始堂而皇之地出现在电影院里了，那都是来自社会主义阵营的影片，朝鲜的“卖花姑娘”赚足了我们的泪水，那在电影院里的哭声真正可以称得上是“世界吉尼斯纪录”，阿尔巴尼亚的影片让我们第一次看到了“第二次世界大战时期欧洲战场”的英雄，而越南的影片也

第一次让我们知道居然还有这么难看的电影。

“文化大革命”后期，一些新片作为“文化大革命”的成果隆重推出“春苗”“青松岭”“海霞”“创业”“闪闪的红星”“难忘的战斗”“金光大道”，每一部影片推出时，中央人民广播电台的《新闻节目》都要专门报道，我们把这好消息争相传播，虽然电影带有浓重的革命色彩，但渴望看电影的我们依然看得津津有味，电影中的插曲转眼我们都挂在了嘴边。

终于我们迎来了文化大革命的结束。当1977年向我们走来，我们听到的第一个重要消息就是：一些被封存的国产影片将要开禁。我们都欢呼雀跃，我们都激动不已。一个春寒料峭的傍晚，我们听说县城正在上演首批开禁的“洪湖赤卫队”，我们这群三线工厂的青年工人，满怀热忱地跑步十八华里赶到了县城。当我们看完电影归来，将“洪湖赤卫队”中的插曲一路唱响……

伴随着改革开放后的首轮电影高潮，我们的恋爱都是电影院里的“庐山恋”中进行的，我们的儿女都是伴随着“儿子、孙子、种子”的电影而诞生，我们都是在电影“甜蜜的事业”中进入了人生最辉煌的阶段……

啊！电影给了我们人生太多的激情！

是电影给了我们正确的人生观和精神支柱。

是电影让我们成长为共和国的脊梁和中坚！

是电影让我们的生活充满了情趣！

是电影让我们的人生有了一些意义和光彩！

痛说房

我一辈子都想住上好房新房，一辈子都在为此操劳奋斗。为了房我曾多次想调工作，为了房我年过中年还外出打工，尝尽了人间的酸苦。

从小我就渴望能住上好房，然而却一直未能如愿，一直饱受着破房、危房、差房的苦恼。小时候，我虽生活于大城市那洋楼林立之中，然因父母都是一家食品厂的工人，只能栖身于洋楼后面那巷子里的破板皮房，那些住在洋楼上面的孩子无聊之际，常神气地将石块乒乒乓乓地扔在我家那矮小的屋顶，那黑布瓦便发出清脆的呻吟。一到下大雨，家里的盆罐坛桶全都派上了用场——接天水。特别令人记忆犹新的是夜半骤然降雨，全家都像在灾难面前惶恐茫然的小动物，慌乱一团，顾了东头顾不了西头。雨水淋湿了我童年孱弱的心田，我渴望着长大后能住上好房。带着这个生活的希冀，我十六岁就走出家门，开始走向生活，寻找着能住上好房的日子。然而这个希望一次次破灭，因为我太孱弱，把握不了生活的命运，只能受命运的支配。且不说单身职工时住的工棚和五个人挤在一间鸽子笼似的艰难，就拿结婚成家，房子对于我仍是个难关。我当时所在的水泥厂，男多女少，厂里规定：男的一方在厂不分房，厂里分房以女方为主，我就这样被无情地排列在住好房之外。无奈我只有和妻子在城里租间房栖身，房依然是平房，只是那瓦有了点现代气息，是石棉瓦。每到夏天，它就会强烈地吸收那火热的时代气息，使屋里也充满了火热的感觉。我的儿子出世时，正值暑天，酷热的气息使坐月子的妻子少了许多禁忌。我每天最重要的一件事就是听天气预报，此刻不是怕下雨，而是祈祷下雨了。

为实现住上好房子的梦，也为实现我爱好文学的梦，我于 1985 年调出了水泥厂，来到了小城文化馆。文化馆是仁慈的，分房不论男女，然而文化馆又像一个穷困潦倒落魄的文人，一天到晚为温饱问题而忧心忡忡，至于对修一栋正规的宿舍楼房来说，那是连梦都不敢做的。到文化馆不久，文化馆的领导为了工作之便，特地腾了两小间平房，让我搬了进来。虽在城中心，却依然如乡村农舍，土墙布瓦，连屋内的地也是黏稠的黑泥。每间房只有一个窗户，且如笼里的一般，光线自然很暗，连大白天都须开灯。

住在这样的房中，我们一家不知受过多少来自精神和肉体上的痛楚。

为了能住上好房，2000 年，年已 47 岁的我毅然在单位办了留职停薪，率领老婆孩子到南方打工。在南方打了 3 年之后，我们全家积赞了 7 万元钱。有了第一笔积蓄，老婆主张放在银行里生利息稳当些，而我却想到用它来圆住房梦，我盘算用这笔钱在老家武汉买一个二手房，在我们回武汉居住前，先把这房出租，租金会比这笔钱存在银行的利息多得多，待我们回老家后，也有了住房，免除了后顾之忧。

我说服了老婆后，委托在老家的亲人帮我买了一套二室一厅面积72平方米的单元房。

2004年，当我从南方打工回到老家时，我惊奇地发现：我原来所购的二手房已升值了一倍多，这使我这一辈子一定要住上好房的心又活跃起来，因为卖掉二手房的钱足够首付买新房的钱了。我当机立断，以15万元的总价卖掉了二手房，在一个小区花园买了一套四室二厅二卫的新房。

我终于搬进了充满阳光、充满春意的新居，终于圆了我几十年来住上好房的梦。

然而好景不长，住进新房才两个月，我老婆由于长期在外打工辛苦劳作，被查出患了乳腺癌。面对上十万元的医疗费用，我们全家犹如背上了一座沉重的大山。我老婆原来所在的工厂早在20世纪90年代中期就不声不响地垮台了，至今不说进社，保连起码的生活费都发不出。面对突如其来的经济压力，老婆甚至想过要放弃治疗。我坚决地把老婆送进医院，并劝慰她，留得青山在，不怕没柴烧。没有钱我去借，实在借不到就卖房。提起卖房，老婆就眼泪汪汪，她知道这新房我们曾付出了多少努力和辛酸。

在我的四处奔走求告下，2006年，我总算借到了钱，保证了妻子的住院治疗。

然而接下来的几年，由于我老婆经过化疗，身体受到了很大的摧残，各种疾病乘虚而入。她得不停地要看病吃药，加上我又患有高血压和糖尿病。我们俩的退休费加起来不足2千元，维持我们俩人的医药费尚都困难，更谈不上过上好生活了。诚然，每年都只有艰难度日。

我们所买新房的房贷就只能全背在儿子的身上，然儿子却没有正式的工作，仅靠在网上开店卖服装来维持生活。起初，每月3千元的房贷他勉强还能挤出来，然自从他2008年结婚添女后，他也感觉到了生活的艰难。只要一提起房贷，他就唉声叹气，口口声声大吐压力，还不时发出话来，要卖掉我们辛苦半辈子挣来的房子。勉强拖到了今年，我们的小孙女也到了上幼儿园的年龄，儿子到附近的一家幼儿园一打听，每年的入园费得两万元。为了女儿的前程，面对生活的压力，儿子再也支撑不住了，他终于出手将我们的房子卖掉了。我和老伴只有搬进了一个几十平方米的小房，我们的生活又倒退了回去。

我们又重新开始做起了好房梦。然而我们现在已是年老体弱风烛残年之人了。我们只能做梦，而再无力打拼了！我们只有祈求上天，下辈子让我们住上好房！

我和书的往事

今天我已成了省作家协会的一名会员，在全国的报刊上已发表了上千篇的作品，还出了几本书。这些在创作上的收获都连着一条根，那就是我少年时代爱看书的经历。

为进图书馆而背诵课文

1962 年，我 9 岁，在武汉市洞庭街小学上三年级。刚认了点字，我就不知怎么爱上了阅读课外书籍。每个星期三的下午不上课，我就跑到少儿图书馆去看书，那时的孩子都很爱看书，还不到开放的时间，都已在门口排起了长队。开放的时间终于到了，图书管理员一个个地验学生手册，一个个地放行。终于轮到我了，管理员看了看我的学生手册，又看了看我的个子，不相信地问："这学生手册不是你的吧？你这么小就读三年级？"

我连忙申辩我是读三年级，并强调我是 6 岁上的学。但她还是有些怀疑。

我急了，说："你不信，我可以背三年级的课文给你听！"

她同意了。我赶紧背诵起来："夏天过去了，可是我还十分想念……"

我背完课文，她也就相信了，给我放行了。我高兴得像小鸟般飞了进去。

我的大胆赢得了借书证

那时我很羡慕人家拥有一张图书馆的借书证，能把书从图书馆借到家里看，那该多好啊！可我因为年纪小，不知道这借书证从哪里能获得。

机会终于来了。

上小学五年级的一天，班主任走进教室，对全班同学说：“我们班分到了图书馆的五张借书证。”

我听到这个消息，顿时兴奋得要跳起来。可随后班主任老师又给我泼了盆冷水，她自作主张，宣布把这五张借书证给班上五个学习成绩好，且又穿得漂亮一些的同学。

老师刚宣布完名单，对借书证极度渴望的我一时冲动得站了起来，对老师说：“我有意见。”

老师惊愣了片刻，说：“你讲。”

我说：“她们几个家里条件都好，买得起书，你还把借书证给她们。我们这些家里穷的，买不起书，相反借书证还不给我们……”

我结结巴巴表达了我的意思，许多同学都叫嚷起来：“把借书证给汤礼春一个。”

老师见状，只有宣布让全班同学投票，看谁的票多，图书证就给谁。结果我的票数最多，老师只有当众给了我一张借书证。当我走上台去接借书证时，全班同学都欢呼起来。

可拿到借书证，我又有点犯愁了，借书证上要贴照片，可我从小到现在还没照过一张照片。回到家，我不敢给爸爸妈妈说，我知道家里穷，是不会为一张借书证去专门给我照照片的。我只有给哥哥讲了，哥哥当时正上初一，他想了想，就把他小学毕业证上的照片撕下来给我，条件是我们俩轮流去借书。

可惜的是这张好不容易争取来的借书证仅只借了《烈火中永生》《延安求学记》等几本书，图书馆就因维修暂停借阅，随后“文化大革命”开始，图书馆也就关闭了。

借路灯看书

我的父母都是武汉食品厂的普通工人，那时每月的收入加起来80元还差一点，而我们共有兄妹6个，按当时城市最低生活标准，平均每人要达到十元钱，我父母厂里每个月还补助我们家里几元钱。

家里经济条件差，也就从来没有给我们买过一本课外书籍。有了借书证，借来了书籍，可白天要上课做作业，想晚上看又没有灯。那时我们家很小，只有十几平方米，因为兄妹多住不下，父母只有在那简陋的小房里搭了个小阁楼，父母和两个小的弟妹住在楼下一张大床上，我和哥哥及两个弟弟就住在阁楼上。父母为了节约，没有在阁楼上装灯，所以一到晚上八九点钟，就叫我们爬上阁楼睡觉。我们听从命令爬上了阁楼，但我们不想睡，还想看书，好在我们家的旁边有一盏路灯，我们那阁楼的四壁又是用薄板钉的，路灯光就从那薄板与薄板的缝隙中透了进来，我和哥哥将那缝隙拨大，然后就利用这路灯透进来的光看书。

这样微弱的灯光看久了眼睛就会酸，无奈的哥哥就以他上初中，晚上要复习功课为由，要求父母给我们阁楼上装一盏灯。父母最终同意了，我和哥都很兴奋，心想，这一来晚上可以痛痛快快地看书了。可是父母为了节约电，每到晚上九点半，就喝令我们关灯睡觉。我和哥哥还想看书，就想了个办法，当父母喝令我们关灯时，我们就将灯关上假装睡了，然后又悄悄爬起来，用一件衣服将灯围上，然后在围着的灯光下看书。有一天，我和哥哥利用这个办法正在看书，父亲不知怎么发觉了，悄悄地爬上来，将我和哥哥打骂了一通。从此，我们又不敢利用这种办法看书了，还是只有利用路灯看书。

非常时期的看书

1966年，我正上初中一年级的时候，“文化大革命”开始了，几乎所有的文学书籍一夜之间都变成了“四旧”“毒草”，不是被烧毁，就是被封存起来。

我不能上学了，就更渴望看书了。到哪里去找书呢？我想：一般百姓人家里没有被抄家，总会留下几本书。我就找到一些邻居家，帮他们做一些杂事，得到他们夸奖了，我就提出找一本书看，往往他们会满足我，但他们也会小心地嘱咐我一句，只能偷偷地看，不要外传。

可我为了多看点书，往往将这书看完了，就到处找人交换书看。我四处建交换书看的朋友，不出多久，左邻右舍凡是爱看书的人都和我建立了交换书看的关系，这其中还有好几个大人。

有一天，母亲要我到菜场买菜。我拿着篮子在菜场排队买菜时，见前面一个和我年龄相仿的少年一边排队一边拿着本书看。我连忙问他看的什么书，他拿给我，原来是泰戈尔的《沉船》。我很喜欢看泰戈尔的作品，便提出和他交换书看，他同意了。为了不错过这个机会，买完菜后，我提着一篮子沉甸甸的萝卜去了他家，弄清楚他家住的地方后，才又转回家去。从此，我又多了一个交换书看的朋友。

那时，我的父母因为没有什么文化，对我喜欢看书并不理解，常常会因为看书而打骂我，一是认为这些书是“毒草”看不得，二来也因为我看书而少做了家务事。所以我每次从外面借了本书回来，不敢先将书拿进家里，先放在门口，用扫帚盖着，然后进屋里走一圈，趁父母不注意，再将书揣在怀里，飞快地爬上阁楼，把书藏起来，等父母上班去了，再把书拿出来看。有一次，我一边做饭，一边看书，由于看得入了迷，居然饭烧煳了我也浑然不知，恰巧这时父亲下班回来了，他见状，气得将我刮了几巴掌，然后又愤愤地把书撕成了几半，甩到了对面的房顶上。我的脸被打得火辣辣的，但我并不觉得疼，心里难受的是那被撕毁的书，那是找人借的书呀，该怎样跟人家交代呢？等到父亲终于上班去了，我用一根长竹竿站在一个高凳上，慢慢将被撕毁的书扒下来，然后拿着被撕毁的书跑到附近的邮局，用那里的糨糊将撕毁的书一点点粘好。书还到主人家时，不仅说了不少好话，还许诺会多借几本书给他看。

在那些非常的日子里，文学书籍抚慰着我的心灵，填补了我精神上的空白，也使我的感情变得丰富起来。我记得在看完《牛氓》和《被污辱与被损害的》之后，感动得热泪盈眶，坐在那里一动也不动，内心激荡了很久很久……

书籍使我成长了一颗活着就要有志气、就要奋斗的心。

偷书的遭遇

那时，我是个十分羞涩胆小的少年，跟女孩子讲话都会脸红结巴，可为了看书，我却大胆地去偷了一回。

这一天的中午，我正坐在门口看书，看见一个邻居的小孩放学回来（这时中小学已经复课，而我们老三届却不允许再读下去，等待着下农村的命运），手里拿着几本《三国演义》的连环画。我的眼睛顿时一亮，赶紧问他书是从哪里来的，他告诉我：他上课的教室墙上破了一个小洞，他们从小洞里看到里面一间房里有好多连环画，就把那小洞扒大了一点，然后钻进去拿了几本连环画出来。我问他里面有大人看的书没有，他说有，并说里面有一屋子书，全是学校“四旧”时老师交的书。我一听，立时产生了一个念头，我也要去偷一部书回来。我知道他上的学校就是我读小学的母校，我问清了他的班级，然后匆匆吃了午饭，拿了个空书包就出发了，我要趁中午学校没人，赶快去偷一包书回来。

来到学校后，我找到那间教室，果然看到墙角里面有个洞，洞很小，我把洞又扒大了点，才勉强钻了进去。一进去，我就欣喜若狂，里面乱七八糟堆了好多书呀、画呀、邮册、唱片等，我对其他的都不感兴趣，专拣书来看，由于我挑花了眼，好容易装满了一包书，已经听到隔壁教室里唧唧喳喳的一片喧闹声，学生们都已来上学了，我不敢再多停留，赶紧钻进教室，然后又把书包从小洞拖了出来，在小学生们的一片惊呼声中，飞快地抱着书包窜出了教室，又飞快地跑出了校门。等来到大街上时，我才放慢了脚步，看到手上的一大包书，我兴奋得内心狂跳起来：哈哈！我终于有了属于自己的一大包书了！

回到家里，我爬上阁楼，将床往外拉了点，床的靠墙边露出二指宽的缝隙出来，我把书一本本地塞进去藏了起来。

这天晚上，我兴奋得一夜都睡不着觉，我在想：要是那一屋子的书都属于我就好了。这样想来，我决定第二天再去偷。

第二天中午我拿着书包又来到学校，一看，校门紧闭。我这才注意到旁边的标语，明白今天是“五一”，全校师生都放假了。我不甘心就这样回去，就来到学校旁边的一条道子里，道子的一边是学校的墙，一边是老师们居住的平房，我走到道子最里面，见无人，便攀着墙边的一棵树翻上了墙，望了望学校里面空无一个，便跳了进去。我蹑手蹑脚地来到了那间教室，一看，教室的门上了锁，我正准备失望地离开，一抬头，见教室门上的窗子没有玻璃，我暗自高兴，赶紧顺着门壁爬了上去，从窗户里钻了进去。因为今天不担心学生们来上课，我也就一本书一本书精心地挑了起来，好容易把书包都撑满了，我还不满足，又抓了两本《收获》杂志拿在手上，想带出去。

我先将书包和两本《收获》从窗户扔了出去，然后人再翻过去。来到了学校最里面的墙角，我先听听墙那边有无动静，听了一会儿，觉得没什么动静，便也先将一包书和两本《收获》甩过墙去，然后人再翻过墙去。当我捡起书包和《收获》杂志后，我抬头望了望，并无人发现，我大感侥幸，心想这次偷书又要成功了。我拿着书开始往外走，眼看就要走到道子口了，蓦地道子口进来一个人，我的心里顿时紧张起来，那是我小学的珠算老师。我不敢停留，硬着头皮朝他走了过去，就在和他相遇的那一时刻，他猛地一下抓住了我的一只手说："昨天就听说有人偷书，今天正好把你逮住了。"我惊骇得使劲想挣脱他的手，可他的手却像老虎钳那样紧。我挣脱不了，只有任他将我拖到了学校的门房。进了门房，他从桌子上拿了个红袖章戴上，我才明白今天正好归他值班。也许他正好瞄到我翻墙过去，便专门赶到道子里去堵住我。

金老师开始审问我为什么偷书，我说是喜欢看书。他却不信，说我撒谎，我坚持说是因为爱看书，他还是不信，说："现在这些书连大人都不看了，你还看?"又说："你这样撒谎不好，我知道你家里穷，你是想偷书卖钱！这样下去你会走上邪路的!"

我听了，像受了莫大侮辱，我叫道："我不是为了卖钱，我就是喜欢看书!"

他见我不承认，就说："那你把书包压在这里，回去写个检讨，叫你父亲签个字，再拿来换书包。"

我沮丧地回家了，可是我不敢跟父亲说，我怕父亲打我，又怕父亲发现书包不见了，便只有真正撒谎了，我写了个检讨后，找了一个看书的朋友，叫他假借我的父亲签了个名。当我提心吊胆地将检讨交到金老师手中时，我真担心他到我们家去对质，还好他把检讨书看了一遍，就把书包还给了我。

本来我以为这次偷书被抓的事瞒过了我的父亲，躲过了一次挨打，谁知，该我挨的打躲也躲不过。

一个月后的一天晚上，我正在小阁楼上看书，父亲蓦地爬了上来，二话不说，扑上来就对我一顿拳打脚踢。从他的打骂声中，我得知我偷书被抓的事到底还是被他知道了。

原来，金老师现在正担任我堂弟的班主任，这天晚上，他到我伯父家去家访，正巧我父亲也在那里，当金老师得知是我父亲后，也就将我偷书的事戳穿了。

父亲一边打我，一边逼问我还偷过几次书，我只有承认还偷过一次。父亲就叫我第二天将偷来的书还回去，交给金老师，并叫金老师写个收条回来。

疼痛我能忍受，可我实在舍不得那偷来的十几本书啊！我想了一夜，决定宁可再冒一次风险，也要保住这批书。第二天，我又找到那个看书的朋友，叫他又以金老师的口气帮我写了一张收条。当我小心翼翼地将伪造的收条交给我父亲时，我已在心里打好了主意，倘若父亲这次查出了我的作弊，我就将带着那十几本书离家出走，四方流浪去。也许苍天看到我还未成年，不忍心让我出走，这次父亲接过收条后，再也未遇到过金老师，从此也再未提起过这件事。

第二年，我已满了 16 岁，就被冠上了“知识青年”的名号，强迫下放到了农村。从此，我带着那偷来的十几本书，开始了我真正的人生之路……

鸭蛋的故事

在儿时的记忆中，最快乐的节日莫过于端午节了，因为那时的端午节不放假。所以，早上当我们脸上鼻子上点着雄黄，腰中挎着香布袋，胸前挂着个大鸭蛋走到学校时，一看大家都是这样一个装扮，于是便嘻嘻哈哈地疯闹起来。最常见的就是彼此用胸前网兜里的鸭蛋相互碰撞，谁的鸭蛋破了，谁就算输了。每当同学们用鸭蛋打架的时候，我总是躲在一边，尽管心里痒痒的，但却不敢上前去比试，因为我胸前挂的鸭蛋是个破蛋，有一条裂缝，用这样的蛋去碰撞，必输无疑。

为什么会是一个破蛋呢？因为我家里兄弟姊妹6个，而父母又是普通的工人，比较穷，母亲为了维持这个家总是买一些堆子菜。端午节也会包粽子，但包的粽子吃了一次，粽叶舍不得扔，总要洗了晒干后再包，反复数次。也会买鸭蛋，但母亲总是专拣那些破损的鸭蛋买，那样会便宜很多。所以，每年的端午节，我也会带一个咸鸭蛋上学，但却总不敢拿出来跟同学们比试。

记得1964年的端午节，我正在上小学五年级，这一天，我依旧是胸前挂着个破鸭蛋去上学。当同学们在一起拿鸭蛋相互碰撞时，我依旧是躲在一旁观看，然偏偏我的同桌一个叫“翻毛”的同学不放过我，他硬是找到我，要和我碰鸭蛋，我想躲避，他却不依不饶，硬是追上我，强行用他的鸭蛋往我的鸭蛋上碰，只听“啪”的一声，我的鸭蛋发出的哑音引起了“翻毛”的注意，他夺过我的鸭蛋一看，立时看出了上面有一个老裂痕，他疯笑起来：“哈哈，汤礼春的鸭蛋是个破鸭蛋！”他这一嚷，全班同学都围了过来，都纷纷要看我的破鸭蛋，我羞愧得恨不得找个地缝钻进去，我恨恨地对翻毛说：“明天，我一定带个好鸭蛋来再跟你较量一番！”

那时一般来说，同学们会一连三天都带鸭蛋上学。所以，当天放学回家后，我就把母亲腌鸭蛋的坛子打开，一个一个地拣出来看，看有没有一个完整的好鸭蛋，可把坛子里的鸭蛋都翻遍了，也没找到一个好鸭蛋，我失望极了，寻思着明天到学校怎么和“翻毛”碰鸭蛋呢？忽然，我灵机一动，想到了鹅卵石，鹅卵石跟鸭蛋不是一样的光滑，差不多的形状吗！反正鸭蛋都是装在网线兜里的，谁也看不清是鸭蛋还是鹅卵石，我不如用鹅卵石充当鸭蛋，那只怕是碰遍全班同学的鸭蛋而无敌手。我越想越兴奋，赶紧跑到河滩上，找了半天，总算找到一个和鸭蛋差不多形状的鹅卵石。

第二天，我胸前挂着个鹅卵石冒充鸭蛋，威风凛凛地来到学校，一进教室，“翻毛”果然还记得昨天我说的“狠话”，赶紧缠了上来，二话不说，就赶紧将挂在胸前的大鸭蛋朝我的“鸭蛋”狠狠地碰去。只听“啪”

的一声脆响，“翻毛”的鸭蛋顿时暴裂开来，黄油流了一手。“翻毛”不服输，气呼呼地从书包里又掏出个大鹅蛋。我嘴里嚷着他破坏规矩，不愿跟他比，可“翻毛”却气急败坏，硬是追上我，把他的那个大鹅蛋朝我的“鸭蛋”碰去。只听更清脆的一声“啪”，“翻毛”手中的鹅蛋也暴裂了。这一来，惹动了全班的同学，都围了上来，纷纷用他们的鸭蛋来碰我的“鸭蛋”，结果可想而知，一个个的鸭蛋都被我的鸭蛋碰得黄油直流，同学们输了都不服气，都要我把鸭蛋从红网兜里拿出来给他们看看，看到底是什么样的“神蛋”，我当然不敢拿出来给他们看，我撒腿就往外跑，想跑到一个角落里偷偷把“鹅卵石”丢掉，然后谎说已吃下了肚。可同学们却不依不饶，穷追不舍不说还分兵围堵，硬是把我团团围住按倒在地。“翻毛”强行抢去了我的“鸭蛋”，把我的“鸭蛋”从网兜倒了出来，顿时，他大叫起来：“是个鹅卵石！汤礼春是个大骗子！”同学们纷纷看清我“鸭蛋”的真面目后，也都叫了起来：“汤礼春是个大骗子！我们再也不跟你玩了！”一个同学居然还把这事反映到了班主任老师那里。

那时的学校是比较注重学生道德行为的，老师为此在我的“学生手册”上记了一笔，说我不诚实。

在一次家访时，班主任老师还把我这个不诚实的行为告诉了我的父母，我的父亲当时就沉下脸来，当着老师的面打了我一巴掌，狠狠地训斥了我一顿，而母亲在一旁却一声都不吭，只是叹息着流泪……

第二年的端午节，母亲破例没有买破鸭蛋。当她把一个好鸭蛋装在红线兜里，挂在我胸前时，她说：“春伢，这可是个好鸭蛋，你不要再用鹅卵石装了。”我向母亲保证：“妈！我不会的，你放心吧！”

1965 年的端午节，我胸前系着红领巾，挂着个好鸭蛋，第一次昂首挺胸地走进了校园……

可我来到班上找同学们碰鸭蛋时，同学们纷纷避开我，都不愿和我碰鸭蛋。我明白是去年那个假鸭蛋种下的不信任，我不明白同学们为什么记忆都这么好，事隔了一年还记得。我只有把这次的真鸭蛋掏出来给同学们看，同学们虽都看清了我的鸭蛋是真鸭蛋，但还是不愿意和我玩。我十分沮丧，这对于我来说真是一次刻骨铭心的教训，一个人尽管做了许多好事，别人未必能记得，然只要做错了一件事，别人就会记你一辈子。看来，一个人做错事前，一定要三思而行啊！否则后悔一辈子啊！

就因为这件事，同学们和我都疏远了。我难过一阵后，想到马上就要小学毕业了，就要和同学们各奔东西了，才渐渐释然。

第二年，也就是1966年的端午节，我上初中一年级。这个时候，“文化大革命”开始席卷校园了，虽然社会上有人炮轰端午节是“带有封建遗老臭气”的节日，不准再过端午节了，但老百姓照样过，母亲照例包了粽子，腌了鸭蛋。端午节早上我去上学，母亲照样给我胸前挂了个鸭蛋。我挂着鸭蛋来到学校时，看见许多同学依然胸前挂有鸭蛋。就在我希望中学的同学也都能像小学的同学那样用鸭蛋相互碰撞好玩时，突然一个同学跳上台道：“同学们，伟大的无产阶级文化大革命开始了，我们要停课闹革命，我们今天就去揪斗学校里的‘封资修’。”在他的煽动下，同学们都来到了操场。一会儿，一群胸前挂着黑牌，头上戴着高帽子的老师被推到了前面，其中就有我喜欢和敬仰的生物老师——胡老师，正在我心里感到不解和困惑时，在一片“打倒”声中，有同学取下胸前的鸭蛋，像打靶一样朝那些老师扔去，我一时冲动，也取下鸭蛋来，然一看见胡老师，我就想起去年的鸭蛋教训，就三下五除二将鸭蛋咽进了肚里。这个举动被旁边有个同学看见了，他讥讽我“立场不坚定”。后来学校纷纷成立“革命战斗队”时，我因为有这“立场不坚定”的问题，没有一个“战斗队”愿意吸收我，我也乐得当了逍遥派，躲在小楼开始苦读文学书，走上了文学创作的道路。

后来，我的同学中有三个在派性的武斗中被打死，有五个被打残，更多的同学在“文化大革命”中和“文化大革命”后因当造反派或保守派挨整，或被下放到高寒偏远的山区。

今天想起这些有关“鸭蛋”的故事，我不由得想起了中国那句老语：祸兮福所倚，福兮祸所伏啊！

塑　像

小站在大山的怀抱里。

两根铁轨是小站射出的穿山箭。

静静的站台上，伫立着一个铁道工，一只手举着信号旗，一只手提着信号灯，饱经沧桑的脸上虔诚、肃穆，向远去的列车行着注目礼……

这是一尊塑像，也是一个真正的铁道工人。

他太普通了，普通得连名字都难以叫人记住，普通得谁也不计较他的年龄。只有大山才知道，自从有了这穿山的铁路，他——一个年轻敦厚的小伙子就出现在这小小的站台，就虔诚、肃穆地凝视着那风驰电掣的列车。几十个寒暑春秋，列车般倏地过去了，他那姿势、那神情就像凝固一般，没有一丝改变。只有那挺拔的身子变得微微有些弯，还有那目光，变得更加深沉……

他没有家。也许，在这冷僻的山中，他没有结缘的机会，也许他不愿把山中的冷僻带给柔情似水的女人……

小站是他的家，大山是他的伴；小站是他生活的地，大山是他生活的天；而飞驶的列车是他的思想，他的情感，那瞬间闪过的旅客是他梦中的亲人……

他默默地生活着，没有什么能改变他。飞驶而过的快车挟起呼啸的风，从来没有晃动过他伫立的脚步。偶尔停下来让道的列车，寂不可耐的频频嘶叫也从来没有摇乱他心中的信念。

山中的风雨在他的脸上渐渐冲刷出一条条沟壑，山顶的积雪在他的头上慢慢映染了一层白霜……

终于有一天，他倒下了，是在那列飞向北京的快车过后倒下的。眼神却没凝固，依然深沉地望着铁轨伸向远方……

大山掩埋了他，掩埋了他逝去的岁月。

一天，那个常年奔波在这条铁路线上的老干部，又闪过小站时，他似乎觉得失去了什么，他的心中猛地卷过一阵山风，摇荡着他的魂魄，使他不得安宁。于是，他拿起了笔，给铁路局转去了大山的一片深情……于是，他又如昨日一般伫立在站台上，又如痴如醉地回溯着逝去的岁月。于是，他不再冷寂，他身边出现了一个他年轻时的影子……

自驾车下乡

春来了，正是满地撒青泼绿的时节，老公在商海的拼搏也迎来春光一片，迎着春风，他驾回了一辆小车。当他问我想到什么地方去兜风时，我想都没想，脱口而出道："到乡下去采豌豆角，摘香椿，割新韭。"在大都市生活久了，我常常回味起在小城市生活的时光，那时，在这春的季节，正是那嫩嫩的豌豆角，嫩嫩黄黄的香椿，青油油的新韭上市的时节，那如玉珠般的豆米吃在嘴里又柔滑又有一股清甜，那新韭和嫩香椿吃在嘴能使口舌生香，回味良久。可这几年，我在大都市里生活，所见到的豌豆米已是那老得发硬发黄，吃在嘴里如同嚼蜡，韭菜也是生得老长老长，吃在嘴里像嚼草，至于香椿则是连个影子都寻不着。

老公对我这乡村情结听来已久，自然满足我的愿望，女儿听说要去乡下，乐得在床上直打滚，她长到五六岁，还从来没有下过乡哩！

第二天早上，我们一改以往双休日睡懒觉的习惯，早早地就出发了。小车好容易才开出了城，高楼大厦逐渐远去，道路两旁开始出现了田野绿色，空气开始变得清新，有了一股春的气息，大自然的气息。

我叫老公将车子驶离国道，开进乡间土路上，驶了一段后，田原风光更有了野趣。这时我看见路边有一个小乡村，顶头的一家门前有一株盛开的桃花，我便命令老公将车开到那家门前去。

车子刚停下来，从屋里走出一个老伯，黝黑的脸庞上刻满了皱纹，一看就是个饱经日晒的老农。我问老农，哪家种有豌豆，老农笑道：“你算问得巧，我们这村里现在都不种豌豆了，只有我种了二分地，是留给城里打工的儿女回来尝个鲜的。”我央求他卖给我一点，他先是摇摇头，后来听我说是开了一个多小时的车专门下乡来买鲜豌豆的，便答应了，还不无自豪地说：“你们这么远到乡下来买豌豆吃，看来我们乡下也有你们城里没有的好东西呀！”他转身要下地里去摘豌豆角，我拦住他道：“还是我们自己去摘吧，我们需要的就是那份享受！”

他虽然对我说的话似懂非懂，但还是同意了，但他规定我们只能摘一篮。我看了看他递过来的小篮，足能装四五斤豌豆角了。天哪，我原来只想要一二斤就知足了，谁想到老农这么的慷慨。

老农把我引到那块地里就转身回去了。我和老公及女儿置身于那结满豌豆荚的绿茵茵的丛中，脚踩着松软的泥土，沐着春风阳光，吻着那清香清甜的气息，真是惬意极了。我和老公边快乐地采摘着豌豆角边哼着小调，女儿则蹦蹦跳跳，时而采摘一些豌豆跑来给我看，时而又去追逐花蝴蝶，又蓦地发现脚下长着的一朵像星星般的花，就欢叫着弯腰采摘，然后非要插到我的头发上，欢快地跳着说：“妈妈好漂亮耶！妈妈好漂亮耶！”逗得老公忘了采摘，站在那里直发笑。我将一个极嫩的豌豆角（里面的豆粒像米般大小）放进嘴里，一股清甜溢满口舌。老公见了笑道：“你怎么这般馋，连豆荚也吃！”我说：“你是在大城市里长大的，少见多怪！这嫩豆荚就是这样吃哩！”我将一个极嫩的豆荚放进老公的嘴里，老公嚼了嚼、品了品，道：“我还从来没食过这么自然这么清醇的东西耶！上天赐给我了一个有泥土气息的妻子，真是我的造化呀！”

我越发得意，又将一个豆角撕成两瓣，放进嘴里吹出哨音，逗得女儿惊奇地瞪大眼睛望着我，一会儿又回过神来，嚷着要我口中的哨子，老公则忍不住亲了我一下，在我耳边说：“你真可爱！像一个活泼玲珑的少女！”

整个采豆角的过程充满了闲情逸趣，可惜一会儿小篮就装满了。我们还舍不得离开那豌豆地，干脆席地而坐，大口大口地呼吸着那醉人的气息。要不是老农见我们来了这么久，过来看我们，我们真想待到夕阳西斜哩！

我们回到老农的屋前，要给老农豌豆钱，老农则连连摇头，说：“你们专门开车来乡里摘豌豆角，冲你们对乡下这个喜欢劲，我还能收钱?”我们见老农执意不肯收钱，只有把车上那些准备野炊的食品、糕点硬塞给了老农。

老农见我们开心，他自己也开心，又问我们还想吃乡里的什么新鲜菜，我脱口而出道：“想吃点鲜韭菜。”老农说，他的侄儿家种的有，他去帮我割一把。一会儿，老农就手举一把新割的韭菜过来了，我赶忙迎了上去，接过那根还是嫩黄的韭菜，忍不住放在鼻子上嗅了起来，那特有的韭香顿时沁入肺腑，我想象着将它稍炒后那口味该是多么的浓爽啊！

老农又问我们还想吃什么，我本想再提到香椿，但话到嘴边又缩回去了，我想：一个人的希望、祷求不要一下子都得到了，相反那样就减少了快乐！还是留点遗憾，留给下一回吧！

告别了老农，我们乘春风而归了。在回城的路上，我们虽然不是满载实物而归，但却满载了一天的逸趣情致，满载了大都市没有的春的气息，满载了开心和快乐！

我大声向老公宣布：“有了这小车，我们要经常到乡下来，享受这田园风光和大自然的野趣。”女儿对我的提议欢呼雀跃，老公则按响了一串喇叭，那声音分明就是：听，听，听……

小区里的大野猫

小区里有很多老鼠，十分猖獗，大白天就敢在小区里横行，夜里更是闹得欢。小区的人们和小区管理处想了很多办法，放粘鼠板，摆老鼠夹，投老鼠药，老鼠却像鬼灵精，硬是不上当。小区的人们无可奈何，只有望鼠兴叹。可有一天，不知从什么地方窜来一只大野猫，它脏兮兮的，一身灰毛，很是难看，两只黄眼睛骨碌碌地乱转，吓得小孩都直往大人怀里躲。以往，小区出现这样吓人的野猫，人们会群起而攻之将它撵走，可现在因为老鼠的猖獗，而饲养的家猫又因为太得宠和娇惯，对老鼠懒得穷追猛捕，成了银样镴枪头，中看不中用，就只有把捕鼠的重任寄希望于这位无名的大野猫了。这大野猫因不食哪家俸禄，全靠自食其力，自是奋勇捕鼠，人们在夜里常常听到老鼠被大野猫追捕时发出恐惧的哀鸣声，甚至在大白天也能看到大野猫躲在茂密的冬青丛中啃食着老鼠，不出十天半月，小区的老鼠就已难见踪影。人们弹冠相庆，对大野猫不由得刮目相看，也都默认任其成为小区的永久居民。然后不久，小区的人们就发现大野猫这个捕鼠英雄已陷入可怜之境了，因为无鼠可捕，加上家家都是用电冰箱贮藏食物，大野猫即使有偷窃之心，也无下手之机，因之常常因饥饿向人们流露出乞讨的眼神，特别是下雨天时，它蜷缩在冬青丛中，冻得瑟瑟发抖，一副孤苦无助的样子。小区的人们虽对大野猫怀有戒备之心，不愿将其收养在自家中，但也不愿让大野猫离去，以免讨厌的老鼠卷土重来，便有几家的老头大妈商议，轮流给大野猫送食物，于是每天早晨就有人家将剩饭用报纸包了放在大野猫经常出没的冬青丛中，那大野猫也领会了人们的爱心，每当人们把剩饭一放好，就窸窸窣窣地钻了出来，贪婪地吃着。小区的很多人们都目睹了给野猫送食的场面，都感叹着如今社会上的爱心善心并不缺乏，也都纷纷效仿，将自家的剩饭送到大野猫的那个天然餐厅。给大野猫的食物越来越多，大野猫吃不完，也就开始挑食了，常常将拌有碎鱼肉末的饭吃了拉倒，而对其他仅拌有鱼汤的剩饭却嗤之以鼻，一概不理。就在人们为大野猫不吃的剩饭太多而污染了葱郁的环境大伤脑筋之时，人们又惊奇地发现，一旦大野猫吃饱，大腹便便地离开它那掩映在冬青丛中的天然餐厅后，几只老鼠就不知从何处钻了出来，在大野猫的天然餐厅里贪婪地吃着大野猫不愿吃的残羹剩饭，一会儿就将撒有饭粒的绿地打扫得干干净净，而大野猫虽近在咫尺，但却懒洋洋地晒着太阳，视老鼠的出没而不顾。

小区的人们却不敢再将大野猫撵走了，害怕老鼠成群结队地再度猖獗。小区的人们也仍然在给大野猫送饭，因为爱心的光环已戴在了头上，谁也舍不得将它取下来。

崇尚自然

我已经是个年已50的中年妇女，但不相识的人见了，都以为我才40岁左右，而久别的亲友见了，也都惊呼我怎么还那般年轻，纷纷问我保持年轻的秘诀，用的是哪种品牌的化妆品，吃的是什么营养品。

我的回答是：我用的是清风、明月、杨柳，吃的是寻常百姓菜。

一句话归总：我崇尚自然，不刻意去改变我的生活习惯。

我平素不用化妆品的原因是：我认为那些化妆品都含有化学成分，它或多或少会对人体产生危害。我有一个老同学就是因为爱染发，结果导致得了皮肤癌，追悔莫及，然已晚矣！我的邻居黄女士，比我小好几岁，每一次我们在一起，人家都以为她是我姐姐，为此黄女士十分不服气，她以为她比我显老是因为皮肤黑，就用了一种换肤的化妆品，花了几千元，脸上的皮肤倒是换了一层皮，但那皮不是一种自然的白嫩，而是一种发涩的潮红，显得更难看了，而且从此怕阳光刺激，阳光一射，脸就发痒。我每每见了她的脸，心里就难受，就感慨：何苦来哉。所以，一切含有化学品的东西，我都尽量少用，尽量少吃。

我平素最不喜欢那些浓妆艳抹的女士，妆化得完全失去了自己的本色，她本想掩盖自己脸上的缺陷，殊不知却更难看了。大多数男同胞看了也会厌恶，称之为“妖精”“作怪”。我认为越丑的女士在打扮上就越要平淡、自然。

我也从来不吃那些刻意制造的什么营养品，我认为每一种寻常的蔬菜、瓜果、五谷杂粮都含有各种各样的营养成分，只要不挑食，自会调剂平衡你身体上的所需。

我也从不强迫自己去健身、去锻炼，想睡了就睡，醒了就起来。那些早起锻炼的人，往往睡得正香时，却被自己上的闹钟吵醒，我对此更是感到不可理喻，那不正是人为干扰自己的生物钟吗？那不是人为给自己制造难受吗？我想这对人体身心的伤害远远会大于锻炼的好处。

即使锻炼也应顺其自然，轻松愉快。那种疲劳力竭、挥汗如雨的锻炼完全是自己给自己的身体找别扭，再说得难听一点就是自己虐待自己的身体。

人的胖瘦、黑白、丑美都是生来俱有的，顺其自然就快活逍遥，刻意去改变，只有麻烦痛苦。

所以，我的生活习惯是每天早饭和晚饭后，就怀着轻松愉快的心情，漫步到那些有花有树有草的绿色大自然中，在那里享受着绿荫、清风、明月、花香，让整个身心沉浸在大自然的和谐之中。这也许就是我显得年轻的原因吧！

在广州过重阳节

在去广州打工之前，我虽然在内地生活了几十年，但每年的九月九重阳节却恍若平常的日子，鲜为人提起，人们似乎已经忘记了还有这个节日。想不到生平第一次过重阳节居然是在千里之外的异乡——广州。

那一天上午，我正埋头伏案工作，这时老板走过来了，向全体员工宣布："今天是重阳节，下午就不要来上班了，在家陪陪父母，晚上到公司来聚餐，也可带家里的老人来，餐后一起去爬白云山。"

晚上的聚餐很是热闹，我和公司的全体员工一边在饭店里吃喝，一边看台上的表演，很有些节日的气氛。到晚上八九点钟的时候，我们酒酣耳热，开始成群结伙地向白云山进发。

一路上，只见人山人海，全部都是朝着一个方向——白云山，很有些盛况空前。有广州本地的同事向我介绍，重阳节夜爬白云山是广州人的传统习俗，广州人认为重阳节爬白云山能避邪，所以每到重阳节之夜，广州可以说是万人空巷，有些走不动的老人，甚至叫儿女把自己抬也要抬上白云山。

在潮水般人流的簇拥下，我们来到了白云山下。

抬头望去，夜色中的白云山被人流和火光包裹缠绕，只见四处是黑压压的人头攒动，流动的火光像无数条游龙从四面八方向山顶游去。我随着人流摩肩接踵地在青草的气息中，在笑语喧哗中爬上白云山，一路爬，一路歌，不知不觉两个小时过去了，我们毫无倦意地爬上了白云山顶。因为涌上山顶的人流一股接一股，我们没有空间在山顶多站一会儿，只瞥了一眼山下广州城那海洋般茫茫一片的灯火，便恋恋不舍地下山，分散在白云山腰那茂密的丛林之中。我们或坐或躺在柔软的草地上憩息、唱歌、聊天，按广州的传统习俗，是要在白云山上待到夜半转钟后方能下山的。

夜色越来越浓了，轻雾开始缭绕而来，我们知道已经是第二天凌晨了，我们开始披着露水下山。

下山的路上，我开始想：为什么广州人这么重视重阳节呢？除了广州人会生活、爱生活以外，广州人在文化上是最注重保留传统风俗的。为什么广州这个现代化的大都市十分尊崇传统民风民俗呢？除了广州是一个有着两千多年历史的古城外，还有一个根本原因是广州人几乎家家都有亲人在港澳和海外，是众多海外华人的故土。所以尽管在那红色风暴席卷中华大地的年代，各地的传统风俗都被淹埋了，而广州人家家都连着海外亲人的根，诚然一直顽强地保留着固有的传统风俗人情。

我领悟到了重视传统节日是人生不可多得的情趣。今后我回到内地后，每年的农历九月九，我都要到父母身边过重阳节，都要陪父母一起登山赏菊赏红叶。

神奇的银杏树

银杏树可以称得上是神奇的树。它被称为活化石，从远古一直生存下来，一直生存了上亿年。这期间，不管是山崩地裂或是天翻地覆，都未能动摇它扎根大地的信念，都未能摧毁它顽强的生命，至今它仍蓬勃生长着它的绿叶，散发着它青春的气息。

银杏树又像一个洁身自好的隐士，它不喜欢喧嚣的闹市，偏喜欢在名山大川中独居，巍巍青山里常有它苍老挺拔的身影，正因为它这种隐身在大山里不受外界骚扰的性格，所以大山里的银杏常常都是长寿的，几百年的银杏在其家族中只能称为小弟，上千年的银杏也不鲜见。上千年的银杏树上垂挂着缨瘤，就像我们人类百岁老人的银须，里面饱含着历练沧桑，令人肃然起敬。

银杏树还是爱情连理的典范。在大山里，我们看见的古银杏树常是稚雄两珠合抱成一棵大树，一起撑起巨大的绿伞，共同守护着一方家园，再大的风雨，再强的雷电也拆散不了它们，它们一起面对灾难，一起孕儿育女，那飘落的白果正是它们爱情的结晶。

银杏树肃穆庄重，不事张扬，但它们为人类阻隔尘嚣，可以净化空气，它们的树叶，它们的树皮，它们的果实都是治疗人类冠心病的良药，它们把上千年吸收的地气、阳光、空气、精华，化成恩泽注入人类的心脏，它们要让人类的心脏也要像它们一样经得起磨难和风雨。

银杏树又像一个透视着哲理的树。它产生的白果好吃，炒熟了会散发着一股诱人的香味，煮熟了糯糯的，滑滑的，口感极好，吃得适中，会强心健体，然吃多了，反会有毒。它这是告诫人类：要懂得节制，要经得住诱惑，再好吃的东西也不能贪吃，否则适得其反。

银杏树真是神奇的树，它是大自然杰出的造化，是大自然的精灵。

爱护银杏树吧！就像爱护我们的长辈，爱护我们的家园，爱护我们的大地！

香　椿

阳春三月，万物复苏。人们随着阳光丽景的到来，不仅心情好转起来，胃口也自然好了许多，而这时，阳春奉献给人们的最佳美食就莫过于香椿了。这时香椿树的枝头，已生出一茬紫红色的叶芽，嫩嫩的、粉粉的，小心采摘下来，将它切碎，春的气息，春的韵味就已沁人心脾了。将切碎的香椿融入打散了的鸡蛋液中，添点精盐，慢慢搅匀，将少许油倒入锅中，待油烧热，将伴有香椿叶的鸡蛋液倒进热锅中，翻炒片刻，一盘香椿炒鸡蛋就出锅了。那扑鼻的香味诱得你来不及盛饭，就会迫不及待地夹一口放进口中，顿时那嫩嫩的鸡蛋，脆脆的香椿在你口中滑爽起来，让你越嚼越有味，瞬间你会感觉到余香满口，余味无穷。所以喜欢吃香椿的人可以说，香椿炒鸡蛋的美味超过了任何山珍海味，而且吃过一次香椿就会让你入口难忘，永久会留恋香椿那特殊的美味。香椿和鸡蛋可以说是最佳搭配，香椿提高了鸡蛋的品质，让鸡蛋这一普通食物提高到了高雅的层次。香椿自古就被列入小八珍，它常被作为贡品进入皇宫，而香椿炒鸡蛋自然也成了帝王嫔妃餐桌上最受欢迎的一道菜肴。

香椿真称得上是一道不可思议又富含哲理的美食。它原本是椿树上的树叶，而大自然中能吃的树叶少之又少，香椿不仅独占鳌头，而且食之味美，这不能不说香椿真是难能可贵，是大自然的特殊造化了。香椿也并非奇花异草、出身高贵，它常生长在荒坡路边、农家宅院，然它既能作为皇家贡品，又是平常百姓随采之物，这样看来香椿是高雅平俗两相宜了。

香椿味虽美，却不是人人都喜爱享用的。有的人一开始就很难接受香椿特殊的美味，只有在大胆尝试一两次后，细细品味，才能领略到香椿的

美味。一棵香椿树，一年最多采两次，采多了就会失去香椿的美味，如味同嚼梗了。可见美好的东西不在于多，而在于精。世上任何美好的东西都会出现冒充和仿品，香椿也不例外，既有香椿，就生出一种臭椿。其嫩叶长相跟香椿几乎无二，然只要采上一叶在手中稍其揉搓，其味无香，其冒充身份就让人嗤之以鼻了。

香椿不仅是一种美食，而且还是味保健良药。它能清热解毒，健胃理气，润肤明目，提高机体免疫力。记得我小时候，长在乡村，有一日，肚疼如绞，肛门中居然爬出一条蛔虫，奶奶闻知，立即采来一把香椿，用水煎了，让我一口气喝下，只一时半刻，蛔虫就从我体内尽数打出，自此蛔虫就在我肚中绝迹矣！由此我对香椿就有了一种感恩之情，香椿的香就长存在我的心里了。

桑树赞

桑树真是一个值得让人研究的树，因为它太神奇了。它那油绿绿的叶看似跟平常的树叶没什么两样，然它的叶子供蚕食用后，居然能吐出精美的蚕丝来。可以说，桑树简直是改变了人类的生活，甚至可以说它推动了中国的历史、文化，让中国的历史文化、文明进程变得璀璨，试问，还有哪一种树对人类有这么大的贡献。

人类发现桑树认识桑树历史很是悠久，大约可以追溯至七千年之前。在距今几千年的商代甲骨文中，就有桑和蚕的记载，可以说桑蚕是世界人民对华夏文明认同最早的物产，它使华夏文明最早傲立于世界各国，让世界人民追捧和仰慕。

桑树不仅叶子是宝，可以说全身是宝。桑树的果实桑葚曾经是乡村孩儿最甜美的零食，可以说在每个乡村孩子的心里，都有一段采摘桑葚的美好记忆。到了当代，桑葚更是一跃而成了大都市人滋阴补肾的佳品，被称为人间圣果。在大超市里，一小盒桑葚居然卖到了几十元钱，这叫那些从乡村走出来的人们见了不免啧啧咂舌。

“桑木扁担轻又轻，挑担茶叶上北京。”从这耳熟能详的歌词里，我们从中了解到桑木看似轻巧，而柔韧性极强，它能以几斤之躯挑起百斤重担。

对于打过霜的树叶，一般都枯萎凋零，被人视为垃圾。而桑叶偏偏与众不同，打过霜的桑叶却是一味良药，它能降血压、血脂，抗炎。在乡村的农舍里，你常能听到桑叶给人去除恶疾的神奇故事。

至于桑树皮桑树根桑树条也同样是中医手下常用的药材。

桑树虽一身是宝，堪称神奇，可它却并不娇贵，在乡村的山坡上，池塘边，房前屋后，杂树丛中到处都能看到它的身影。它不择土壤，不择气候，又耐旱抗寒，诚然，不论是在大江南北，还是黄土高坡，甚是大漠塞北，到处都有它绿油油郁葱葱的风采！桑树的生命力极强，少则百年，多者千年，可以说是历经沧桑而能保持百年常青，令人惊叹！

中国人讲究谐音字，常忌讳“桑”字同“丧”同音，所以民间常有“前不栽桑，后不栽柳”的说法。然从桑树的特质上来看，桑树可以称得上是“尚树”，是一种高尚的树。

综观桑树的一身，潜心寻思，桑树不正像我们华夏的农民兄弟一样，外表上看起来是那么朴实平常，然却默默地向人间奉献了自己一生的精华。

月饼情怀

每年的中秋之夜，我都要端上一盘家乡的月饼，放在香案上，供在妻子的遗像前。在香烛摇曳的火光中，我望着月饼，回忆着苦涩的往事……

1949 年的中秋之夜，月华如水。我和新婚的妻子正在自家的庭院里相拥而酌，葡萄架下的石桌上摆放着一盘月饼，还有一壶自酿的米酒，我和妻子一边细细品酒，一边吃着月饼，一边赏月，一边互诉衷肠。正当妻子将一个月饼掰成两半，将一半塞到我嘴中时，突然，村里的狗叫了，一阵急促的脚步声传来，我还未从浓情蜜意中清醒过来，几支枪顶上我的胸膛，闯进来的是一群国民党的兵，他们要抓我去当兵，我不愿意，他们就绑上我，把我押着推着往外走，我听见妻子号啕大哭的声音，我回过头劝着妻子：“海花，等着我，我会回来的！”

就这样，我被国民党兵押着上了船，漂洋过海到了台湾。

在台湾强迫当兵的那些日子里，我无时无刻不在思念着家乡的妻子，特别是每年的中秋之夜，我都要来到海边，遥望着海峡对岸，把月饼掰成两半，叠一个纸船，将一半月饼放在纸船上，放进大海里，让它漂洋过海，把我的思念之情带给海峡对岸的亲人。一半和着泪咽下，回味我和妻相亲相爱的情景。

1955 年，金门战争吃紧，台湾当局号召士兵支援金门前线，我毫不犹豫地报了名，因为我的家乡就在金门对岸，那里离我的亲人近，我想到了金门后，我要想法偷渡回到家乡。

到了金门后，我才发现我想偷渡的想法不切实际，国民党的军队封锁海岸十分严密，根本不可能偷渡，我只能每天隔海遥望着家乡，感受着海浪带来的家乡的气息。

1958 年的中秋那天，部队给我发了两块月饼，夜里我揣着月饼来到海边，我还是叠着纸船，准备将一块月饼放进去，让它漂过海去。这时，我发现从对岸滚滚而来的海浪中，好像挟裹着一包什么东西，我赶紧跳下海，将那包东西捞了上来。这是一个用油纸包的东西，打开一看，宣传单里包着两块月饼，那正是家乡的月饼，捧着月饼我热泪盈眶，这说不定就是妻子亲自做的啊！我把长官的训诫丢在了一边，我把月饼揣在了怀里，我要拿回去慢慢咀嚼，细细地品味，揣着家乡的月饼，我在心里暗暗发誓，我一定要想法回到家乡！

正是怀揣着这样一个心愿，20 世纪 60 年代，我从国民党的军队一退役，就报名参加了台湾海外拓展团，到南美去开发农场，我想迂回回到大陆。经过十几年的辗转奔波，20 世纪 80 年代中期，我终于回到了大陆，回到了家乡，可我的妻子却因思念太切，早已郁郁而去了，听家乡的老人说，妻子临终时，手里还握着当年那半块月饼，喃喃地喊着我的名字……

那半块月饼是随着妻子一起下葬的！我的心从此有了永久的月饼情怀……

栈桥风景

我所居住的小区可以说是处处皆风景，然最美的风景之地当属栈桥了。从小区大门通许下去，绕过海马喷泉，栈桥就出现在眼前了。平坦而结实的栈桥像一个巨人的手臂直伸进湖的碧波中心，让人望而生赞，脚步顿时生风，恨不得一步迈到栈桥的顶端。

到栈桥看风景的最佳时间莫过于早晨和黄昏了。

早晨，迎着清风，漫步到栈桥上，举目四望，水天一色，波光粼粼，些许微风吹来，那清新的空气扑面而来，顿时令人神清气爽。你不由得对着湖面蒸腾的水汽深深地吸一口，那爽快的气息顿时透入肺腑，一夜的秽气顿时一扫而光，曾经的梦魇也消失得无影无踪。这时，太阳还没有出来，远处的湖岸线朦朦胧胧，忽明忽暗，若隐若现，显得那么幽深致远，魅力无限，深深吸引着你的眼神，让你的思绪也变得悠远绵长。倏地，一条鱼儿蹦出了水面，那生动活泼的响声顿时把你拉到了近前，你朝湖面扫去，远去浮游着几只野鸭，一时埋下头去觅食，一时又相互亲昵一番；一只水鸥还是鱼鹰从你眼前划过，在空中悠然盘旋一番后，轻盈地落在湖面，虽然没有拍打出一丝水响，然你仿佛刚才静谧的湖面顿时被打破了，充满了灵动和生机。你又抬头朝对岸望去，这时天光明媚了许多，对岸一排白色的建筑在绿波的映衬下清晰可见，两条巨龙横贯在那排建筑的顶

上，在湖水的映照下栩栩如生，像随时要腾空而跃，让你顿生出一股凌云之气来。忽儿，那排巨龙下，传来学子们做体操的乐曲声，和着湖水的波涛涌进了你的心房，你似乎也恢复了青春的活力，禁不住在栈桥上也伸伸胳膊动起起腿来。

一转头，你看到了自己所居住的美丽家园。整个的湖岸线在眼前蜿蜒延伸，一直延伸到那灿灿的霞光之中。沿着湖岸线，一排排雅致的别墅掩映在绿海之中，让你赏心悦目，也让你自豪感慨，人生有幸，居然生活在这样美丽的家园！

倏地，一群鸟儿从别墅绿海中腾空而起，发出欢跃的啼叫声，追逐着鸟儿的视线，你又看见几只风筝在云中悠然自得地享受着风的柔情，你又不由得忆起童年，往事一幕幕像风筝一样在眼前浮游……在遐思中，不知不觉太阳升起来了，整个湖面霞光闪闪，你侧过脸去，发现那栋雄伟的大楼就像浮靠在湖面上的一艘巨轮，即待起航。你的心情也似乎鼓满了风帆。当你恋恋不舍地从栈桥上回归的时候，你不仅有了神清气爽、惬意的心情，更有着对美好生活的感动和向往，你会充满朝气和热情地走向生活……

傍晚，当你为生活打拼一天，你会迫不及待地想让你的身心松弛下来，当你再次来到湖边，慢慢地走上栈桥，这时湖风四起，柔柔的、凉凉的，带着湿气的风吹拂着你，你疲惫的身心顿时得到了一种最好的抚慰。你朝湖水深情地望去，湖水幽幽地轻轻地荡着波纹，显得是那般恬静温柔，逗得你恨不得跳进湖水中和湖水亲近一番。湖对岸的景色渐渐模糊起来，朦朦胧胧，让你仿佛在梦中一般，一切都显得是那样安怡，你整个身心都沉醉在这自然清风之中了。一只渔船这时悄然地从你眼前划过，你的眼神会随着那渔船飘移到远方，心也随之远去了，无边的思绪在湖中荡漾开来……当你终于回过神来时，蓦然发现湖水明澈了一些，有银光的闪动，你抬起头来，一轮明月像刚才那只小船在云纱中穿来穿去，显得是那般缥缈，几颗星星若隐若现地在眨着眼，显得是那般神秘。你看看浩渺的天，再看看幽深的湖水，你的整个身心似乎都超脱在了躯壳之外，人世的一切沧桑、烦恼、不快都抛到了九霄云外，灵魂也似乎被这自然清风湖水洗涤了……

啊！栈桥，你就是小区居民欣赏湖景的最佳之处！你就是小区居民的最爱之处！你是让小区居民最惬意的休闲之处！你也是小区居民回望自己家园的幸福之处！你也是让小区居民感到生活美好之处！

读书改变了我的人生

我是老三届初中68届的毕业生。我仅仅读了半年初中就“文化大革命”了，从此就再也没进过学堂。我这点文化放在当今来说，可以说是半文盲了。但庆幸的是我爱读书，在文化革命那非常的日子，我顶着家里的指责四处搜罗文学书籍来看，甚至冒着风险到学校仓库去偷那些被当作“毒草”封存的书来读。在那个年月，我疯狂地爱上了读书，而且从此不论在什么环境下，我都坚持读书。我16岁下农村，17岁招工到一家建设中的水泥厂。读书让我在那艰苦的日子里，心里总像有一团火，对生活对前途充满了信心。读书让我爱上了写作，在20世纪80年代初期，我就在报刊上发表了一批文艺作品，我的上级单位——省建材局团委由此发现了我，推荐我参加“省直机关读书求知先进个人评选”。1984年，省直机关团委在省委礼堂召开了表彰会，我在会上作了典型发言。当时，全国正在掀起一股读书的高潮，省建材局团委又推荐我参加了“读书演讲团”，到下属各个单位演讲。其实，我生来比较内向，不大敢在大庭广众下讲话，过去在班上发言都是结结巴巴、语无伦次。但由于爱读书，明白了一些事理，我变得落落大方了。我在基层巡回演讲中，幽默俏皮的演讲风格大受欢迎，我成了演讲团中获得掌声最多的演讲者。从演讲团回到厂里后，我被厂党委从车间抽调到厂宣传部，担任了政治辅导员，给全厂工人轮流培训，讲述《中国近代史》，由于我读书多，知识面广，在讲述《中国近代

史》中，得心应手，并把博采中外一些有趣的故事补充在讲课中，因此我的讲课大受职工的欢迎，许多职工都慕名专门报名要来听我讲课。

1985年，我又由于创作上的成绩被作为人才从工厂调到了市群众艺术馆，担任了创作辅导员，为了更好地辅导当地的文艺青年，我更加热爱读书，热爱创作。在这期间，我获得了“全国自学成材”荣誉证，被选为市政协委员，还被市委、市政府评定为“拔尖人才”，享受市政府的“特殊津贴”。

我这个人从小就生得矮小，努力伸高也就一米六左右，用当代人的话说是“三级残废”。从小，我就因个子矮小常受到别人的欺负和嘲笑，一些街坊邻居讥笑我长大后会找不到老婆，我一度很是自卑。是读书让我增添了自信心。在工厂里的那些日子里，由于我会背诵很多的唐诗宋词，知道英国经济学亚当·斯密的《国富论》，读过法国作家罗曼·罗兰的鸿篇巨著《约翰·克利斯朵夫》，工友们都不得不对我刮目相看，变得尊重我。我的读书和写作还赢得了一个姑娘的芳心，她的美丽和聪慧让全厂人都啧啧称奇和羡慕。

20世纪90年代中期，我所在的城市经济不景气，我在小城文化馆每月仅只能拿到250元钱，而妻子所在的厂又垮了，一分钱的生活费都发不出，这时儿子又考到省城读书，每年都需要一笔不菲的学费，就在我最窘困的时候，我发表的幽默作品被广州一家文化公司的老板看上了，他聘请我到他的公司主编《快活林》杂志。由此，又是读书写作帮助我改变了生活现状。从广州回来后，我就靠打工挣来的钱在省城老家买了一套房子，正式定居下来。在省城买了新房，才搬进去一个月，命运又一次向我挑战了，我的爱人被查出患上了乳腺癌，由于当时她的单位没进医保，我们面临着上十万的巨额医疗费，我们因为刚装修房子，手上没有几个钱了，为了挽救妻子的生命，我只有四处借债，先后向亲友借了十几万，为了早日还清债务，我在一边照料妻子的同时，一边坚持看书写作，几年中，我用笔挣回来的稿费，不仅还清债务，还保证了妻子的康复治疗和营养补充。现在我的妻子已经战胜了癌魔，身心十分愉快。

读书不仅让我明智，让我进步，还让我活得开心，活得有意义。我会更加热爱读书，直到生命的终点。

我和红薯的往事

1961年，那正是三年大灾害时期，为了度过饥荒，我的父亲不知从哪里想法搞到几麻袋红薯，这可成了我家的救命粮。有一段时间，我们家的主食就是红薯，每天母亲按人头蒸几个红薯，每天午饭时就一人发一个。那一年，我八岁，正在读小学二年级。有一天中午，我放学回家晚了些，等我回到家里，父母已经上班去了，我习惯地揭开锅盖，里面虽然还有热气，却没有一个红薯了。难道我的母亲忘了蒸我的红薯吗？我委屈地哭了起来，大哥见状，赶紧过来问我，等知道我哭的原因后，开始审问我的二哥，问他是不是偷吃了我的那一份红薯，二哥经不住大哥的审问，只好承认他没吃饱，就把我的一个红薯也吃了。大哥气得打了二哥一巴掌，二哥大哭起来，我也跟着哭了起来，我哭是因为我饿呀！大哥见我哭也没办法，因为他那时也才11岁，也不敢大胆地自作主张，给我再蒸一个，他也怕父亲打他。我哭了一阵，见实在哭不出“饭”来，又见上学的时间到了，只有饿着肚子上学去了。

下午第二节课时，我已经饿得实在受不了，就昏昏沉沉地趴在桌子上，正在迷迷糊糊中，班主任老师把我摇醒，我迷迷糊糊睁开眼睛，只见老师手中拿着一个熟红薯对我说：“汤礼春同学，你是饿了吧？我这里有个红薯，你拿去吃吧！”

我见了一个熟红薯就在我的嘴边，饿极的我此时什么也不顾地接过红薯就迫不及待地往口中塞。老师则在一旁亲切地说：“慢点吃，慢点吃，小心噎着了！”我大口大口地吃了几口后，这才慢慢地吃了起来。吃完了，我感觉这甜心红薯好吃极了，是世界上最好的食物。

第二天早上，我上学时，班主任老师却没有出现，后来听别的老师讲，昨天下午放学期间，班主任昏倒在路上，被送到医院去了。我听了，心里隐隐感觉到班主任老师的晕倒与我有关，也许是我把班主任的红薯吃了，才导致她饿昏的。自此，红薯就在我幼小的心灵里打下了深深的烙印，红薯是我们的救命食品啊！从此，我对红薯有了一份特殊的感情。

时光如梭，光阴似箭。时光一下过去了三十年。

1981 年的 5 月 8 日，那正是一个春意盎然的日子，我和女友这一天披着金灿灿的阳光，高高兴兴地去领了结婚证。走出办证的大院，我对妻子说："今天是个值得庆祝的日子，我带你去餐馆好好吃一顿。"刚走了几步，就见一个卖烤红薯的正在路边吆喝着，我和妻子同时都停在烤红薯的炉边。妻子对我说："就买个烤红薯吃吧！"我说："这哪行呢！今天是我们领结婚证的日子，我们还是到餐馆去吃吧！"

妻子说："这红薯又面又甜，很好吃呢！"

我说："其实我也喜爱吃红薯，只是怕委屈你了！"

"不会的。"

我见妻子真是喜欢吃红薯，也就挑了两个大的买下来，我和妻子一人一个就在路边吃了起来。

我一边吃一边对妻子说："其实，我对红薯很有感情呢！"就将上小学二年级时班主任老师给我吃了一个红薯的故事告诉了她，她听了，突然叫了起来："你上的是不是洞庭小学？你们班主任老师是不是叫叶春红？"

我惊异地抬头望着她道："你咋知道的？"

"叶春红是我妈。我听我爸讲过多次，说三年大灾害时，我妈患有低血糖病，所以每天到学校时，身边总是准备一个红薯。有一天，她见班上的一个学生饿昏了，就将那个救命的红薯给了他，结果她自己在回家的路上昏倒了。"

"哎呀！咋这巧呀！"我上前紧紧搂住妻子道："这一生一世，我都会对你好的，我要像你妈妈那样有爱心……"

如今，我和妻子结婚已经三十个春秋了，我们一直相濡以沫，十分相爱，我们的日子就像领结婚证那天吃的红薯一样又香又甜……

我中了“实话实说”的计

2002年5月22日这一天下午，我突然接到一个令人惊奇的电话——

“你是汤礼春先生吗？我是中央电视台实话实说节目组的张虎迪。”

“你们找我有什么事？”我尽量平静地问道。

“哦！是这样，我们准备做一期关于教育方面话题的节目，想请你参加！”

“请我参加?!”我既感到惊喜，又感到意外。我好奇地问：“你们怎么找到我的?”

“我们看到你写的一篇作品‘儿子的拍马成长史’，觉得很有意思，跟我们这次话题有关。这样吧，我发过去一个传真，上面有一些问题，想请你出点金点子。”

“好吧！今晚我好好想一想，明天上午回答你们提出的问题！”我一口答应下来。

放下电话没几分钟，张虎迪先生的传真就到了，只见上面的标题——解决烦恼我能行“体验教育活动”调查表。

下面注明着：你愿意面对电视观众说出烦恼和为别人支招吗？愿意（ ），不愿意（ ）。

我当然想到中央电视台去一展我的英姿，便首先在“愿意”的括号后面打了“√”。

我再看下面提的问题：由于高矮胖瘦、近视、有疤痕、胆小等自身不足带来的烦恼（还有“老有别人给自己起外号”等七个方面的烦恼），你有类似的烦恼吗？（请在相应的栏目中写出自己的具体烦恼），在解决某几

个烦恼方面你有好主意吗？（请在相应的栏目中写出你的金点子）。

拿着中央电视台“实话实说”节目组传来的传真，我兴奋地给妻子、儿子看，并充满信心地说：“我一定会答好题，争取到中央电视台屏幕上去亮亮相。”妻子、儿子也欣喜异常，妻子还笑眯眯地说：“到时打电话叫所有亲友看你参加的这期节目！”

晚上，吃过饭后，我开始把一切都抛在了脑后，一心一意，专心致志地来答题。我一边写，一边回想起我曾看过的“实话实说”这个节目，把它来作为我答题的参考，我还想象主持人崔永元会插进哪些话，我该怎么回答。

我写道：我个子很矮，才 1 米 62。我一岁时，人家就看出我是个矮个子，我二岁时，我的弟弟出生了，为了让他不要步我的后尘，我的父母就给他取名为高。写到这里，我想象崔永元会问：你弟弟后来长得高吗？我就回答：还是和我一样高。我个子矮，小时候倒没觉得有什么烦恼，到青少年时代，就体会到了，常有人给我出馊点子说：每天你都扯一扯两个耳朵，每天你都把颈子吊一吊，就能长高。还有人半开玩笑半奚落道：“你个子这么矮，只怕以后找不到老婆？”我想象崔永元在这里又会插问：“你以后找到老婆没有？”我就会自豪地说：“不但找了，而且我的老婆相当漂亮。”我甚至会带上一张老婆的照片到现场亮出来，那样现场效果会更好。

书归正传。别看我现在这么说底气十足，可当时听了别人的那些话，也确实很担心以后找不到老婆，我也很自卑，不敢跟个子很高的人走在一起，人家说是“讲相声”，又怕跟几个很矮的同伴走在一起，怕人家说：“物以类聚，人以群分。”

因为个子矮，我从小就自尊心很强，很想在某个方面超过人家。可偏偏在读初中一年级时，“文化大革命”开始了，我上不了学，就开始自己在家看文学书、拉二胡，书看多了，懂得一些知识，就知道很多伟人都很矮，如列宁、拿破仑、爱因斯坦。也就自己宽慰自己：个子矮的人聪明，活得寿命长。

现在我可想明白了：其实高矮胖瘦，也有其长，这就是一个心态问题。长得高的同学，可以引以为自豪：我是遗传因子好，看热闹不用踮脚；长得胖的同学也可以引以为自豪：大风来了我自岿然不动，不像瘦子，风吹两边倒；瘦子也可以引以为自豪：我瘦才有口福，什么好的都敢吃！近视的同学也可以自豪地说：学历越高的人，戴眼镜的就越多，你不戴眼镜，人家相反怀疑你是个差生！有疤痕的人要会想：这是我独有的特殊记号，在这世界丢失不了！电视电影里那些久别巧逢的人不都是靠身上有这特殊记号！胆小的人要会想：每个人都有胆小的时候，高空走钢丝的人也不敢跟汽车打架！

关于"老有别人给自己起外号"这个烦恼我也有，青少年时代，只要有人喊我"矮子"，我就难受，认为是一种耻辱，凡喊我外号的人我就不搭腔也不理他，这样外号在我身上始终生不了根，这是我小时候处理的方法。现在我认为还可用"反唇相讥法""幽默法""自我宽慰法"。"反唇相讥法"就是你喊我"汤瓢"我就喊你"尿罐"（如果对方姓廖），我给你取的外号越难听，你也就越不敢再给我取外号了。"幽默法"就是比如我脸上有疤痕，你喊我"花脸郎"，我就说："这是英雄的标记，是勇斗歹徒落下的，应该叫我'光辉印'。""自我宽慰法"就是要会想："梁山好汉个个有外号，有外号也并非坏事，说明我酷！"

……

一想到能在中央电视台的屏幕上侃侃而谈，我就精神抖擞，神思泉涌。到午夜时分，就一气呵成，张虎迪传过来的七个问题逐一答完。

第二天一大早，我就开始眼巴巴等着张虎迪的电话。将近中午时分，张虎迪的电话终于来了，我开始满怀信心地按传真上所提的问题逐一回答，我在回答当中，不时听到张虎迪先生由衷的笑声，还有他时而要我重述一遍，他要记录的要求。我想：我成功了，他一定会邀请我到电视台去当嘉宾。

不料，我刚回答完所有问题，他就说他现在要去开一个会，下午三点再跟我联系。

下午三点，张虎迪准时给我打来电话，说："汤先生，很抱歉，我们刚才开了个会，这次就不准备邀请你来了，以后有机会我们再邀请你吧！我们总会在北京见面的！”

放下电话，我有些犯糊涂了，如果说我没回答好吧，那张虎迪先生为什么要发出笑声，还要记录；如果说我回答的他有可取之处，为什么突然又说不邀请我去现场了呢？我百思不得其解，打电话到本省电视台一个朋友那里咨询。他听了后，大笑道：“其实人家的计划就没下你的米！你想想，下个星期就是六一儿童节，这个有关教育的节目肯定会在那个时候播，如果计划有你，按惯例最晚也会半个月前通知你。我分析：实话实说节目组在编辑这期节目时，觉得内容、方式上过于正统，想找你这个专写幽默作品的作家补充点幽默的作料进去，以使节目变得更轻松活泼！”

哦！我明白过来了，难怪张虎迪在电话中反复强调，要看我解决烦恼的幽默点子，而有意回避表中“写出自己的具体烦恼”这一栏哩！张虎迪先生在电话中称曾在我的个人作品的网页上读到我的许多幽默作品，并由此获得了我的电话号码。我想：他是在编辑下一期节目时，苦于缺少点幽默的成分，才临时想起我的。

张虎迪先生为什么不直接说要我帮忙在他们的内容中加点幽默的金点子，而首先要抛出“邀请我参加他们节目”的诱饵呢？堂堂中央电视台的名牌节目“实话实说”为什么对我就不实话实说呢？我想：还是因为越是大牌大腕就越要面子吧！

不过，我仍然痴心地等着张虎迪先生的下一个承诺：有机会我们会再邀请你的！我们一定会在北京见面的！

但愿这一次中央电视台“实话实说”节目组是对我实话实说。

新潮小姐

前几年，我曾在上海一个台湾商人家里做过近两年的秘书。这家的主人杨太太是美国一家“化妆日用品”分公司的营销商。

在上海打工的日子里，给我印象很深的有一个很新潮的小姐，她叫蔓娜。

第一次看见蔓娜时是在公司组织的一次讲课上，我正好坐在她的旁边。她个子不高，只有一米五几，穿了一身紫色的套裙，裙子很短，头发烫的小卷发，脸色粉粉的，眉毛画得往上翘。听课时，她的注意力很集中，讲课人每讲一句，她就不住地点头、微笑，眼睛忽闪忽闪的，表情随着讲课人的表情而变化。如果有人小声讲话，她就会站起来劝阻。当讲课人讲到谁穿过名牌衣服“三宅一生”时，她把手举得高高的，说她穿过。讲课人笑着问：“你还穿过什么名牌?”她答：“香奈尔，曼尼。”听课的人都把艳羡的目光投向她。讲课的人也是个年轻人，他对她做了一个相见恨晚的动作。她的长相玲珑可爱，打扮秀雅，妆化得也恰到好处，加上她的举止大方，十分引人注目。

有一天晚上，正好轮到蔓娜讲课，我也得以对蔓娜有了进一步了解。她说她是深圳人，修过两门专科，一门是英语，一门是医学。曾在深圳一家公司做翻译，一个月已有五千元的工资，但她觉得不满足，因为她是拼命地给老板打工，每天要翻译一大堆资料，累死累活加了一点工资，别人还眼红。所以她想自己当老板，就到上海投奔了这家美国“化妆日用品”公司来了，她的口才极好，声音清脆，很能吸引人。最后，她又介绍说坐在前排的一个白人老头是她的先生（上海人都是将自己的丈夫称作先生的)。这使我大感惊愕和意外，她这么出色的一个小姐，正是芳龄，怎么会找一个花甲之年的外国老头做先生哩！我对蔓娜小姐更产生了好奇。

也巧，隔了不久，杨太太就请蔓娜和她的那个外国老头到家里来吃火锅。那天天很冷，蔓娜只穿了一件很薄的枣红色连衣裙，冻得她直流鼻涕，我便给她找了件披肩，她微笑着说了声“谢谢”。那天，她们的谈话虽然主要是用英语，但也不时掺夹些国语，我从中了解到那个外国老头是个美国人，是上海修地铁聘请的工程师，现在他们的地铁工程完工了，他快要回美国了，蔓娜想叫他回国后也做“化妆日用品”的推销，特请杨太太来指导他。我想：这也许只是蔓娜找的一个理由，借此和杨太太拉近关系。

这以后，蔓娜就经常到杨太太家来，我也就和蔓娜越来越熟悉了，我才知道蔓娜是在舞厅认识那美国老头的。有一天晚上，蔓娜正在舞厅的台上唱歌，那个美国老头在下面一见蔓娜钟情了，当时就送了一大把鲜花上去给她，很快他们就熟悉了，她见这个美国老头又有钱，而且还答应带她到美国，就和他相好同居了，美国老头曾答应在上海先给她买一套房子，我正好认识一个老乡在上海是售楼小姐，就介绍她带蔓娜去看房，结果听说看了好几套，那美国老头都没看中，后来美国老头回了美国，这事就不了了之了。现在回想起来，大概是那美国老头有意看不中的吧！

在和这位美国老头同居前，蔓娜曾经有过一位上海的男青年追求她。我记得每次公司举办的讲课会上，蔓娜都是和他亲热地在一起。这位男孩在上海海关工作，人也长得很帅。我曾问过杨太太，说这个男青年也不错，蔓娜为何要甩了他，而选中一个老头。杨太太有些不高兴地说：“他养得起蔓娜吗？蔓娜每个月光是化妆品就得要几千元！”

蔓娜和那位美国老头同居后，不管大会小会都要带那位外国老头去，而且还总是并肩坐在前排，她还当着大家的面有意让那位美国老头买很多高档化妆品和营养品。好像和这位美国老头十分相爱的样子，一点也不介意旁边的人议论她和这位美国老头的关系，我看不出这位美国老头有什么可爱之处，他一米七的个子，挺着个大肚子，一副无精打采的样子，说起话来瓮声瓮气，像个音响，见了漂亮的女孩眼睛就扫了过去，露出一副色眯眯的样子，而且烟瘾酒瘾都很大，据说一次能喝一瓶白酒，不过蔓娜说能管得住他，为了让他减肥，减小他的肚子，她不让他吃主食，每餐只让他吃蛋白粉、水果、蔬菜，还说这样一个月他还真减了上十斤，人也精神多了。

就在蔓娜和这个美国老头打得火热之时，美国老头却要回去了，美国老头答应回去后尽快为蔓娜办理移民手续，为了联系方便，蔓娜叫他把包裹和快件寄到杨太太家里，并嘱我收到美国寄来的东西后，马上打电话通知她。那美国老头回美国不久，果然寄来一个包裹，我马上给蔓娜打电话，她飞快地赶了过来，迫不及待地当着我的面打开包裹，只是一条丝巾。隔了几天，从美国又寄来一个包裹，我打电话过去，她又飞快地赶来，这次她可能是从床上爬起来的，连妆都来不及化。她一进门，大概见我吃惊的样子，首先说："外面的人只有你看见过我没化妆的样子。"我这时才看清她的脸上有明显的雀斑，也看不出眼睛有平时那么大。我第一次相信了化妆是能改变一个人模样的。

圣诞节的那天晚上，杨太太叫我准备了许多水果、糕点，来了许多客人，蔓娜也来了，到了晚上十一点钟时，蔓娜说要回去了，杨太太问她为什么走这么早，她抱着杨太太激动地说：她在十二点钟时一定要和他（那个美国老头）在一起，要和他在电话中相会。她还充满带有戏剧色彩的表情和语调说："杨妈妈，我一定要和他在一起，你知道吗？我是多么爱他，一刻也不能没有他！"说完，又过来拥抱我，当她的脸快挨近我时，我闻到了一股在外国人身边才有的气味，我感到恶心。

隔了几天，蔓娜来找我，要我帮她打印一份证明，她要办出国护照，我看了看她的材料，才知道她并不是深圳人，户籍是贵州，而且也没正式单位，名字也不是我所一贯称呼的蔓娜，而是一个很普通的名字：吴艾香。

我以为这一下蔓娜真要出国了，可大约一个星期后的一个晚上，已经很晚了，蔓娜却突然红肿着眼睛来了，她一见杨太太就哭了起来。

原来，已经有好几天了，那个美国老头没有打电话来，她打电话过去也打不通，她是来找杨太太帮忙，叫杨太太想法跟那个美国老头联系上，杨太太曾在美国生活过好几年，在那里还有一些朋友。一连几天，杨太太打了很多电话到美国，也没联系上那个老头，后来总算有一天半夜里拨通了那个老头的电话。早上我看见杨太太在和自己先生说蔓娜的事，原来那个美国老头说，他的三个儿子都不愿意他娶一个中国姑娘。

难道在美国儿女们也会干涉父母的婚姻？在上海接受了一些西方文化的我不由得脑子里顿时出现这样一个问题。

当天，杨太太就打电话把这个消息告诉了蔓娜，我听杨太太在电话中不停地劝解安慰她，听得出蔓娜在电话那头哭得很伤心。蔓娜再三请杨太太打电话到美国，做做那个老头的工作。

这一次，杨太太长了个心眼，先通过美国的朋友打探那位老头的情况，结果才得知那位老头的太太还在，还跟他生活在一起，并不是原来他告诉蔓娜的，他太太已经去了天堂。

当杨太太把蔓娜喊到家里，将真相告诉蔓娜后，蔓娜先是哭了一阵，随即抹了抹眼泪，露出一副十分恼恨的样子，咬牙切齿地说："这个老骗子，真不是个东西！不过我本来也不是真爱他，只是想借他搭个桥的，我原想到美国后就再和他拜拜的，谁想到他……"略停顿了一会儿，蔓娜像发誓地说："我一定要到美国去，一定要让他看看，没有他，我蔓娜照样能到美国。到了美国我还要找这个老东西算账，要他赔偿我的青春损失。"

不久，我听说蔓娜又开始打扮得新潮而富有魅力，又开始活跃在各个公共场所，又开始在各高档舞厅、歌厅飞歌浪舞，那一副迷人的眼神又抛向那些外国人……

不过，直到如今，我仍没有得到她去了美国的消息。

八千里路云和月

我常常感慨：改革开放后的中国，变化最大的是道路交通。因为这对于从青少年就出门奔波的我来说体会是最深刻的了。

我第一次知道行路难那是1969年，那一年我才16岁，就被冠以"知识青年”的名义下放到农村。我下放的地方是湖北公安县北闸区，离我的家武汉仅250千米，可能那时还不通公汽吧，送我们下乡的老师是带我们乘船去的。我们从早上就出发，轮船在长江上整整开了两天一夜，在第二天傍晚时分才到达了沙市，我们下船后，因为天黑了，只有找旅馆住了一宿。第二天早上，我们就自己肩扛着行李来到了沙市的一个渡口，从这里乘小木船过了江，到达了公安县的埠河镇，可这里离我们下放的生产队还有20余里，没有公路相通，只有靠步行才能到达，我们这些十六七岁的青少年都是第一次出远门，又都是第一次走这么远的路。一路上，只有走走歇歇，等走到我们插队的村庄时，又是傍晚时分了。算下来这250千米的行程，我们居然用了整整三天时间。

到农村不久，生产队就接到所有男劳动力都到南闸去修水利的通知。本来生产队为了照顾我，不让我去的，但我表现积极心切，强烈要求去，队长只有答应了。我们要去的水利工地距我们生产队有70里路，因为还要带上行李、工具、粮草，队长计划两天走到。第一天，我鼓起精神走了40里路，第二天早上起来，就发现双腿酸疼，脚板上也打了二个疱，但为了不掉队，我只有硬拖着沉重的步履艰难跋涉了。离目的地还有十来里路的时候，我腿沉重得简直难以挪步，每走几步，就要歇上一阵。队长只有安排一个人陪着我在后面慢慢挪动，他自己带领大队人马先行而去。

那一次艰难的步行给我的人生留下了难以磨灭的印记。

1970年，我被招工到湖北光化县的一家水泥厂。光化县在什么地方，那时我并不清楚，但招工的干部告诉我们，从武汉乘火车去，也就400千米。我心想：比起下农村来，这下可方便多了，乘火车又舒服又好玩，大半天就可以到达。其实不然，我那时是太幼稚了。我们到光化去时是晚上八点从武昌火车站发的车，虽然是慢车，又都是硬坐，但我们还是很兴奋，心想玩一阵再打个盹不就到了。谁知好容易熬到天都亮了，连襄樊都还没到。怎么还没有到啊！光化好远啊！和我一起同行的伙伴们都不由得感叹。太阳都升起到老高了，我们都被列车摇晃得神色疲倦，有些烦躁了，但光化还在前头。一直到上午十点时，我们才总算熬到了头。算下

来，400 千米的路程，火车居然走了 14 个小时，连古代的骑马都不如。

在水泥厂工作期间，交通仍是不便，水泥厂到光化县城有 18 里路，虽有公路，却每天仅有两班车到达。记得打倒“四人帮”后不久的一天，听说县城电影院开始放老片子，我们这一群热血青年一激动，居然步行了 18 里路，赶去看了一场《洪湖赤卫队》。

进入 20 世纪 80 年代，我虽然成了家，但我的父母都在武汉，我每年都还是要赶回去和父母团聚几天。然此时的交通较十年前并未改变多少，从光化到武汉的列车依然要行 13 个小时。1982 年夏天的一天，我和妻子带着不满一岁的儿子回武汉，火车从早上七点出发，一路上摇摇晃晃，走走停停，到武汉附近的新沟时，天已经黑下来了，由于一路上列车停时就闷热，开时就从窗子里灌进来热风，儿子经不住折腾发起烧来。我心急火燎，恨不得推着火车快跑，可火车仍然慢悠悠地走了个十来分钟就停一站，到新墩时眼看再开一站就到达武汉的汉西车站，可偏偏火车在这里居然停了半个小时，我急得直跺脚。好容易熬到了汉西火车站，一下车，我抱起儿子就朝解放大道跑起来，那时还没有出租车，汉西车站又不通公汽，我抱着儿子跑了好几里路，才总算找到公共汽车站，等赶到一家医院，给儿子看了急诊，打了退烧针，已经是晚上十点多钟了。这一幕至今想起来仍心有余悸。

最难忘的是 1985 年的春节过后回家，我带着妻儿从武汉返回老河口（此时光化县已升格为老河口市），火车从武汉发车是上午九点，但由于半路上下起了大雪，火车跑得更慢了，到老河口站时，已是第二天凌晨两点钟了。下了火车后，黑糊糊、白茫茫一片，虽是城市，却稀有灯火，更无车辆行驶，只有在雪地里深一脚浅一脚地步行回家，因为要手提身背行李，三岁多的儿子只有跟着我们慢慢踉跄着挪动步子，一路上，他不知摔了多少个跟头。

那时的老河口和武汉虽然也有 207 国道相通，但到武汉的客车每天仅有一班，因道路不仅狭窄弯曲，而且不时有路段在维修，所以到武汉的客车也像老牛一样要晃荡一天才能到达。有一次，我到武汉开会，为了赶时间，我只有坐清晨就出发的班车去，车行到半路上时，由于司机太疲劳，居然迷迷糊糊打起了盹，汽车向公路边斜插而去，幸亏公路两边是粗大的白杨树，汽车擦过一棵大树后，一头撞在了一棵大树上，把车撞熄了火，我们才有惊无险地躲过一劫。但由于车是撞断了前梁弹簧钢板，再无法动弹，司机只有跑到前面一个集镇上打电话回去，叫送来一副弹簧钢板。等钢板送来，车修好，天已经黑尽了，司机在这样的路况下是不敢开夜车的，我们只有在附近的小旅馆住了一宿。第二天早上班车继续出发，可惜到武汉已是下午，错过了我开会的时间。

到了20世纪90年代，虽然火车已经开始提速，但武汉到丹江的火车却停开了，我们要想乘火车回武汉，必须先乘汽车到襄樊，再转乘火车。老河口到襄樊虽然只有七十千米，但汽车往往需要折腾两个小时才能到达，再乘六个小时的火车到武汉，往往还是要折腾一天。

由于交通状况不好，也大大影响了我们这个县级市的经济发展，到20世纪90年代末的时候，我这个参加工作近三十年的文化干部每月仅只拿到三四百元，而我妻子所在的厂垮了后，居然连一分钱的生活费都不发。生活所迫，1999年，年已47岁的我只有携妻儿远走他乡，去广州打工。在广州打工的第二年，我从媒体上了解到，全国各地正在大规模修建高速公路，从武汉到十堰的高速公路也开始修建，这条高速公路将通过我生活了几十年的第二故乡——老河口。得到这个消息我异常兴奋，当儿子提出利用双休日去学驾驶时，我欣然同意了。

到2003年，我们一家在广州打拼了三年，已经拥有了一笔积蓄，我们没有首先考虑买房，而是去买了一辆小轿车。此时的广东三角洲地区，交通已是十分发达，每逢休假，儿子就驾车带着我们全家，到深圳、中山、珠海、肇庆、海口、三亚等地旅游，我们在饱赏了沿途风光的同时，也第一次感受到了交通的便利。

2005年9月底，当我们从报纸上看到武汉到十堰的高速公路建成通车后，我们一家欢欣鼓舞，决定全家驾车回老河口探望一下久别的亲友。

金秋十月的一天，我们全家怀着兴奋和激动的心情上路了，从广州所住的小区开出不久，我们就踏上了“京珠高速公路”，汽车在高速公路上飞奔，我们随着车内跳荡的音乐，欣赏着路边的风景，那份惬意的心情真是难以言表。从广州到武汉有一千一百千米，听说在20世纪80年代时，乘火车都需要三四十个小时，可是我们家的小车这天开到武汉时，天还没有黑尽，算起来一共才用了13个小时。在武汉玩了几天后，我们开始向鄂西北的老河市口进发，出了武汉，上了“汉十高速公路”后，我大为惊叹：汉十高速公路修得真是又美观又舒坦，每隔几十里就闪过的顶上天桥，各具特色，让人不由得欣赏叫好。一路上的风光我还没过足瘾，小车就已经下了高速公路，开始进入老河口市，看看时针，从武汉到老河口居然只用了三个半小时。小车缓缓驶过老河口那熟悉的街道，往事历历顿时浮现在心头，我不由得百感交集，心中涌出声声感慨：八千里路云和月啊……

我和日本的“七夕文化”学者

1991年农历七月初七这一天，4个日本友人专程来到汉水之滨的小城湖北老河口，他们是特地从富士山下赶来观看七夕之夜汉水连天河的美景。

因我系省民间文艺家协会会员，省作家协会会员，又曾主编过市民间文学三套集成丛书，故日本友人要求我给他们讲讲有关七夕文化的传说。

和我直接交流的是年过古稀的鱼住孝义先生。他首先向我说明了他们此行的意图，他们福冈的小郡市是“牛郎织女”的传说在日本的起源地。由此，小郡市市政府很重视有关“牛郎织女”的民间文化活动，花了三千万日元在市广场树起了一个“牛郎织女相会在天河”的市标，每年都要举办为期几天的“星节”，组织民间祭祀活动。此次，小郡市市政府专门派了一位官员和摄影家明石和也先生，陪同他一起考察中国的七夕文化。

鱼住孝义先生从年轻时代起，就开始研究《万叶集》，他发现《万叶集》中有130首诗歌涉及“七夕”，而在这些诗歌中称“天河”为“天汉”，为什么不叫“天河”“银河”，而叫“天汉”呢？鱼住孝义百思不得其解。1942年，鱼住孝义先生作为医生，被日本军队征用到湖北的应城，他这才了解到就在附近有一条大河叫汉水，在湖北的西北部老河口市一带。每到夏天，天河垂直而下与汉水相连。这样一来，鱼住孝义就有点明白《万叶集》中描叙“天汉”的美景了。战后回到日本的鱼住孝义出了一部名为《患者收容队员的死》一书，在书中他将有关《万叶集》中的“天汉考”叙述出来，不久后，他就收到一位日本老兵的信，他在信中说：我曾亲眼见过汉水连天河的美景。1945年我驻守在湖北老河口市的汉水边，夏天的时候，美丽的景色就出现在我们的眼前，映在汉水的星影成千上万，四光反射的光辉像火一样的燃烧，完全像一团火球……

日本老兵描绘的“汉水连天河”的美景让鱼住孝义心动，加上老河口市附近有“牛头山”“天河口”的地名，鱼住孝义就决定亲往老河口考察。

在交流中，我向他们讲述了当地流传的“牛郎织女故事”及当地的“七夕”风俗，鱼住孝义先生听后说：“你讲的牛郎织女传说跟在日本福岗流传的差不多，风俗也大致相同。看来，日本的‘牛郎织女的传说’是由中国传到日本的九州，再由九州传到全日本的。”

鱼住孝义最想了解的是“汉水连天河”的传说，他问我：“这种传说是不是一种诗人的感情？”

我回答道：“这不是一种诗人的感情，而是劳动人民根据山川地貌的景观，伴随着对美好生活向往的浪漫情怀而传说的。清碧的汉水发源于秦岭山脉之中，水盛时，腾起汩汩水柱，飞流直下，形成瀑布。而从秦岭山脉到老河口上游不远的丹江口，汉水一直是顺着蜿蜒起伏的山势湍急而下，到上游的最后一段丹江口时，从两山的夹峙中像瀑布般顿然跌下，进入到老河口这一平缓地带，这样顺着汉水往上游望去，就犹同汉水连着蓝天白云一般。而到了晚上，点点渔火从上游漂驰而来，就像从天河飞下来一颗颗闪烁的星星。”

鱼住孝义一行听了我的叙述后，当天夜里就去观看了“汉水连天河”

的美景。第二天，他告诉我，他很信服我讲的关于汉水连天河的叙述，而且“汉水连天河”的景致确实很美，他看了很是激动。

鱼住孝义先生回国后，开始着手撰写《天汉考》一书，几个月后，他将《天汉考》的草稿大纲寄给了我，要我到“天河口”一趟，实地考察一下那里的风物、风俗、传说，写成文章补充到他的书里。我随后去考察了天河口，天河是距老河口百十千米的一条河流，天河口则是天河流入汉水的地方，天河也是从高山上奔流直下的，也符合汉水连天河的地形地貌。

1992 年，鱼住孝义先生的书正式出版了，出版的书名改为《万叶集——天河的传说》，副标题为《老河口纪行》。他在书中刊载了我讲叙的“牛郎织女的传说故事”以及我考察撰写的《天河纪行》，同时还有日本小郡市的“七夕文化风俗”。在书中的后一部分，则是对《万叶集》中有关“牛郎织女传说文化”诗歌的考证。

此书出版后的第二年七夕，就有一个研究《万叶集》的日本学者专程找到我，和我交谈后，就沿着我在书中讲叙的老河口市到丹江口到天河口溯源而上，实地考察了一番。

1999 年的七夕，由日本京都名古屋大学古典文学教授八木毅为团长的“七夕文化考察团”一行 39 人专程来到了中国，沿着当年鱼住孝义先生到中国的考察路线考察了一番，他们要求我在老河口的汉水之滨跟他们实地讲解，随后又要求我到襄樊市他们下榻的宾馆跟他们正式演讲了两个小时。演讲完毕，日本学者们纷纷提问，主要都是关于“汉文化”及“七夕文化”的问题。据我了解，此次的团员每人都带了一本鱼住孝义先生的《万叶集——天河的传说》。可见鱼住孝义的这本书在日本算得上是开了研究《万叶集》七夕文化的先河。使我惊讶的是在此次的团员中，有许多年轻人和家庭妇女，可见喜欢研究“七夕文化”的人在日本是不分层次和年龄界限的。

2007 年的七夕之时，日本大阪枚方市“七夕研究会”副会长鸟住贞义先生也是拿着鱼住孝义先生的书专程到中国来拜访我。首先他指着书中我为此书题写的诗《汉水连天河》，要我逐字逐句讲解了一番。

我的题诗是：

汉水连天河，一由浪漫歌。
牛郎与织女，世代有传说，
天上与人间，有苦也有乐，
千古民心同，盼望好生活。
汉水连九洲，一典友好歌，
中国和日本，大海难分隔，
文化同有源，民间共传说，
两岸架鹊桥，永落和平鸽。

我讲解完后，鸟住贞义先生又请我大声朗诵了一遍，他录了下来，说要把我朗诵的声音带回日本，放给其他“七夕研究会”会员们听。

鸟住贞义先生是一个十分热忱的“七夕文化”研究者，在我陪同他到老河口、丹江口、襄樊几天的考察旅游中，他每天更换的汗衫上都印有“牛郎织女相会天河”的图案，他说这都是他自己设计印制的。

在“七夕”的那天上午，他特地把我请到他住的房间，向我介绍了他们研究的情况，他说他们研究会现有 50 人，为什么要成立“七夕研究会”呢？因为枚方市是日本著名的“牛郎织女相会”的城市。流经枚方市的河流天野川每逢冬时，白海鸥会来这里栖息，天野川的河砂洁白闪亮，远远看去仿佛是宇宙中的银河一般，因而得名。架设在天野川上的桥名也都与“七夕”有关，如“逢合桥”（牛郎织女相会的场合），“鹊桥”（七夕夜喜鹊们为牛郎织女搭成的桥），“天津天”（跨越天河之桥）等。天野川两岸民国也流传许多牛郎织女的故事，并有相关的风物遗迹，如石牛像、七夕神社、镜湖等。

鸟住贞义先生还给我放了一段去年七夕时，枚方市祭扫“七夕神社”的录像带，我从录像画面上看到前往祭扫的人除了“七夕研究会”的成员外，当地的议长、市府官员也去了。民众前往祭扫的也很踊跃，在“七夕神社”的周围栽了很多竹子，前往祭扫的大人小孩都将自己的心愿写在一张长纸条上，然后挂在竹子的枝条上，用来祈福。这使我想起日本小郡市的“七夕文化”，也牵涉儿童。年满 6 岁的儿童在“七夕”这一天早上，在妈妈的陪同下，到野外的庄稼上取些露水回家，然后用露水磨墨写字。这是一种仪式，代表儿童从这一天起后就开始启蒙读书写字了。

据我考证，这是中国和日本“七夕文化”略有不同的地方，其他如七夕夜在庭院里摆上香李瓜果，一边品茶一边观看牛郎织女星，有葡萄架上默默地向天上“乞巧”，盼望能像织女那般心灵手巧，这些几乎是相同的。

日本枚方市也与中国的一些地方政府一样，大力宣传“七夕城市”，每年七月举办“天河七夕星星节”，在交流街道上署有以牛星和织女星为主题的纪念碑，在天津桥上设置了彩灯，上流为“牛郎”，下流为“织女”，每天晚上在一起幽会。在交流街道两旁，排列着带着幼儿园孩子们款款心愿的彩条竹枝，俨然一幅夏天的风景诗。

最后鸟住贞义先生告诉我，明年（2008 年）的七夕，日本将举办一个全国性的“七夕文化研讨会”，他希望我去参加。

2008 年 5 月，鸟住贞义先生又给我发来邮件，邀请我去日本参加“七夕文化交流会”，因为我自知自己在“七夕文化”研究方面还是个门外汉，便没有前往。今天，我写下这篇文章，算是对鸟住贞义先生一个交代，也算是对这些年来，前来和我交流“七夕文化”的日本友人的一个回报吧！

关于电的记忆

电对于我来说，可以称得上是改变了我的命运。

1953 年的春天，母亲抱着几个月大的我，从乡村来到城市看望我的父亲，我的父亲当时在这座城市当工人，当我的母亲第一次踏上城市，看到街上闪耀着灯火的时候，我的母亲惊奇得张大了嘴巴，眼睛都看花了也舍不得低下头去。她对我父亲说：“城市太好了！有不用油的灯，我不想回乡里了，就在这里和你生活，晚上我就可以在灯下照样做针线活了。”

父亲过去曾动员过母亲到城市来，可母亲总是故土难离，想不到城市的灯一下就迷住了她的心，我由此成了城市人。想想看，母亲再晚两年看到灯，想到城市来就不大可能了，因为城市的户口就很难上了。我由此和老家乡里的孩子有了不同的命运，后来据我母亲说，三年大灾害时，老家村里和我同龄的孩子饿死了好几个。而我们在城里则享受到国家保障供应的一天九两粮食，尽管大多数是苞谷粉、高粱面，但比起农村人饿得吃树皮、观音土，那就犹如上了天堂。

我们虽然生活在了大城市，可母亲在家里只装了一盏25瓦的灯，她是为了节约，因为在我之后又添了几个弟妹，而父母又都只是普通的工人，他们的收入仅够维持全家最基本的生活。

我上小学五年级时，开始喜爱阅读课外书籍，我想利用晚上的时间看书，便向父母建议，在我和弟弟住的阁楼上安一盏灯，我不敢说是为了看闲书，而是以学习任务重，晚上要复习为由。在我反复的缠磨下，父母终于为我们装了一盏15瓦的灯。当在小阁楼第一次拉亮灯的时候，我兴奋的心情不亚于后来第一次坐飞机。可兴奋了没几天，父母又给我泼了一盆凉水。有一天晚上，我在阁楼上看书看迷了，父亲爬上来了我都不知道，父亲发现我看闲书，训责了一顿不说，还勒令我立即关灯睡觉。

从十四岁开始，因为“文化大革命”的原因，我也就没学上了，每到晚上九点，父母就要在楼下催我关灯睡觉。我知道他们不是为了要我早点休息，而是心疼电钱，可我偏偏这个时候十分痴迷地看文学书籍。有一次，我遵照父母之命关了灯，可心里还想看书，便悄悄爬起来，用一件衣裳将灯围住，尽量不让光射出来，然后我把脖子伸进去看书。这种方法还没使用几天，就被父亲发现了，我还因此挨了一顿打。我不敢再用这种方法偷看书籍了，就把阁楼上的板皮墙偷偷撕了个大缝隙，借用外面的一盏路灯看书。

20世纪60年代末，我已经十六七岁了，在我为用电的权益上和父母多次缠磨后，父母最终不用高压手段勒令我关灯，但另外的烦恼却出现了。有一天，家里的灯泡坏了。那个时代，买什么都要凭票，灯泡也不例外，可灯泡却不像肥皂那样每月供应一块，而是掌握在居委会的主任手

中，要打报告写申请才能批一个。而我又偏偏和主任的孩子玩不到一块，主任一贯瞧不起我们这个穷家。所以当我母亲找主任要灯泡票时，主任一口就回绝道："这个月的灯泡票用完了，下个月再说。"到了下个月，主任又找其他理由不给我们家灯泡票。黑灯瞎火的日子实在难熬，我甚至跑到许多公共厕所去侦察灯泡的情况，想偷一个，遗憾的是那时由于灯泡稀缺，公厕的灯泡不是固定住了，就是用铁丝网罩住，根本无法下手，这使得我的人生简历上少了一个劣迹。

后来实在没有办法可想了，我的母亲只有拉下脸来和那位主任大吵了三次，才终于拿到了一张灯泡票。

我的阁楼重新有了灯光，可我又不得不当知青下了农村，重新来到没有电的乡村。为了能重新得到有电的生活，在知青的首轮招工中，我也不管招工的单位如何，就积极报了名。结果，1970 年我被招到位于鄂西北的一家新建中的水泥厂，而且还被分到了远离厂区五十余里的矿山。矿山当时还没有通电，晚上我们就在两面透风的芦席棚里摸黑睡觉。这种条件比我们在农村时还艰苦，在农村我们起码还有一盏煤油灯。我们这群刚招工上来的知识青年强烈不满现状，集体步行下山，到厂区请愿，要求给我们起码的生活条件。可当时厂里的最高领导是一个副军长兼掌（各车间也都叫连，连指导员都由军代表兼），他有着军人的强硬作风，他对我们提出的要求有电灯、有床等条件一概置之不理，反而对我们大发雷霆，狠狠批判我们有资产阶级的享乐思想。

我们只能低头而已，只能忍受没有床没有电的日子。为了消磨晚上那没有灯光的时光，我只有躺在铺在地上的凉席上默默地背诵着唐诗宋词。

当时由于我的年龄只有十七岁，又爱看书，引起了一个省总工会下放来的干部的注意和同情，他推荐我去给那位副军长当勤务员，可惜我当时太幼稚了，自愿放弃了这"大有光明"的机会，只求到厂区当一名普通工人。就这样，我幸运地来到厂区，当上了一名电焊工人。虽然我白天享受的电火太强烈而又刺激，可晚上却只能和上百个同伴共同享用几盏昏暗的灯光，我们同住在一间当地的棉花仓库里。我渴望有电看书学习的状况还是没能实现。这种状况一直持续到两年后，厂里终于建起了一幢单身楼，让我们全部搬了进去，但一间十几平方米的房要住五个单身职工，这样的条件虽然能勉强看书，但却写不成字，因为除了床一张桌子都摆不下。而我此时除了渴望有电，还需要桌子，因为我在读文学书籍中又产生了创作的欲望。好在单身宿舍就建在厂区，我就和车间办公室的一位同志搞好关系，找他要了一把办公室的钥匙，每天晚上就独自一人到办公室去读书和创作。就因为争取到了这样的条件，1976 年，文化荒漠时代一结束，我创作的诗文就开始见诸报刊了。

1985 年，因在创作上的小成绩，我调到了小城文化馆。我原以为调到文化部门，可以全身心投入到我所爱好的创作上，谁知电反过来开始拖我的后腿了。白天我要辅导和组织业余作者的创作活动，晚上文化馆为了生存，利用那开始充足起来的电能办舞会放录像，我们这些文化干部都被抽去守大门。看着那五颜六色旋转的灯光，我这个喜爱读书和创作的家伙只能啼笑皆非而已。

进入 20 世纪 90 年代，随着改革开放的脚步越来越大，电的缺口也越来越大，我所生活的小城虽然紧靠着丹江水电站，却几乎天天停电，文化馆的舞会录像厅自然也办不下去了，把晚上的时间交还给了我们。我只有又回到了靠点蜡烛和煤油灯来看书写作的日子。由于对电太渴望了，就有人向我推荐一种小型电频器，就是来了电后自动接上充电，停电后能管几个小时的照明。虽然当时一个电频器的价格得花我两个月的薪水，但我还是毫不犹豫地买了一个，就是靠这个电频器我写下了几十万字的文艺作品。

20 世纪 90 年代中期，我原来所住的阴冷潮湿的小屋成了危房，文化馆只有把办公楼顶楼的一间杂屋腾出来供我居住。到了夏天，阳光直射楼面，烤得我们全家整日像在蒸笼里面，好在这个时候，电力基本供应得到了保障，我们用两台电扇日夜不停地吹，仍旧热汗淋淋。晚上我们只能睡在地上，从冰箱里把冰拿出来，装在盆子里紧挨着我们，好吸收点凉气。这种天气，就是一大早，我都提不起笔，因为刚铺纸写下一行字，汗水就把稿纸打湿了。当时，我们已经知道空调的存在，但只有一些单位才装有

空调，而私人装空调十分难。因为听说首先要得到供电局找熟人托路子得到批准才行，另外还要重新牵电线进屋。即使这两个条件都达到了，我们还是装不起空调，因为我们夫妻俩的工资加起来还不到500元。

到了20世纪90年代后期，由于电力越来越充足，社会生活的普遍提高，很多家庭都开始装空调了，但我们这个小家依旧装不起空调。我老婆所在的工厂不声不响地倒闭，连一分钱的生活费都发不出来，而我所在的文化单位也是清贫困窘，我每个月仅有三百余的生活费。但我此时开始有了一个梦想，那就是要有一间装空调的书房，有一台电脑，不论春夏秋冬，我都能看书写作投稿。

为了实现这个梦想，1999年，已经46岁的我毅然在单位办了留职停薪，带着全家人远赴广州打工。在广州打工的日子，我们就在一个花园小区租下了带有空调卫生间的两房一厅居住。这是我们全家第一次享受空调和卫生间。一想到这样的生活居然是在打工的日子才能享受到，我就感慨多多。

在广州打工五年后，我们回到了老家武汉，在一个新建的小区花园买了一套四室两厅两卫的新房，装上4台空调，三台电脑，每个房间和客厅都还精心装上了各色吊灯。当我们全家搬进新房第一天的晚上，我特地将所有的灯光全部打开，我们的新家顿时笼罩在一片辉煌璀璨之中。我惬意地走进我的书房，打开空调，在清凉之中打开电脑，我开始写下这关于电的记忆……

龟山情思

每个城市都有自己的眼睛，而各个城市的眼睛大都是现代人工建造的电视塔。唯有武汉这个城市的眼睛是自然形成的，那就是龟山。龟山像一座绿峰耸立在武汉的市中心，这在全国的大都市中恐怕也是得天独厚的，龟山虽不算高，只有几百米，但在两江之滨的城市中心，也就一览众山小了。

一个春光明媚的日子，迎着山花烂漫的招摇，我登上了郁郁葱葱的龟山，伫立在高高的龟背上，江城的春色尽收眼底，武汉的人文历史景观在眼前铺展开来——

首先涌入心田的是一股浩然之气，因为脚下是奔腾的两条巨龙——长江和汉水。长江浩浩荡荡从天际边汹涌滚滚而来，带着一股宽阔浩瀚的气势，让你不由得心潮激荡；而清秀的汉水又像一个脉脉含情的少女，舞动着她的纱裙飘然而至，令人心醉。而就在龟山的龟头处，清纯的汉水一跃扑进了雄浑长江的怀抱，顿时泾渭分明，一股碧水在浑黄的江水中翻腾滚动，堪称奇观。自古以来，江淮河汉就是中华民族引以为骄傲的四条大江大河。而四大江河中就有两条在此交融汇和，此情此景叫哪个炎黄子孙看了都不由得动容，都不由得心潮澎湃……

带着长江汉水溅起来的激情抬起头来，黄鹤楼正高高矗立在长江对岸的蛇山首，那巍峨的雄姿在蓝天白云中是那样雄伟壮观、璀璨辉煌，耳畔不由得响起两首唐诗：“昔人已乘黄鹤去，此地空余黄鹤楼，黄鹤一去不复返，白云千载空悠悠，晴川历历汉阳树，芳草萋萋鹦鹉洲，回蓦乡关何处是，烟波江上使人愁”“故人西辞黄鹤楼，烟花三月下扬州，孤帆运影碧空尽，唯见长江天际流。”

刚刚吟罢这两首千古名句，心里就不由得生出些许感慨：在眼下这大好的春光下，这两首诗显得有些惆怅、伤感、无奈。我这个20世纪50年代出生的人不由得又想起另一首题《黄鹤楼》的诗词：“茫茫九派流中国，沉沉一线穿南北。烟雨莽苍苍，龟蛇锁大江。黄鹤知何去，剩有游人处，把酒酹滔滔，心潮逐浪高。”相比前两首诗，这首诗多么豪迈，多么荡气回肠啊！我仿佛感到一代伟人毛泽东在向我们走来，他正在站在黄鹤楼上向我们招手。是啊！这里曾有多少这位伟人的足迹啊！在滚滚的长江里，有他老人家多次中流击水的身影，在黄鹤楼的脚下，有他老人家创办的“中央农民运动讲习所”。在龟山背后的繁华闹市中，有他老人家亲自参加的“八七会议”旧址；就是在那次会议上，他发出了“枪杆子里面出政权”的英明论断。正是这英明的论断，才换来了中华人民共和国的诞生，才换来了这满眼的人间锦绣。看，眼下的江城处处繁花似锦，美不胜收。一桥飞架，天斩变通途。而脚下这万里长江第一桥已引来了七八座长江大桥长虹卧波，一字排开，蔚为壮观。大桥上，南来北往的车辆穿梭如织，而在大桥下，万艘巨轮竞发，一派欣欣向荣之象。再看两江四岸上，高楼林立，鳞次栉比，一股时代雄伟之风扑面而来。顺着长江沿岸看去，一条绿色长廊铺向天际，在这绿色长廊间点缀着一座座广场，一个个喷泉，雕塑，游乐场和健身设施，这就是举世闻名的“武汉江滩公园”，昔日荒草萋萋的江滩被武汉政府打造出了世界上最大的城市公园，最长的江滩公园，把这十余里的滩涂变成了十里画廊，让老人们在这里舒缓地打着太极拳，让孩童们在这里欢快地放着风筝，让成千上万个市民在这里悠闲地尽情享受着生活的美景和乐趣……

这种人与自然和谐的场景不正是人们心中美好的天堂啊！看到这宛如人间仙境的江滩公园，我不由得把视线又投向了黄鹤楼的下方，那里也有一个巨大的花园广场，林木葱茏，鲜花艳丽，远远望去就像一个巨大的花环，是献给革命先辈的，那里就是举世闻名的“首义广场”，那里曾是辛亥革命打响第一枪的地方，那里曾是先辈们为这人间春色甘洒热血的地方。举着望远镜，透过那红墙绿树，我依稀看得见蛇山上那锃亮的炮台，还有红楼前的“黄兴拜将台”，伟人孙中山的铜像……

多少历史顿时在脑海里浮现，我依稀看见了蛇山中部苍松翠柏下掩映的“施洋墓”和龟山脚下鲜花簇拥的“向警予墓”，我不由得在心中赞叹道：武汉，你真是一座英雄之城！

在浮想联翩中，夕阳渐渐西斜，我依依不舍地准备下山，转过身来，龟山背后的脚下一片如弯弯月亮般的湖畔，一片宇玉琼阁又不由得让我驻足。哦！我想起来了，那里就是闻名于世的“知音台”，那里曾是俞伯牙和钟子期相会成知音的地方，一曲“高山流水”洞穿历史，至今仍在这龟山间萦绕，我不由得沉醉在这美妙的乐曲声中，一种天籁皆知音的情怀在心中荡漾开来——

啊！龟山，这里有看不完的千般景致，这里有思不完的万般风流……